KB088596

나는
달리기로
마음의
병을
고쳤다

일러두기

〈   〉안의 모든 용어 해설은 역자주입니다.

RUNNING IS MY THERAPY BY SCOTT DOUGLAS

Copyright 2018, 2019 by Scott Douglas

All rights reserved.

Originally published in the U.S. in 2018 by The Experiment, LLC.

Korean translation rights ⓒ 2019 by SURYUBOOKS

This edition is published by arrangement with The Experiment, LLC. through AMO Agency, Korea.

이 책의 한국어판 저작권은 AMO 에이전시를 통해 저작권자와 독점 계약한 수류책방에 있습니다.
저작권법에 의해 한국 내에서 보호를 받는 저작물이므로 무단 전재와 무단 복제를 금합니다.

나는
달리기로
마음의
병을
고쳤다

RUNNING

막연한 불안과 우울을 발로 치료한 러너의 이야기

스콧 더글러스 지음 · 김문주 옮김

앨리슨 마리엘라 디시어

(정신건강 카운슬러, 요가 지도자)

　2012년 나는 집에서 거의 벗어나지 못했다. 한편으로는 집 밖을 나
갈 필요가 없었기 때문이었고(당시 나는 실업상태였다), 또 한편으로는
침대에서 일어날 용기를 그러모을 수 없었기 때문이다. 지금의 나를
아는 사람이 당시 내가 거의 매일 침대에 누워서 아무 생각 없이 TV
를 보거나 인터넷을 했다는 사실을 알면 무척 놀랄 것이다. 그때 나
는 손에 재넥스(Xanax, 신경안정제의 한 종류)가 잡히는 날이면 깊은 잠에 빠질
수 있게 4~6알까지 삼켰다. 다시는 깨지 않기를 비밀스레 기도하면
서. 고작 나이퀼(Nyquil, 수면효과가 있는 감기약)만 찾아낸 밤이면 자꾸 이런저
런 생각에 빠지는 것을 막을 길이 없어 안절부절못하는 마음에 하루
에 12알씩 털어넣곤 했다.

그 시절 나는 우울했다. 아버지는 7년째 루이체치매를 앓고 계셨다. 내가 알던 모습은 사라지고 껍질만 남았다는 의미다. 아버지는 걸을 수도, 혼자 드실 수도, 조리 있게 말씀하실 수도 없었다. 당시 나는 실업자였기 때문에 엄마가 출근하신 후에 아버지를 돌보는 건 내 몫이었다. 오랫동안 만나왔던 연인과의 고통스러운 관계에서 막 벗어난 상황이기도 했다. 몇 년 간 상처와 실망으로 얼룩진 시간을 보낸 끝에 그 사람에게 이별을 고했지만, 오히려 더 깊고 소모적인 우울증에 빠져들고 말았다.

그 시절을 눈물 없이 회상하기는 쉽지 않다. 나는 사회적으로도 고립된 시간을 보냈다. 아버지를 돌보는 일 이외에는 친구나 가족도 거의 만나지 않았고 내 룸메이트조차 내가 있는지 잘 모르곤 했다. 나는 내가 세상에서 가장 불행한 사람이라고 확신했다.

'나보다 더 절망에 빠진 사람은 없을 거야.'

이렇게 자기혐오에 빠져 지내는 동안 밝은 빛 하나가 비쳐왔다. 페이스북을 통해 친구 한 명이 마라톤에 참가한다는 사실을 알게 된 것이다. 나는 페이스북을 통해 그의 여정을 지켜봤다.

그가 '전형적인 러너'의 모습이 아니라는 점은 충격을 줬다. 마라토너라고 하면 흔히 떠오르는 백인도 아니었고, 젓가락처럼 마르지도 않은 흑인이었으니까. 전혀 마라토너 같지 않고 나처럼 '보통 사람'에 가까워 보이는 친구가 목표를 달성하는 모습을 보고 나도 마라톤을 할 수 있을지 모른다는 생각이 들었다. 아니, 꼭 뛰어야만 했다. 당시 내 몸 상태로 쉬지 않고 1.6킬로미터를 달리는 건 불가능했지만 나는 백혈병-림프종 학회에서 주최하는 기부 마라톤에 참가 신청을 했다. 그리고 난생처음 훈련에 들어갔다.

그 후 16주 동안 나는 이전에는 할 수 있으리라고 상상도 못 했던 만큼 긴 거리를 달렸다. 이렇게 '러너'로 성장해나가면서 달리기가 상상 이상으로 도움을 주었다는 사실을 깨달았다. 달리기는 카타르시스를 안겨주었을 뿐 아니라 새로운 경험을 하고 새로운 방식으로 생각하도록 나를 이끌었다. 예를 들어, 점점 악화되는 아버지의 치매에 대처하는 가장 효과적인 도구가 됐다. 아버지가 매일 조금씩 더 사그라지고 있는데 내가 할 수 있는 일은 아무것도 없다는 건 너무도 무서운 사실이었다. 그런 상황에서 달리기는 내게 주도권이 있다는 감각을 어느 정도 회복시켜주었다. 아버지의 치매를 멈추게 할 수는 없지만 적어도 달리기에 어떤 식단이 도움이 되는지는 내가 결정할 수 있었다.

내 달리기 마일리지, 스피드, 거리, 경로 역시. 훈련 계획을 잘 지키면 실질적인 성과를 눈으로 확인할 수 있었다. 그렇게 해서 나는 더 빨리, 더 멀리, 훨씬 더 쉽게 달릴 수 있었다. 노력이 개선으로 이어지는 것을 직접적으로 확인하는 경험은 처음이었다. 나는 달리기에 완전히 마음을 빼앗겼고 더욱 열중하게 되어 정규 마라톤 전에 연습용 경기도 몇 차례 뛰게 되었다. 그리고 스스로를 위해 점점 더 도전적인 체력목표를 세우고 달성하기 시작했다.

생애 첫 마라톤을 완주하고 백혈병-림프종 학회에 5,000달러 이상을 기부한 후, 달리기가 나를 우울증에서 구원해주리라는 사실을 깨달았다. 자기 자신뿐 아니라 다른 사람들을 도울 수 있다는 사실에서 의미와 목적, 긍지를 찾은 것이다.

오늘날 나는 달리기를 하면서 내가 직면한 도전들을 되돌아보고 이를 긍정적으로 헤쳐 나갈 방법들에 대해 생각한다. 달리기는 내가 처한 환경을 더 좋게 바꿀 힘이 나 자신에게 있음을 매일 상기시켜 준다. 유난히 불안한 날이면 자연스레 여러 차례 달리기를 반복하면서 내면에 집중하고 평화를 찾게 됐다.

달리기는 움직이는 명상이다. 달리기를 하고 나면 거의 항상 정신적으로 더 나아진 기분을 느끼게 된다. 또 내 인생의 문제는 스스로 해결할 수 있다는 새로운 느낌이 차오른다.

무엇보다 가장 중요한 것은, 더 이상 외롭게 투쟁하지 않아도 된다는 것이리라. 나는 달리기 단체인 '할렘런Harlem Run, 뉴욕을 기반으로 한 사회운동 달리기 단체'과 '런포올우먼Run 4 All Women, 역시나 뉴욕을 기반으로 한, 운동을 통해 여성들에게 힘을 실기 위해 만들어진 조직'을 알게 되면서 나와 마찬가지로 달리기를 통해 성취감을 얻은 러너들이 모인 공동체를 발견했다. 이 모임을 이끌면서 수백 명의 달리기 동지를 직접 만났으며 SNS를 통해 전 세계 수천 명의 지지자들을 알게 됐다. 이들은 하나같이 달리기를 통해 인생을 바꿀 영감을 얻었다고 털어놓았다. 그 이야기가 바로 나를 움직이는 힘이다.

가장 괴로웠던 시절 나는 손쉽게 기분이 나아지게 하는 치료법을 간절히 찾고 싶었다. '누군가가 완벽한 약이나 마법 같은 치료로 나를 행복하게 만들어준다면 얼마나 좋을까?' 하는 망상에 빠지기도 했다.

값비싼 재활시설에 들어가 자아를 찾기 위한 여정을 떠나는 공상을 하느라 몇 시간을 보내기도 했다. 마치 연예인처럼 그런 재활시설에서 치료를 받고 나면 반대편 문으로 새로운 사람이 되어 나올 수 있을 것 같다고 상상하곤 했다.

물론 그런 쉬운 해결책은 존재하지 않는다. 대신 우연히 달리기를 알게 됐고 결과적으로 우울증을 다스릴 방법을 터득했다. 필요한 것은 오직 노력뿐이었다. 그 노력은 역동적이고 다면적이다. 정기적으로 상담을 받고 처방받은 약을 먹으면서 달리기로 마일리지를 쌓는 것.

이제 나는 이 책을 만났다. 더 일찍 만나지 못한 게 아쉬울 따름이다. 이 책은 내가 경험을 통해 알게 된 것들을 확인시켜주는 과학적인 증거와 일화를 전한다. 즉, 달리기는 근본적으로 뇌에 긍정적인 효과를 발휘하며 특히 우울증과 불안장애에 중요한 역할을 한다는 것이다. 누군가에게는 그것이 필요한 전부일 수 있다. 이 책이 달리기를 통해 더 나은 정신건강으로 이어지는 당신만의 길을 찾는 데 도움이 되기를.

정신건강을 위해 달리는 모든 사람을 위해.
계속 달립시다!

– 스콧 더글러스

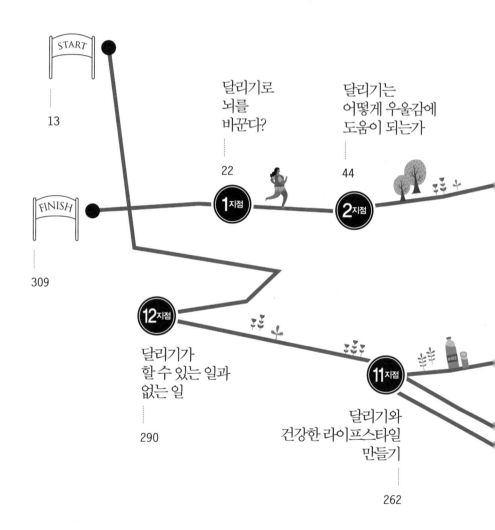

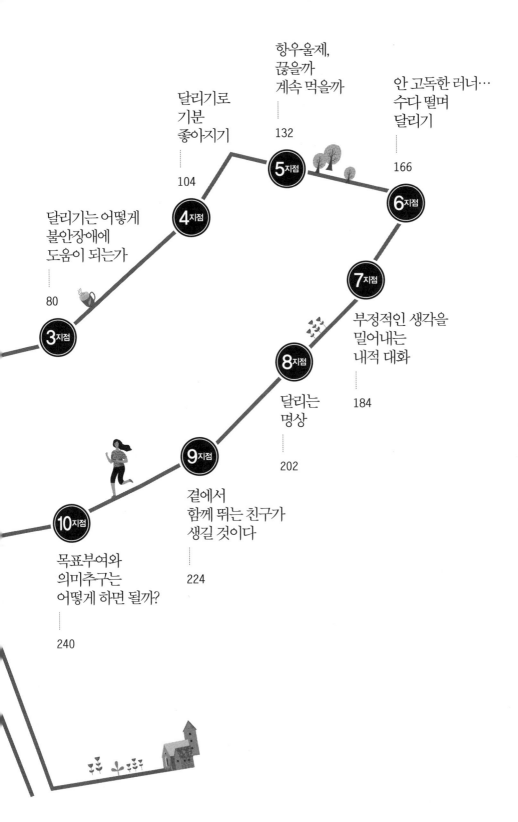

START

들어가며

목요일 아침이면 나는 보통 메러디스라는 여인과 달리기를 한다. 우리는 정말 가까운 친구지만 다른 면이 많다. 메러디스는 수다스러운 사회복지사로, 사람들 사이에서 에너지를 얻는다. 반면 나는 내성적인 작가이자 편집자로, 집에서 일한다. 메러디스는 규모가 큰 대회에 나갈 때 가장 빠르게 달리고 또 여러 사람들과 섞여 달리는 것을 좋아한다. 나는 혼자 달릴 때 개인최고기록을 달성하지만 함께 달리는 사람들의 수가 다섯을 넘어가면 슬며시 옆길로 빠지곤 한다. 또 메러디스는 후회나 걱정과 전사처럼 맞서 싸우며 불안장애를 극복할 치료법을 찾고 있고, 나는 기분부전장애dysthymia, 즉 가벼운 수준의 우울증을 만성적으로 앓고 있다. 우리는 이런 농담을 주고받곤 한다.

"메러디스, 너는 내일이 오지 않도록 늦게까지 깨어 있지만 나는 더 나은 내일이 찾아오도록 일찍 잔다고."

그래도 우리에게는 중요한 공통점이 하나 있다. 정신건강을 위해 달린다는 것. 10대 시절부터 우리는 인생을 이루고 있는 근본요소들을 개선하기 위해 규칙적으로 달려왔다. 우정, 결혼, 커리어, 대부분의 시간을 절망적으로 보내지 않겠다는 희망 같은 것 때문이었다. 물론 그렇게 할 수 있는 건 우리가 달리기의 기본동작, 경주 자체를 즐기기 때문이다. 달리기 덕분에 날씬하고 탄탄하며 건강한 몸을 가지게 된 것도 감사한 일이다. 그러나 일과를 시작하기 전에 75분 동안 달릴 수 있게 하는 가장 큰 매력은, 달리기를 마쳤을 때 찾아오는 그 리셋 되는 느낌, 남은 하루를 잘 버틸 수 있을 것 같은 느낌 때문이다.

누구나 보통 달리고 나면 기분 좋아지는 경험을 한다. '달리기는 나의 힘running is my therapy'이라고 쓰인 티셔츠나 머그컵은 어디서든 쉽게 볼 수 있다. 이렇듯 많은 사람들이 달리기를 하는 중요한 이유 중 하나로 심리적 이점을 든다. 우울증과 불안장애를 겪고 있는 우리 같은 사람들은 스포츠의 심리적인 측면에 더 많이 기대는 경향이 있다. 심장병 환자들이 달리기가 심장건강에 미치는 영향을 특별히 여기듯이, 우리는 달리기가 뇌건강에 도움이 된다고 본다.

매일 달리기를 통해 느끼는 활력은 경이롭고도 반갑지만 이게 전부는 아니다. 나와 메러디스를 비롯해 정신건강에 문제가 있는 수백만 명은 규칙적으로 달리지 않으면 심리적으로 안정감을 느끼는 기준선이 곤두박질친다는 사실을 깨달았다. 전문가들은 여전히 이러한 현상을 설명하기 위해 노력하고 있다.

내가 기분부전장애 판정을 받은 것은 1995년의 어느 날, 갓 서른이 된 무렵이었다. 하지만 그날 내가 정신과의사에게 털어놓은 감정은 10대 시절부터 느껴온 것이었다. 어린아이일 때부터 느꼈던 불편한 기분은 중학생이 된 후부터는 내 성격을 이루는 기본이라고 생각되는 요소에까지 녹아들었다. 애써 노력하는 것에 비해 인생에서 얻을 수 있는 기쁨은 얼마나 보잘것없는가에 대한 옅은 실망감, 인생을 살며 겪는 여러 일들과 인연을 갈망하면서도 의미를 찾을 수는 없을 거라는 비관적인 시선, 일상을 살아내기 위해 정신적, 육체적 에너지를 쥐어짜는 데 대한 피곤함 등.

이러한 증상들이 일상이 된 직후에 달리기와 만난 것은 내게 가장 큰 축복 중 하나였다. 1979년 봄, 9학년이었던 나는 그해 가을에 열리는 고등학교 크로스컨트리 행사에 대비하기 위해 달리기 시작했다. 그리고 곧 달리기에 푹 빠지게 됐다. 달리기를 통해 처음으로 뭔가 의미 있는 일을 위해 노력한다는 느낌을 받고 거기서 일상의 기쁨을 발견했다.

그렇지만 달리기가 내 정신건강을 지켜준 덕에 얼마나 삶이 크게 개선되었는지 그 진가를 깨닫고 설명할 수 있게 된 건 한참 후의 일이다. 내가 학교에 다니던 시절, 우울증은 공개적으로 이야기할 수 있는 주제가 아니었다. 우울증이 언급되는 몇 안 되는 경우에도, 우울증 때문에 정상적인 생활을 할 수 없게 되었다는 내용이 대부분이었다. 일주일에 적어도 110킬로미터는 달리는 모범생이었던 나는 그러한 모습과는 거리가 멀었다. 몇 년 간 나는 바삐 일하며 살았고 또 많이 달렸다. 달리기는 내 삶에서 가장 중요한 부분이었으며 나를 독특하게 감싸주는 존재라는 느낌을 받았기 때문이었다.

그러는 동안 나는 달리기와 관련한 언론분야로 조금씩 흘러들어갔다. 1990년대 초부터 나는 수백 편의 기사를 주로 〈러너스월드Runner's World〉와 지금은 폐간된 〈러닝타임스Running Times〉에 기고하게 됐다. 나는 두 언론사에서 편집자로 일해왔으며 달리기와 관련해 여러 권의 책을 단독 혹은 공동으로 집필해왔다. 이토록 깊숙이 발을 들였다는 것은 달리기에 관한 거의 모든 책을 읽거나 알고는 있다는 의미다. 나는 평생 달리기를 해온 누군가가 달리기와 정신건강에 관한 책을 써주기를 기다렸지만 아직까지 누구도 그런 주제로 책을 내지 않았다. 달리기 문화에서 정신건강 문제는 여전히 미지의 영역으로 남겨져 있었다. 러너Runner들은 자신의 신체적 기능 그리고 유사하게 겪고 있는 문제들에 대해 서로 솔직담백하게 이야기를 나눈다. 그러한 점을 생각했을 때 이는 의아한 일이었다.

결국 직접 책을 쓰기로 했다. 그 결정을 내렸을 때 다짐한 바가 있다. 먼저 "달리기는 나의 힘"이라는 말이 우리 달리기 동지들에게 어떤 의미인지 설명해줄 책을 써야 했다. 또한 흥미로우면서도 모든 수준의 러너에게 유용한 책을 써야 했다.

나는 달리는 사람은 무조건 러너라고 본다. '진짜 러너'로 인정받기 위해 정해진 조건은 없다. 일주일에 몇 킬로미터를 뛰어야 한다거나 킬로미터당 어느 정도 빠르기로 뛰어야 한다는 기준도, 어떤 정해진 동기나 목표도 필요 없다. 물론 이 책에서 달리는 거리와 강도에 대해 개인적인 예시를 들겠지만 그저 나만의 기준일 뿐 처방전은 아니다. 책을 읽으면서 독자들은 자신에게 맞는 수치를 정할 수 있을 것이다. 다시 한 번 말하지만 러너가 되기 위해서는 그저 달리기만 하면 된다!

단 규칙적으로 달려야 한다. 우리가 이 책에서 살펴볼 정신건강 측면에서의 달리기의 이점은 대부분 규칙적으로 달려야 얻을 수 있는 것이다. 달리기를 할 때마다 부담을 느끼지 않으면서도 충분히 건강해지기 위해서는 적어도 일주일에 두 번은 달리는 편이 실현 가능하면서도 괜찮은 기준점이 된다. 당신이 꾸준히 달리기 위해 노력하고 있다면 혹은 러너로서 막 달리기를 시작했다면, 피트 매길의 《다시 태어난 러너The Born Again Runner》처럼 달리기의 기본에 대해 알려줄 훌륭한 책이 많이 있다.

오랫동안 나는 '똑같이 정신건강 문제를 겪고 있다면 가만히 앉아만 있는 축에 비해 러너들이 더 유리한 위치에 있다.'고 생각해왔다. 우연이든 의도적이든 우리가 규칙적인 운동을 일상이라는 뼈대 안에 짜 넣었다는 분명한 이유 때문만은 아니다. 곧 알게 되겠지만, 규칙적인 달리기는 특정 유형의 우울증과 불안장애에 대한 독립적인 치료법으로서 효과가 있으며 항우울제와 유사하게 뇌의 변화를 이끌어낸다. 이미 많은 연구에서, 치료만 받았을 때보다 운동을 병행했을 때 더 좋은 결과가 나왔다는 것이 증명되었다.

우리 러너들이 유리한 이유가 또 하나 있다. 규칙적인 달리기는 우리가 특정한 방식으로 생각하고 행동할 수 있도록 격려하고 도와준다. 이렇게 들이는 몸과 마음의 습관은 대화치료talk therapy, 인지행동치료, 강한 사회적 연대 그리고 훌륭한 자기돌봄self-care 연습 같은 우울증과 불안장애에 대한 보편적인 개입방식과 강한 연관이 있다. 규칙적인 달리기로 누릴 수 있는 혜택은 두 가지다. 첫째는 달리기를 하면서 이런 기법 일부를 자연스럽게 터득해 혜택을 누릴 수 있다는 것이다. 둘째는 다양한 형태의 치료법에 약간이나마 익숙해져서 전문적인 도움을 받기로 마음먹었을 때 더 성공적인 결과를 얻을 수 있다는 것이다.

그렇기 때문에 이 책이 나온 것이다. 우리는 달리기가 어떻게 뇌건강에 도움을 주는지 소개하려 한다. 장기적으로 보았을 때 우울증과 불안장애에 시달리는 사람들에게 어떤 면에서 유용한지, 어떻게 하면 가장 대표적인 효과 가운데 하나인 기분개선 효과를 얻을 수 있는지에 대해 자세하게 설명하겠다. 그 후 우울증과 불안장애의 여러 치료법과 달리기 간의 공통점을 살펴볼 것이다. 이를 위해 우리는 달리기가 정신건강을 관리하는 데에 아주 효과적이라는 사실을 발견한 나와 같은 사람들을 만나볼 예정이다. 또 다양한 전문가들을 통해 나와 같은 사람들이 경험한 것이 무엇인지, 왜 경험하게 된 것인지 그 원리를 설명할 것이다. 이 전문가들 역시 대다수가 러너다. 이에 더해 우리는 이 책에서 다루는 여러 주제에 대한 연구를 적절하게 요약해 살펴볼 것이다.

달리기가 만병통치약이라고 강요하려는 것이 아니다. 내가 달리기를 한다 해서 길거리를 신나게 껑충껑충 뛰어다니는 사람이 될 수도 없을 것이다(뜀뛰기 기술로 이웃들을 웃기고 싶을 때는 예외지만). 거의 40년에 달하는 세월 동안 내가 달리면서 얻은 것들, 앞으로 남은 생에서 얻고 싶은 것들은 다음과 같다.

달리기는 내가 더 자주 최상의 모습을 갖출 수 있게 도와주었다. 다른 이들을 밀어내기보다 관심을 가지게 해주었고 일에 지쳐 나가떨어지는 대신 더 열중하게 해주었으며 미래를 두려워하기보다 기대하게 해주었다. 내게 달리는 시간은 강력한 약과 같다. 그리고 그 효과는 달리는 그 순간뿐 아니라 하루 종일 지속된다. 당신이 이 책을 읽으면서 정신건강에서 달리기의 역할을 조금이라도 더 잘 이해하고 그 진가를 인정하게 된다면 우리 모두에게 큰 보람이 될 것이다.

달리기로
뇌를
바꾼다?

"운동하는 동안에는 새로운 아이디어나 사고방식이
딱히 힘 들이지 않아도 솟아오르고 떠올라요."

런닝화 브랜드인 아식스Asics는 라틴어 문구인 '아니마 사나 인 꼬르포레 사노Anima Sana In Corpore Sano'에서 각 단어의 첫 글 자를 딴 것이다. 이를 문자 그대로 해석하면 '건강한 정신은 건강한 육체에서'라는 의미다. 그리스어 원문은 가지고 있지 않지만 플루토 역시 비슷한 요지의 글을 쓴 바 있다.

"병을 치료하는 데 있어 가장 큰 실수는 몸을 치료하는 의사와 정 신을 치료하는 의사가 따로 있다는 것이다. 이 둘은 떨어질 수 없는 사이인데 말이다."

우리는 오랫동안 신체건강과 정신건강이 함께 움직이는 것이라고 이해해왔다. 우리의 마음(혹은 고대인들의 입장에서는 '영혼')은 단순한 뇌 이상의 존재이지만 활기찬 마음을 가지려면 제대로 기능하는 뇌가 필요하다. 그런 맥락에서 볼 때 사람들이 다른 신체기관과 동일한 방식으로 뇌를 보살피고 돌봐야 할 필요가 있다고 생각지 않는 것은 희한한 일이다. 점차 증가하고 있는 연구내용과 경험에 따르면 규칙적인 신체운동은 심장과 근육, 뼈, 기타 신체부위에서와 마찬가지로 뇌에도 이로운 영향을 미친다.

이 책의 주 내용은 달리기를 통해 몸과 마음을 통합함으로써 우울증과 불안장애를 관리하는 데 도움을 받을 수 있다는 것이다. 개개인의 정신건강은 다르지만 몸과 마음에 긴밀한 관계가 있다는 건 마찬가지다. 따라서 달리기와 우울증, 불안장애에 대해 심층적으로 들여다보기에 앞서, 왜 운동이 최적의 두뇌건강을 유지하는 데 필수인지 보여주는 가장 중요한 증거부터 시작할 것이다.

달리기를 하면 머리가 좋아질까?

우리 러너들은 달리기 때문에 스스로가 똑똑하다고 생각하길 좋아한다. 그리고 달리기가 심장병과 당뇨병, 고혈압, 뇌졸중, 일부 암, 기타 질병 등을 앓을 위험을 낮춰주면서 건강과 활력을 증진시키는지를 보여주는 어마어마한 증거들을 마주하게 될 때, 우리가 '똑똑하기 때문에 달린다.'는 의미도 될 수 있을 것이다. 장기적으로 진행됐던 어떤 대규모 연구에서는 규칙적으로 달리기를 하면 백내장이 악화될 위험이 더 낮다는 사실이 밝혀지기도 했다.

그러나 "달리기 때문에 똑똑하다."는 문자 그대로, 우리가 달리기를 하면 그렇지 않을 경우보다 더 똑똑해진다는 의미로 받아들일 수 있다. 지금까지의 연구들을 보면 달리기와 같은 유산소운동을 규칙적으로 하는 사람이 여러 유형의 인지적 업무에서 더 나은 수행능력을 보이는 경우가 압도적으로 많다. 뒤집어 생각해본다면, 정적인 사람은 인지적 수행능력을 측정하는 여러 일반적인 척도에서 더 낮은 평가를 받는다는 것이다.

의학박사인 제프리 번스는 뇌과학자이자 캔자스대학 신경학 교수이면서 마라톤을 여섯 번 완주한 러너이기도 하다. 그는 '달리면 더 똑똑해지는가'의 문제는 '닭이 먼저냐 달걀이 먼저냐'의 특징을 지닌다고 지적한다.

"과학적 관점에서 우리는 일단 똑똑한 사람들은 운동을 하고, 또 운동을 하는 사람들은 처음부터 더 똑똑한 경향이 있다는 걸 알고 있습니다. 수백까지는 아니더라도 수십 건의 연구들이 운동이 똑똑함과 관련 있다는 것을 보여줍니다. 그렇다고 해서 반드시 똑똑한 사람들이 운동을 한다거나 운동이 우리를 똑똑하게 해준다고 단정할 수 있는 것은 아니죠."

번스는 위의 두 경우를 조합해서 생각해야 한다고 말한다. 개인적인 수준에서 중요한 부분은, 운동을 하면 선천적 지성 내에서 향상이 이뤄진다는 점이다. 물론 하루에 한 시간 달리기를 한다고 해서 내가 휠체어에 앉아 있던 스티븐 호킹의 지성에 가까워질 수는 없다. 그러나 모든 연구결과는 내가 달리기 마일리지를 쌓음으로써 가만히 있을 때보다 똑똑해질 수 있다는 것을 보여준다.

피실험자들의 반은 유산소운동을 시작하고 나머지 반은 정적으로 지내는 실험을 하나 떠올려보자. 규칙적인 운동을 시작한 후 단 6주만 지나도 운동을 하는 사람들은 작업기억working memory, 업무를 수행하기 위해 필요한 정보를 일시적으로 보유하고 활용하는 능력과 시공간적 처리visuospatial processing, 자기 주변에서 본 대상을 인식하고 상호작용하는 능력 등을 포함한 여러 유형의 지능검사에서 더 좋은 성적을 냈다. 또한 건강을 유지할 때 주의초점, 즉 목표를 향해 노력할 때 주변환경에서 그 목표와 관련된 신호에 더 주의를 기울이게 되는 능력이 향상된다는 좋은 증거도 존재한다.

나는 예를 들어 트레일 러닝trail running, 산길과 숲 등을 빠르게 걷거나 달리는 스포츠에서 주의초점이 일반적인 초점과는 어떻게 다른지를 생각해보았다. 주의초점은 내가 달리다가 넘어지지 않도록, 앞으로 몇 발걸음 후에 디디게 될 땅을 살펴보는 것이라 할 수 있다. 대신 내가 식용버섯이나 나무 위에 앉아 있는 부엉이를 찾는 데에 초점을 맞춘다면, 똑바로 달리려는 목표에서 빈번히 벗어나고 말 것이다.

번스는 설명했다.

"운동과 가장 일관되게 관련을 맺는 부분은 '실행기능'입니다. 실행기능이란 계획을 세우고 조직하며, 정보를 수집하고 실행에 옮길 수 있는 능력이에요. 일상생활에서 가장 중요한 부분이죠. 수많은 정보를 수집해 목표를 중심으로 의사결정을 하고 계획을 세우는 능력이니까요. 실행기능을 보여주는 가장 좋은 예는 추수감사절 만찬을 준비하는 과정이에요. 50가지 재료를 준비해 10가지 요리를 만드는데, 각 요리를 만드는 시간은 다르지만 모두 똑같은 시간에 완성되어야 하거든요.”

번스가 예로 든 추수감사절 만찬에 등장하는 이 ‘업무 저글링’은 내가 〈러너스월드〉에서 일일뉴스를 담당하던 시절부터 일을 할 때 가장 좋아하는 부분이었다. 각기 다른 마감기한이 떨어진 일들을 어떻게 무사히 끌고 나갈 수 있는지 증명하는 것은 즐거운 도전이다. 단순히 ‘멀티태스킹’과는 다르다. 전화회의를 하면서 누군가에게 이메일을 쓰고 동시에 다른 누군가에게 문자를 보내는 것처럼 한 번에 여러 일을 하는 것은 각 업무의 운동능력을 감소시킨다는 것은 잘 알려진 사실이다. 이와 달리 실행기능은 어느 업무를 하기 위해 필요한 시간 동안 그 일에 초점을 맞추면서 이미 처리하고 있는 다른 업무의 진행은 방해하지 않는 능력이라고 이해하는 편이 낫겠다. 달리기를 하는 덕에 내가 하는 대부분의 일을 더 잘할 수 있게 됐다고 생각하니 참 기쁘다.

혹은 하나의 업무에 지속적으로 초점을 맞춰야 하는 상황이더라도 달리기를 하는 사람들은 더 좋은 성과를 낼 가능성이 높다. 실제로 스페인에서 진행된 어느 지속적인 정신집중실험에서는 유산소운동을 통해 건강을 유지하는 사람들이 비활동적인 사람들보다 더 좋은 평가를 받았다.

연구를 위해 연구자들은 일주일에 8시간 이상 훈련하는 철인3종경기 선수 22명과 유산소성 체력이 낮은 것으로 분류된 22명을 모집했다. 피실험자들은 한 시간 동안 지루하지만 어려운 업무를 수행했다. 검은 컴퓨터 화면 앞에 앉은 피실험자들은 화면에 붉은색 원이 불규칙한 시간 간격을 두고 나타날 때마다 최대한 빨리 반응해야 했다. 평균적으로 피실험자들이 약 400개의 원에 반응하도록 설정된 실험이었다.

연구자들은 한 시간 동안 진행되는 실험에서 12분 단위로 피실험자들의 반응시간과 뇌활동을 측정했다. 첫 36분 간 철인3종경기 선수들은 덜 건강한 사람들에 비해 더 빠른 반응시간을 보였다. 실험 내내 선수들의 뇌는 준비반응〈preparatory response, 생물은 현재 상태를 유지하려는 항상성을 가지고 있으며 따라서 특정자극에 학습된 인간의 신체는 그 자극에 지나치게 반응하지 않도록 미리 준비를 한다〉에 연계된 뇌활동뿐 아니라 정신적 자원을 업무에 당하는 것과 연계된 뇌활동도 더 활발하게 일으켰다. 연구자들은 이를 종합해봤을 때 "유산소운동과 지속적 주의sustained attention, 반응준비 간에 양陽의 상관관계가 존재한다."고 결론 내렸다.

"지속적 주의는 장시간 활동을 유지할 수 있는 능력을 의미합니다. 각성을 유지할 수 있는 능력과 자극을 감지하는 능력, 주의를 분산시키지 않는 저항력 등에 달렸지요."

이 연구의 저자인 안토니오 루케 카사도 박사는 이메일을 통해 이렇게 설명했다.

"중요한 정보가 흘러나오는 출처를 계속적으로 관찰하는 능력이 떨어지면 이는 모든 인지능력에 영향을 미칩니다(예를 들어, 표적 자극에 대한 반응이 느려지거나 실패하게 됩니다). 따라서 지속적 주의는 전반적인 인지수행을 하기 위한 고유한 기능이라 할 수 있습니다. 이는 인간의 인지능력에 있어서 매우 중요한 부분입니다."

루케 카사도 박사는 정신적으로 집중을 유지할 수 있다는 것은 운전이나 직장에서의 업무발표 등과 같은 일상적인 활동, 수술집도나 항공교통관제 업무 같은 복잡하고 전문적인 업무 모두에 있어 중요하다고 말했다.

운동이 사람을 더 똑똑하게 만들어준다는 희소식은 모든 나이대에 적용되는 것으로 보인다. 실제로 연구에서는 건강하다면 어린 학생이든, 청년이든, 중년이나 노년이든 인지수행을 더 훌륭히 해냈다. '달리기를 하면 똑똑해진다.'는 것은 책상 앞에서 지적인 일을 할 때, 달리기 덕분에 더 명민해질 수 있다는 의미다. 그럼 우리가 달리는 동안은 어떨까?

달려라, 창의력이 솟을 테니

우리가 이미 알고 있는 사실을 뒷받침해주는 연구도 있다. 우리가 한창 달리기에 빠져 있을 때 뇌는 더 흥미로운 움직임을 보여준다는 것이다. 2013년 발표된 네덜란드의 한 연구에서는 규칙적으로 운동하는 사람들은 잠깐 운동을 했을 때 창의적 문제해결 테스트에서 더 나은 수행능력을 보인다는 것을 발견했다. 이 연구에는 총 96명이 참여했으며 이 중 반은 비활동적이고 나머지 반은 지난 2년 간 적어도 일주일에 세 번은 운동을 한 사람들이었다. 각 집단은 다시 반으로 나눠서 한쪽은 휴식을 취하고 다른 한쪽은 실내운동 자전거를 타는 동안 두 가지 유형의 정신적 과제를 풀어야 했다.

이 과제들은 창의력의 두 가지 핵심요소를 측정하기 위한 것이었다. 확산적 사고와 수렴적 사고다. 확산적 사고란 하나 이상의 정답이 존재하는 상황에서 다양한 새 아이디어를 떠올리는 데에 쓰인다. 즉, (이상적으로는) 브레인스토밍을 할 때 벌어지는 일이다. 예를 들어, 연구에 의하면 참가자들은 펜의 용도(글씨 쓰기, 탁자 두드리기, 선물, 살을 많이 뺐을 때 새로운 벨트에 구멍 내기 등)를 될 수 있는 한 많이 제시하라는 과제를 받았다.

반면에 수렴적 사고는 문제를 해결하기 위한 하나의 좋은 해결책을 떠올리는 데에 쓰인다. 예를 들어 피실험자들은 서로 관련이 없는 세 단어(머리, 시간, 신축성)를 제시받고 이 세 단어를 공통으로 하는 합성어를 생각해내라는 과제를 받았다.

예상했던 대로 규칙적으로 운동하는 사람들은 비활동적인 사람들보다 두 과제 모두에서 더 우수했다. 가장 주목할 만한 결과는 건강한 사람들이 휴식을 취하고 있을 때보다 운동을 하고 있을 때 수렴적 사고 테스트에서 더 좋은 결과를 보였다는 점이다. 하루 종일 어떤 문제를 가지고 끙끙대다가 달리기를 시작한 지 10분 만에 "아, 그렇구나!" 하고 깨닫는 경험을 해본 사람이라면 놀랍지 않겠지만, 이러한 현상을 연구로 증명할 수 있다는 점이 훌륭한 것이다.

한편, 건강하지 않은 사람들은 휴식 중일 때보다 자전거를 탈 때 수행능력이 더 떨어졌다. 연구자들은 익숙하지 않은 활동이 이들의 집중력을 손상시킬 만큼 뇌에 부담을 줬다고 추측했다. 연구자들은 이렇게 썼다.

"현 연구결과에 따르면 운동에 익숙한 사람들에게 운동의 부재는 (창의적인) 수행활동을 저해하며 이는 운동이 이를 향상시키는 정도보다 크다."

번스는 이러한 현상에 익숙하다. 그는 우리가 이야기를 나누는 동안 생각을 더 잘 정리하기 위해 걸으면서 달리기가 자신의 글쓰기 능력에 도움이 된다고 설명했다.

"바깥에서 달리기를 할 때면 문장들이 머릿속에 문득 떠올라요. 뭐랄까, 새로운 방식으로 조합되죠. 열심히 운동하는 동안에는 새로운 아이디어나 사고방식이 딱히 힘 들이지 않아도 솟아오르고 떠올라요. 하지만 평소 환경에서는 그런 아이디어를 얻을 수 없어요."

번스는 왜 이런 일이 벌어지는지 말로 설명할 수는 없지만 경험자의 입장에서 "매우 멋진 일"이라고 말했다. 내 경우, 메인 주의 케이프엘리자베스에 있는 트레일을 달리면서 이 책의 대부분을 풀어낼 수 있었다. 꾸준하게 이어지는 내 발걸음 소리는 리듬을 타고 흐르면서 문단 속 문장들이 어떻게 흘러가야 하는지 이야기를 들려줬다. 오히려, 서재에 앉아서 내 주의를 산만하게 만드는 것들을 밀쳐내고 생각을 정리하려 애쓰는 동안 종이 위에 단어들이 불쑥 제자리를 찾아 들어가는 일은 더 드물었다.

나와 번스는 수렴적 사고 연구자들이 발견하기 훨씬 전에 이를 깨달았다. 규칙적으로 운동을 하는 사람들은 운동하는 동안 일시적으로 창의력이 증가한다. 연구자들은 이에 대해 "유산소운동을 통해 인지조절 과정을 강화하는 것은 그 지속시간이 매우 짧다. 그래서 운동을 하는 동안이나 끝낸 직후에만 수행능력에 긍정적인 영향을 미칠 수 있다."고 강조했다. 번스는 "달리기를 끝내고 집에 돌아오면 저는 바로 머릿속에 있는 것들을 글로 옮겨요. 그러지 않으면 모두 날아가버리죠. 꿈에서 깨는 것과 똑같아요."라고 말했다.

이제 이 책을 읽는 독자들에게 한 가지 인생의 꿀팁을 주려 한다. 나는 글쓰기의 블랙홀에서 벗어나거나 라디오방송의 일요퍼즐에 대한 답을 찾아내는 행복한 사건이 발생하면 즉시 결혼반지를 오른손으로 옮겨 낀다. 그러지 않으면 그 생각은 떠올랐을 때와 마찬가지로 갑자기 스르륵 사라져버릴 테니까. 집에 도착해서 잘못된 손가락에 끼워진 반지를 보면 내가 정답을 찾았다는 사실이 다시 떠오른다.

물론 모든 달리기가 이러한 즉흥적인 지력智力 상승에 도움을 주는 것은 아니다. 어쩌면 특별히 더 길거나 힘든 운동을 했을 수도 있고 그 후 몇 시간 동안 그저 "나는 먹는 게 좋아. 고양이는 귀여워." 같은 생각 말고는 아무것도 떠오르지 않을 수도 있다. 내 인생에서 가장 긴 거리인 296킬로미터를 달렸을 때, 내 인지적 한계치는 셰익스피어의 〈리처드 3세〉를 읽는 수준에서 케이블TV 뉴스를 보는 수준으로 폭락했다.

"기진맥진할 정도로 극도로 힘든 운동을 하게 되면, 그렇죠, 불응기(不應期, 자극을 받은 조직이나 세포가 자극에 반응한 직후 어떤 강한 자극에도 반응을 나타내지 않는 짧은 기간)가 생겨요."

뇌과학자이자 매릴랜드대학 체육학 교수인 J. 카슨 스미스 박사는 이렇게 말했다.

"회복할 시간이 필요합니다. 고강도 운동을 할 때 인지적 기능이 저하될 수 있다는 증거가 있어요. 주의력 용량에는 한계가 있거든요."

스미스는 달리기를 할 경우 저장된 글리코겐을 고갈시키게 된다고 설명했다. 우리의 근육은 탄수화물을 글리코겐의 형태로 저장한다.

"뇌가 잘 기능하기 위해서는 글리코겐이 필요합니다. 그러니 수분을 다시 섭취하고 저장 글리코겐을 보충하는 것이 필요합니다. 오랜 시간 격렬하게 운동한 사람들에게 회복기가 좀 필요한 건 당연한 일이에요."

스미스가 지적했듯 3시간 동안 길고 거친 길을 달리는 것은 대부분의 사람이 달리기를 하는 것과는 다른 예외적인 운동이다. 적절한 속도로 임하는 일반적인 수준의 달리기는 즉각적으로 똑똑해지는 효과를 만들어내며, 이 효과에 대해 스미스는 "운동이 끝나자마자 생겨납니다."라고 설명했다. 여기에는 '길지만 그리 길지 않은' 스위트 스폿〈sweet spot, 골프채, 라켓, 배트 등으로 공을 칠 때 큰 힘을 들이지 않고 원하는 방향으로 빠르고 멀리 날아가게 만드는 최적지점〉이 존재한다. 한 연구에 따르면 20분 운동과 40분 운동을 한 직후에는 비슷한 결과를 얻었지만, 운동이 끝나고 30분이 흐른 후에는 운동을 더 길게 한 쪽이 더 지속적인 효과를 누리는 것으로 나타났다.

나는 이러한 즉각적 효과에 대해 지나치게 큰 의미를 부여하고 싶지 않다. 그 효과는 일시적일 뿐 아니라 그 효과의 양 역시 적거나 보통인 정도다. 대화를 나눌 수 있는 정도의 속도로 8킬로미터를 달렸을 때 스도쿠퍼즐을 푸는 속도는 빨라질망정 내가 체스의 달인이 될 수는 없는 법이다. 정말로 좋은 사실은 이러한 매일의 운동 덕에 우리는 '잘' 늙을 수 있다는 것이다.

꾸준히 달리면 뇌가 좋아진다

꾸준히 달리기를 한 사람으로서 기분 좋은 이야기를 듣고 싶다면 번스와 스미스 같은 뇌과학자들에게 물어보자.

나는 50대에 접어들었지만 몇십 년 간 달리기를 해온 덕분에 학창 시절부터 늘 정적으로 살던 고등학교, 대학동창보다 육체적으로 더 건강하다고 자부한다. 페이스북에 올라오는 사진들은 피상적으로나마 이러한 믿음을 뒷받침해준다. 그 점에 있어서는 달리기에 공을 돌리련다. 단 달리기가 내 인생의 여러 인지적 측면에 얼마나 좋은 영향을 미쳤는지 깨닫고 진심으로 감사하게 된 것은 이 주제에 대해 깊이 파고들면서부터였다.

현재 치매와 알츠하이머를 연구하고 있는 번스는 이렇게 말했다. "활동적으로 지내고 심장과 폐기능을 유지할 때 오래도록 뇌건강을 유지할 수 있습니다. 나이가 들면 우리는 모두 인지적 기능이 저하되는 위험에 놓이게 됩니다. 꾸준히 운동하는 사람들의 경우 이러한 일부 인지영역의 불가피한 퇴화가 늦춰지는 모습을 볼 수 있어요. 연구결과들은 적당한 심폐건강은 알츠하이머, 뇌졸중 그리고 심혈관계 질환이 발생할 장기적 위험을 낮춰준다는 것을 보여줍니다."

여기에는 두 가지 주요요인이 작용한다. 하나는 전형적인 노화현상인 뇌세포의 손실을 늦춰주거나 막아주는 것이다. 다른 하나는 전두엽(실행기능을 관장하는 핵심 기관)과 해마(기억과 관련한 작용이 일어나는 기관)같이 뇌를 구성하는 주요부분의 근본적인 구조를 잘 보존해주는 것이다.

젊은이들이 잡일을 할 필요 없는 일요일 오후라든지, 커피 한 잔을 홀짝이며 뒤뜰의 새를 구경하는 아침을 즐길 줄 모르듯 이러한 이점은 나이가 들고 나서야 그 진가를 더 이해하게 된다.

"중년기에 접어들어 운동을 하고 있다면, 장기적으로 봤을 때 뇌를 위해 큰 일을 하는 셈입니다."

스미스는 이렇게 말했다.

"젊은 사람들이 자기가 60대나 70대가 됐을 때 뇌에 도움이 되도록 당장 오늘 달리기를 하겠다고 마음먹기는 어렵거든요. 그렇지만 더 일찍 시작하고 오래 달릴수록 운동의 이점을 커집니다."

나는 달리기를 그만둘 생각이 전혀 없으며 이 책을 읽는 당신도 그러기를 바란다. 다만 여러 해 동안 달리면서 부양된 뇌의 힘은, 당신이 운동을 할 수 없게 된다 해도 어느 정도 유지된다.

"우리는 운동의 누적적인 효과가 시간이 흘러도 어느 정도 보존된다고 추측하고 있어요."

스미스는 말했다. 그는 몇 년 간 달리기를 한 사람이 중년에 접어들었을 때 "살면서 계속 의지할 수 있는 '인지적 예비 용량cognitive reserve'을 확보하게 된다."라고 보았다. 동일한 맥락을 가진 한 연구에서는 25년 동안 2,700명을 추적 조사했다. 그 결과, 조사 대상자들이 53~55세가 된 시점에서 4반세기(25년) 전 최상의 심혈관계 건강을 지녔던 사람들이 언어적 기억력(단어목록 떠올리기)과 정신 운동 속도(인지적 자극에 신체적으로 반응하는 것)에 관한 테스트에서 더 나은 결과를 보였다.

반대로 이 건강한 뇌가 주는 이점들은, 달리기는 늦게라도 시작해도 된다는 생각을 뒷받침하기도 한다. 나이 많은 이들이 유산소운동 프로그램을 시작했을 때 "기억력과 사고력의 어떤 측면이 저하되거나 쇠퇴하는 대신 향상된다는 증거가 있습니다."라고 번스는 말한다. 노인들의 운동과 인지적 기능에 관한 연구들을 살펴보면 "신체 운동은 노화와 관련한 인지적 퇴화와 신경퇴행성 질환을 예방해주는 촉망받는 비약품적 치료"라는 결론을 내릴 수 있다.

고령화 사회에서 번스의 연구는 중요한 움직임을 이끌어 내고 있다. 또한 그는 운동과 노인의 뇌에 관한 연구를 진행하며 이를 즐기고 있다.

"40년 전에는 달리기와 다이어트, 운동이 심장질환 발생 이후의 관리방안에 포함되지 않았어요. 하지만 이제는 심장학의 표준이죠. 뇌과학은 심장학이 40년 전에 있던 자리에 머물러 있는 셈이에요. 그냥 라이프스타일이나 라이프스타일이 뇌건강에 중요한 이유에 대해 우리가 옳다고 생각하는 부분들만 강조하고 있는 거죠."

'다다익선'의 사고방식을 지닌 사람들이라면 청년과 노인 모두를 대상으로 한 번스의 연구가 밝혀낸 주요결과를 환영할 것이다. 즉, 최대산소섭취량VO2max을 가장 많이 향상시킨 사람들은 인지기능에서 가장 큰 이득을 얻는다는 것이다. 최대산소섭취량은 유산소운동을 측정하는 기준이라고 할 수 있다. 최대산소섭취량이란 우리가 운동을 하는 동안 숨으로 들이마신 후 움직이는 근육까지 전달할 수 있는 산소량의 최대치를 의미한다. 러너들은 모든 운동선수들 가운데 최대산소섭취량이 가장 높다.

"개인의 심폐체력 반응은 인지적 이득을 예측할 때 운동량(예를 들어 지속시간)보다 더 적합한 변수가 됩니다. 따라서 개인의 심혈관계 건강을 최대로 끌어올리는 것이 인지적으로 효과를 보기 위한 중요한 치료목표가 됩니다."

번스는 과거에 비활동적이었던 65세 이상 노인들을 대상으로 연구를 끝마친 후 이렇게 결론 내렸다.

"심장과 폐기능이 뇌가 효율적으로 기능하도록 돕는 것인지, 아니면 건강이 증진된 사람들이 전반적으로 더 나은 생리적 이점을 얻게 되는 건지는 분명치 않아요. 어쩌면 심폐기능이 더 좋아지게 만드는 방식에 초점을 맞추는 게 나을 수도 있어요. 그리고 그러한 방식 중 하나가 강도를 조절하는 거죠. 그게 우리 연구가 앞으로 초점을 맞춰야 하는 부분이에요. 고강도 훈련을 해야만 하는가 아니면 지속성에 초점을 두고 그저 적당한 강도로 운동을 하는 게 나은가 하는 문제죠."

습관대로 나는 번스의 연구를 토대로 내가 어떤 상황인지 추론했다. 그리고 이미 건강한 사람의 경우 규칙적으로 강도 높은 운동을 포함시키는 것이 그저 적당한 달리기를 하는 것보다 뇌건강에 좋으리라는 추측이 과연 합리적인지 궁금해졌다. 또 최대산소섭취량을 향상시키는 것이 목표라면, 시합에 나갈 예정이 없어도 대화를 나눌 정도의 속도가 아니라 5킬로미터 단축마라톤을 달리는 속도로 800미터를 반복해서 뛰며 운동해야만 할까?

번스가 대답했다.

"우리가 생각하는 방식대로 이해하고 계시는군요."(감사해요, 번스!)

"운동생리학의 관점에서 생각했을 때 정확한 목표는 심폐건강을 증진시키는 거예요. 따라서 운동처방을 내릴 때 우리의 목표는 그 사람의 심폐건강을 증진시키는 것입니다. 우리의 자료에 따르면 뇌건강에 도움을 주기 위해서는 규칙적으로 강도 높은 운동을 해서 심폐건강을 증진시키는 것이 필수예요."

산소를 공급받으면 뇌는 행복해진다

겉보기에 달리기와는 전혀 상관이 없어 보이는 이러한 인지기능의 향상은 과연 어떻게 이뤄지는 것일까? 아주 오랫동안 달리기를 하면 다리근육의 글리코겐 비축량은 감소한다. 그러면 우리의 몸은 이에 대한 반응으로 글리코겐 형태의 탄수화물을 비축하고 유지하는 능력을 향상시킨다. 이렇게 우리 몸은 스트레스가 다시 발생할 상황을 예측하면서 향후 이러한 상황이 생겼을 때 더 잘 대처할 수 있도록 보강함으로써 스트레스에 저항한다. 그러나 이러한 전형적인 신체의 스트레스-회복-적응 주기는 석절한 대상에 인지적 초점을 맞추는 능력이 향상된 경우에는 적용되지 않는 것처럼 보인다. 특히나 달리기를 통해 인지향상이 이뤄진 경우에는 더욱 그렇다. 달리기를 통해 인지향상이 이뤄진 경우 그 효과는 간접적으로 나타난다. 반면에 달리기로 신체가 생성해내는 물질이 좀 더 뇌기능의 강화로 이어진다는 관점도 있다. 어느 연구는 "유산소운동에 의해 가장 영향을 받는 뇌의 영역은 인지와 기억의 통제 등 좀 더 고차원의 기능을 관장하는 부위다."라고 결론 내리기도 했다.

예를 들어 근육은 운동 후 더 빠른 회복을 위해 카뎁신 BCathepsin B라는 단백질을 내보낸다. 2016년 학자들은 카뎁신 B의 순환농도가 증가했을 때 뇌유도신경생장인자Brain-derived neurotrophic factor, BDNF라는 단백질이 더 많이 생산된다는 것을 밝혀냈다. 앞으로 더 자세히 살펴보겠지만, 뇌유도신경생장인자는 뇌에서 뉴런이 더 많이 자라나는 데에 기여하며 해마의 크기를 확장시킨다.

중·장거리달리기와 저항력 훈련, 고강도 인터벌훈련 이후의 뇌유도신경생장인자 농도를 비교한 연구에 따르면 달리기 후에 뇌유도신경생장인자 농도가 가장 크게 증가한 것으로 나타났다. 카뎁신 B 이론이 옳을 경우 이 연구결과 역시 타당하다고 볼 수 있다. 장거리달리기가 몸에 주는 충격에서 오는 스트레스는 회복에 필요한 단백질을 더 많이 내놓도록 근육을 자극하기 때문이다.

카뎁신 B가 뇌유도신경생장인자 증가로 이어지는 등의 특정 메커니즘은 달리기를 하는 당신이라는 유기적 통합체에서 벌어지는 일의 일부일 뿐이다.

"한바탕 운동을 하고 나면 완전한 생리적 변화가 일어납니다. 그리고 당신과 당신의 몸 곳곳에 영향을 미치죠."

번스가 말했다. 달리는 동안 생겨나는 좀 더 명백한 변화 가운데 두 가지는 혈압의 증가와 뇌로 가는 혈류의 증가다. 이를 통해 정신은 초롱초롱해진다. 스미스는 뇌로 가는 혈류가 증가했을 때 "정보를 처리하는 뇌부위를 분명 강화시킨다."고 설명했다.

그러나 스미스는 달리기가 어떻게 뇌에 영향을 주는지 이해하기 어려운 까닭은 달리기가 한 번에 여러 관련계통에 영향을 미치기 때문이라고 재빨리 덧붙였다.

"뇌유도신경생장인자가 증가할 때 다른 신경전달물질, 그러니까 노르에피네프린, 세로토닌, 도파민도 증가하는 겁니다. 따라서 이러한 유형의 신경전달물질들이 결합되면서 뇌가 좀 더 효율적으로 기능하도록 하는 보상회로에 도움을 주는 거죠."

그는 이렇게 말하면서, 게다가 노르에피네프린과 같은 물질의 농도증가는 뇌 속 신경세포를 조정할 수 있다고 덧붙였다.

"소음을 감소시키고 우리가 들으려고 하는 신호의 음량을 늘림으로써 신경망은 좀 더 빨리 옳은 결정을 잘 내릴 수 있게 되거나 좀 더 쉽게 기억을 떠올리게 됩니다. 이 모든 게 합쳐져 제 역할을 하는 거예요."

달리기가 뇌건강에 미치는 장기적인 이득이 어디에서 나오는 것인지를 알아내려는 것은 좀 더 복삽한 일일 수 있다. 번스가 말했다.

"사람들은 뭐가 가장 중요한지를 두고 논쟁하는데 제가 보기엔 그 모든 게 다 중요하고, 또 뇌에 그러한 효과를 제공하기 위해 각자 맡은 바가 있을 거예요."

규칙적인 달리기를 통해 정기적으로 혈류가 증가하는 것 역시 이에 기여한다. 스미스는 "건강한 혈관은 뇌의 다른 부위들로 피를 전달하기 위해 필요할 때 수축하고 이완하며 적절히 반응합니다."라고 말했다.

그러나 구조적 변화에서의 다른 측면들은 어떠할까? 이에 대해 루케카사도 박사는 집중력 테스트에서 운동선수들의 인내력이 더 높다는 것을 발견했지만, 달리는 동안 주의력이 필요하다고 해서 이에 따라 인내력이 증가하는 것은 아닐 것이라고 말했다. 다른 학자들은 동의하지 않을 수도 있다. 경쟁심 강한 러너들과 활동성이 떨어지는 동년배들의 뇌를 MRI로 측정한 아리조나대학 연구에서, 러너들은 각 뇌부위 간의 기능적 연계성이 훨씬 더 높은 것으로 나타났다. 비교집단과는 다르게 설계된 러너들의 뇌부위들은 우리가 이 책 어디선가 봤던 고차원적 인지업무 - 작동기억, 주의초점, 처리속도 등 - 에 관여했다.

이 연구결과를 두고 학자들은 규칙적인 달리기가 뇌를 재구성한다고 주장하면서 "지속적이고 반복적인 이동기술과 탐색기술을 요하는 고강도 유산소운동은 인지영역들에 영향을 미치는데 이는 뇌 연결성brain connectivity의 변경으로 이어진다."라고 썼다. 예전에 달리던 달리기 코스를 10년 만에 되짚어갈 수 있다면, 우리는 살아가면서 이런 식으로 뇌가 개발됐다는 사실에 감사해야 할 것이다. 아리조나대학 연구팀은 이에 대해 "운동을 하는 동안 인지적 요구에 대한 반응으로서 뇌연결성이 향상된다. 그러면서 강화된 뇌 연결성은 실행기능을 좀 더 광범위하게 향상시키고 이후 삶에서 인지적 기능이 더욱 개선될 수 있게 해준다."라고 결론 냈다.

말년의 뇌건강을 위한 또 하나의 비결은 달리기가 염증을 낮춰준다는 것이다. 아밀로이드 반Amyloid plaque은 세포 외벽에 엉겨 붙은 섬유화된 단백질 덩어리로, 알츠하이머와 기타 인지적 문제의 원인이 되는 것으로 알려져 있다. 스미스와 번스는 규칙적인 달리기가 뇌로부터 이러한 반斑과 기타 독성물질을 제거하는 데에 도움이 된다는 점에 동의하고 있다.

DFBF나 노르에피네프린처럼 어려운 이름을 가진 물질은 지속적으로 중요한 역할을 한다. 신경전달체계가 제대로 기능할 때 "과발현이 된다거나 충분히 빨리 반응하지 못하는" 일 없이 뇌의 체계가 스트레스와 다른 자극을 적절히 통제하고 균형을 유지할 수 있도록 도와준다고 스미스는 강조했다. 나이가 들면서도 해마의 기능이 향상되고 크기가 증가한다는 것은, 이 주요부위가 어느 정도 보호받고 있으며 이는 전체적인 뇌기능을 강화시킨다는 의미가 된다.

지금까지, 누군가가 처음으로 "건강한 정신은 건강한 육체에서"라고 말한 이래 우리가 몸 건강과 마음 건강의 관계에 대해 알고 있던 것 외의 사실들을 살펴보았다.

규칙적인 달리기는 대부분의 사람이 초점을 맞추는 신체의 건강만큼 뇌의 건강에도 지대한 영향을 미친다. 그리고 정신건강을 위해 달리는 우리 같은 사람들은 그 점에 더욱 주목해야 한다. 뇌유도신경생장인자 농도의 증가, 신경전달 체계의 기능 개선, 해마 성장 등 이곳에 묘사된 긍정적인 변화들은 우울과 불안을 장·단기적으로 완화시키는 달리기의 핵심이다. 그리고 다음 장부터 다루게 될 주제이기도 하다.

달리기는 어떻게 우울감에 도움이 되는가

나는 신발끈을 묶고 거리를 달려 나가는 것이
내 안에서 끊임없이 반복되는
"그래서 어쩌라고?"에서 벗어날 가장 좋은 방법임을 깨달았다.

어느 날 아침에 눈을 떴는데 귓가에 종소리가 들려왔다고 치자. 처음에는 그 원인을 찾기 위해 최근에 있었던 일을 되짚어볼 것이다. 그래, 콘서트에 갔었고 비행기를 탔고 시끄러운 식당에서 밥을 먹었고 어쩌고저쩌고. 그래도 원인을 찾아낼 수 없었다면 앞으로 무슨 일이 일어난 것인지 궁금해하면서 구글에 "귀에 갑자기 종소리가 들려요."라고 검색해볼 수도 있다. 종소리는 어쩌면 하루 종일 귓가에 머물다가 결국 사라지고 당신은 곧 잊게 된다.

종소리가 몇 주간 계속 된다면 설사 그 원인이 무엇인지 안다 하더라도 검사를 받으러 갈 수도 있다. 그러다가 소리가 사라지면 마음속 깊이 이 사건을 간직하고 있다가 그해 말 또 다른 종소리가 들려오게 된다면 더더욱 걱정을 하게 될 것이다.

종소리는 절대 사라지지 않고 드디어 당신은 이명증이 생겼다는 것을 깨닫게 된다. 남은 평생 이 소리를 안고 살아야 하나? 이를 위한 대처방안을 세우고 여러 실험을 해보며 계속 삶을 살아가려고 노력하겠지만 자기연민에 빠져 버린 당신은 누군가가 장거리 비행 후 귀가 멍하다고 불평한다면 속으로 '딱히 이유도 없이 그 소리가 맨날 귀에 들려보라지.'라고 생각할 수도 있다.

이는 누구나 겪을 수 있는 단기적인 슬픔, 무기력, 평범한 활동에 대한 흥미 감소 등에 빗대 우울증에 대해 생각해보기 위한 예시다. 우울증을 가지고 산다는 것은 우울증의 방해를 최소화하기 위해 이를 관리할 방안을 찾아야 한다는 의미다. 대다수의 우리에게 달리기는 이러한 핵심 대처전략 가운데 하나다. 우리는 전문가들이 이제야 믿기 시작한 사실을 이미 직감적으로 알고 있었다. 즉, 달리기는 기분이 나아지게 만들어줄 뿐 아니라 삶의 다른 측면까지 개선해주는 이월효과를 지닌다는 것이다.

우울증에 대한 간략한 소개

예전보다는 우울증과 다른 정신건강장애에 대해 낙인을 덜 찍는 분위기임에도 많은 사람들은 여전히 자신의 문제를 공개적으로 이야기하는 것을 어려워한다. 이제는 우울증이 얼마나 흔한지 생각해본다면 의아한 일이다.

WHO는 우울증이 미국과 캐나다를 비롯해 전 세계적으로 장애를 일으키는 주요원인 가운데 하나라고 이야기한다. 미국국립정신건강연구소는 2015년 미국에서 1,610만 명의 성인이 적어도 한 번 이상의 우울삽화depressive episode을 겪었다고 추정했다. 당시 성인 인구의 6.7퍼센트를 차지하는 숫자지만 주요 우울삽화에 대한 고전적인 정의에 해당되는 사람들만 포함한 숫자이기도 하다. 여기에서 고전적 정의의 우울증이란 '적어도 2주 동안 우울한 기분과 함께 중대한 기능적 변화를 보여주는 각 증상(극적인 활력 감소, 달라진 섭식·수면패턴, 집중력 저하, 자존감 하락, 일반적으로 즐거운 활동에 대한 흥미 감소 등)을 적어도 4가지 이상 경험할 때를 의미한다.

우울증을 가지고 살아가는 사람들의 숫자는 만성적인 우울증을 겪는 성인들뿐 아니라 아동과 청소년까지 포함할 때 더 높아질 것이다.

"어느 시기든 인구의 10~15퍼센트는 우울증을 겪고 있을 거라고 봐요."

메인 주 포틀랜드에서 임상사회복지사이자 교수로 활동하고 있는 프랭크 브룩스 박사는 이렇게 말했다.

"따라서 어떤 해이건 미국에서만 3,000만이 우울증을 겪는 거죠."

우울증을 축약해서 묘사하기란 쉽지 않다. 이는 뼈가 부러지거나 임신을 하는 것처럼 이원적인 상태가 아니기 때문이다. 임상의들은 수많은 증상들이 사람들이 어떻게 생각하고 행동하며 느끼는지와 관련이 있다고 본다. 우울증이 가벼운지, 중간 정도인지, 심각한지에 대한 단계적 차이는 판단하기에 따라 달라진다. 잘 알려진 판별기준

가운데 하나인 MFQMood and Feeling Questionnaire는 사용자들에게 우울증의 존재나 정도를 분명하게 판단할 수 있는 "미리 정해진 통과 기준은 없다."라고 경고하고 있다.

사람들이 우울증을 경험하는 방식 역시 매우 다양하게 나타난다. 나는 자살충동을 느껴본 적도 없고, 또 MFQ상의 잠재적 증상인 "나는 다른 사람들처럼 잘 지낼 수 없을 것이다."라는 문항에 "그렇지 않다."라고 답하기에는 허영심이 너무 강하다. 그러나 또 다른 MFQ 증상인 "나는 절망적이거나 불행하다고 느낀다."나 "나는 외로움을 느낀다." 또는 "나는 아무것도 즐길 수 없다."라는 문항에는 "생각이라는 걸 하는 사람이라면 당연히 그렇지 않아?"라고 반응하게 된다.

혼란스러운 부분을 분명하게 하기 위해서는 여러 우울증 진단 척도가 '지난 2주 간'과 같이 최근의 감정과 행동을 대상으로 판단할 수 있는 기준을 세워야 한다. 그래야 어느 정도 갑작스러운 기분이나 행동, 에너지 수준의 변화와 같은 우울삽화를 좀 더 정확하게 포착해 낼 수 있다. 반면에 증상은 덜 심각하나 좀 더 지속적으로 나타나는 우울장애와 같은 증상도 존재한다.

"언제나 증상들을 느끼고 있고 그게 평생 지속됐기 때문에 딱히 차이를 깨닫지 못한다면 문제는 더욱 까다로워지죠."

위스콘신 주 매디슨에서 일하는 임상심리사이자 러너인 브라이언 배시 박사는 일부 사람들을 진단하는 일에 대해 이렇게 설명했다.

실제로 나는 "평소보다 말을 덜 하고 싶다."라든지 "평소보다 느리게 움직이고 걷는다."라는 검사문항을 볼 때면 "아니, 평소보다 심하지는 않은데? 그런데 별로 특별한 일도 아니잖아."라고 생각하곤 한다.

그렇기 때문에 우울증에 대해 절대불변의 정의를 제시하기보다는 다른 이들의 일반적인 묘사에 귀 기울이는 것이 더 도움이 될 수 있다. 치료사들과의 이야기로 시작해보자. 배시는 말했다.

"저는 우울증에 대해, 즐거움과 의미가 없는 느낌, 의욕도 없고 관심도 없는 상태라고 묘사하고 싶어요. 하지만 사람에 따라 달라져요. 우울한 아이들은 쉽게 화를 내고 짜증을 내죠. 모두가 자신에게 못되게 군다고 말하다가 우울증이 좀 나아지면 '와, 사람들이 친절해.'라고 말하는 사람들도 있어요. 이 사람들은 자기 기분이 나아졌다고 느끼지 않고 사람들이 더 잘 해준다고 느껴요."

브룩스는 잠을 자거나 출근을 하거나, 자기 자신이나 다른 이들에 대한 평범한 책임을 다하는 등 일상생활에서의 기능을 강조한다.

"'직장에서 별로인 하루를 보내고 있어.'와 '직장에서 별로인 하루를 보내고 있고 그 때문에 내일 침대에서 안 나올 거야.' 사이에는 상당한 차이가 존재합니다."

또한 브룩스는 한 사람의 인간관계가 어떻게 흘러가게 되는지를 날카롭게 지적했다.

"아주 가벼운 우울증이라 하더라도 대인관계에 매우 중대한 영향을 미칠 수 있어요."

배시와 브룩스는 인디애나주 테러호트에서 활동하는 임상심리학자이자 러너인 로라 프레덴덜과 의견을 함께 하고 있다. 프레덴덜은 이렇게 말했다.

"감정의 지속기간과 증상의 개수는 진단을 내리기 위해 필요한 핵심입니다. 그러나 저는 환자를 그저 우울장애가 있는 사람에 대한 묘사 이상으로 보고 싶어요."

배시는 이에 대해 "중요한 건 내 앞에 있는 사람과 그들의 인간관계예요. '어떤 증상이 있나요?'보다는 '당신은 어떤 사람인가요?'인 거죠."라며 동의했다.

우울증을 지닌 러너들은 어떨까? 나는 달리기와 우울증에 관련한 내 초기 경험을 이 장 후반부에서 묘사하려 한다. 지금은 다른 러너들의 이야기를 들어보자.

메인 주 스카버러 출신이자 평생 달리기를 해온 크리스틴 배리는 중학교 시절 처음 우울감을 느꼈다고 회상했다.

"그다지 심하지는 않던 때야. 그냥 약한 슬픔 정도였으니까. 때로는 피곤하거나 어느 정도 절망적일 때도 있었어. 왜 난 다른 사람들처럼 느낄 수 없는 걸까 궁금해하면서. 하지만 주체하지 못할 정도는 아니었어."

그녀는 1997년 법학대학원 1학년 때 심각한 상황을 겪었다.

"집중할 수 없었고 자포자기 하고 싶을 정도로 절망적이었어. 아무것도 즐기지 못했고 그냥 모든 것으로부터 날 놔버렸어."

버지니아 주 애넌데일의 리치 하프스는 10대 시절부터 우울증과 싸워온 또 다른 러너다. 그는 열일곱 살에 치료사로부터 우울증 진단을 받았다.

"제가 외부 세계와 더 많이 교류하기 시작하면서 학교와 아르바이트 장소에서 어떻게 행동하는지가 드러나기 시작했어요. 부모님은 제가 일종의 적응 문제나 사춘기 분노 문제를 겪고 있다고 생각하셨어요."

이제 50대가 된 하프스는 만성우울증과 간헐적 우울증을 모두 경험하고 있다.

"전 사실상 조울증이라 할 수 있는 행동도 해요. 조증은 많이 다스려졌어요. 이젠 중간 정도 수준까지는 치료된 것 같아요. 그래도 꽤 심해요. 전 인생에서 6년의 시간을 이런 저런 이유들로 기나긴 걱정에 빠져 살아야 했어요. 대략 6주의 주기로 말이에요."

뉴저지 주 출신의 소프트웨어 엔지니어 아멜리아 개핀 역시 만성우울증과 간헐적 우울증 모두를 겪고 있다. 다행히 간헐적 우울증은 그녀가 달리기에 좀 더 열중하게 된 후로 나아지고 있다.

"언제나 일상을 함께하는 근본적이고도 지속적인 우울증에 시달렸고 이 우울증은 일상적인 일들을 방해했어요. 게다가 간헐적으로 6주 동안, 아니면 2달 동안 정말로 상태가 나빠지는 주기가 찾아왔어요. 그때는 침대 밖으로 나오지도 못했어요. 주말에는 이런 식이었죠. 아침에 일어났는데 소파로 자리를 옮겨가기까지 두어 시간이 걸려요. 그러고 나서 그냥 거기에 머무는 거예요. 사람들은 우울증이란 기분이 나쁜 상태라고 생각해요. 사실 그저 아무 감정이 없는 경우가 많아요. 공허함을 느끼고 어떤 감정도 다 빠져나간 상태인 것처럼."

사람들이 겪는 우울증의 범주가 매우 다양하다는 점을 고려했을 때 우울증의 원인이 여전히 불분명하다는 것은 어쩌면 당연한 일이다. 국립정신건강연구소는 다음과 같은 포괄적인 설명을 내놓고 있다.

"최근의 연구에 따르면 우울증은 유전적, 생물학적, 환경적, 심리적 요인의 결합으로 발생한다."

우울증의 원인은 복합적이라는 예를 하나만 들어보자. 현대의 항우울제들은 생물학적 요인에 작용한다. 예를 들어 뇌 속 세로토닌 시스템의 결함 같은 문제다. 그러나 그러한 결함을 지닌 모든 사람들에게 우울증이 발병하는 것은 아니며 우울증을 지닌 모든 사람의 뇌가 비정상적인 화학물질을 분비하는 것도 아니다.

해마라는 뇌부위가 수축하는 것처럼 생물학적으로 관찰한 결과가 우울증의 원인이나 결과가 되는지에 대해서는 전문가들 사이에서도 의견이 분분하다. '점화 이론Kindling Theory'이라는 한 이론은 우울삽화가 뇌의 구조나 기능을 훗날 인생사의 스트레스 요인에 좀 더 취약해지는 구조로 바꿔놓는다고 본다. 생물학적 요인과 환경적 요인 간의 상호작용은, 왜 어떤 사람들은 자녀의 죽음과 같은 스트레스 사건 후 심각한 우울삽화를 겪지만 일단 회복된 이후에는 다시 우울해지지 않는지, 반면 어떤 사람들은 왜 상대적으로 강도가 약한 스트레스 사건에 의해 정상적인 생활을 할 수 없게 되는지를 설명할 수 있다.

리치 하프스는 연애가 끝나버린 것이 발단이 되어 우울삽화를 겪은 적이 있었고 아멜리아 개핀은 성전환 수술을 한 결과 심한 우울삽화를 겪었다. 공감능력을 가진 사람이라면 누구나 하프스와 개핀이 고통받고 있다는 현실을 부정할 수 없을 것이다. 그러나 사건이 발생한 후 우울해지지 않는 사람들이 존재한다는 사실은 우울증의 원인이 무엇인지 찾아내는 것이 얼마나 곤란한지를 떠올리게 만든다.

확실하게 가족력이 존재하는 경우에도 그 관련성을 풀어내기 쉽지 않을 수 있다. 유전적 요소는 표면상으로 보일 수 있지만, 사회경제적 지위나 어린이들이 부모의 사고방식과 대처법을 보고 배우는 등의 환경적이고 심리적인 요인들은 어떠한가? 내가 아는 한, 부모님과 내 다섯 형제 중 누구도 우울증을 진단받은 적 없다. 그러나 양가 할아버지 가운데 한 분은 우울증 때문에 전기충격 치료를 받았다. 20세기 전반에만 하더라도 정신건강 문제를 수치스럽게 생각했다는 점을 감안한다면 이런 치료를 받았다는 것은 할아버지의 상태가 꽤나 심각했다는 의미가 된다. 그렇다면 불운한 뇌 화학물질이 두 세대를 건너 뛰어 내게만 발현된 것일까? 내 형제들은 부모님을 지켜본 후 인생에 대해 어떻게 생각해야 할지에 대해 나와는 근본적으로 다른 결론을 내리게 된 것일까? 누가 답을 알겠는가?

너무 그럴 듯하게 이야기하고 싶지는 않지만, 어떤 면에서는 누가 상관이나 하겠는가? 우울증에 걸렸을 때 정말 중요한 것은 왜 걸렸는지가 아니라 어떻게 해야 할지다. 우리 가족 중에 오직 나 만 달리기를 하는 것은 우연이 아니었다. 다음과 같이 러너가 되어야겠다는 결심을 뒷받침해줄 분명한 증거가 존재하기 때문이었다.

달리기로 우울증을 치료한 사례

지난 20여 년 간 우울증 치료를 위한 잠재적 방법으로서의 운동에 관한 연구가 증가하고 있다(그리고 이러한 연구의 대부분은 그 치료법으로서 유산소운동을 채택하고 있으며 달리기는 유산소운동에 속한다). 이러한 연구는 과거에 비활동적이던 우울증 환자들을 둘 혹은 셋으로 나눈 후 다양한 형태의 치료법들이 실험 막바지에 이들의 우울 증상에 어떻게 영향을 미쳤는지 보는 경향이 있다. 어떤 연구의 경우 단순하게 두 집단으로 나눈 후 통제집단은 그대로 비활동적으로 남아 있는 동안 실험집단은 운동 프로그램을 시작하게 만든다. 또 다른 연구들은 항우울제와 심리치료 같은 일반적인 치료법과 운동을 비교하는데, 통제집단은 위약偽藥을 받는다.

예를 들어 듀크대학 연구팀이 진행한 어느 유명한 연구에서 주우울증major depression을 앓고 있는 202명의 성인을 각기 다른 치료를 받는 네 집단으로 나눴다. 집단상황에서 지도를 받으며 운동하는 집단, 지도를 받지 않고 집에서 운동하는 집단, 항우울제인 서트랄린sertraline, 브랜드명 졸로프트을 처방받는 집단, 위약을 처방받는 집단으로 나눈 피실험자들은 16주 후 다시 우울증 정도를 측정했다.

치료를 시작한 지 4개월이 지나자 41퍼센트의 피실험자들이 주우울증에 대한 임상적 기준에 미달하게 됐다. 상세히 살펴보자면, 운동을 한 두 집단은 항우울제를 복용한 사람들만큼 좋아졌다(이 세 집단 모두 위약을 투여한 통제집단보다 호전됐다). 후속 연구에서 연구자들은 첫 번째 연구가 끝난 후 1년이 지난 시점에서 피실험사들을 확인했다(즉, 첫 실험이 시작된 시점부터 16개월이 지난 것이다). 연구자들은 그 한 해 동안 규칙적으로 운동을 계속했던 사람들에게서 대체로 우울증상이 가장 크게 줄어드는 것을 발견했다.

이러한 연구들은 우울증 증상을 완화시키는 데에 운동이 항우울제만큼 효과적이라는 아이디어를 뒷받침하며, 이 아이디어는 2017년 발표된 어느 관련 연구분석에 의해 더욱 지지받게 됐다. 이 연구분석은 듀크 연구팀의 원래 연구와는 달리, 같은 주제를 두고 잘 설계된 모든 연구들을 살펴봄으로써 공통적으로 도달한 결론을 구분해내기 위해 진행됐다. 2017년 분석은 듀크 연구팀의 연구가 우연이 아니라는 것을 밝혀내며 "이 모든 연구들은 운동과 표준 항우울제 치료가 동일하게 효과적이라고 보고하고 있다."라고 결론 내렸다.

우울증과 운동의 관계에 대해 가장 잘 알려진 연구분석은 '코크란 리뷰Cochrane review'다. 새로운 연구가 완료될 때마다 그 내용이 추가되는 이 연구분석은 주우울증 뿐 아니라 경증에서 중간 정도의 우울증을 앓고 있는 사람들에 대한 연구도 대상으로 한다. 가장 최근에 갱신된 분석은 2,300명 이상의 피실험자를 대상으로 하는 39개 연구결과를 담고 있다. 그 가운데 우리 목적에 부합하는 가장 중요한 발견은 운동이 우울증 증상을 감소시키는 데에 항우울제와 심리치료만큼 효과적이라는 것이다. 다른 치료들과 운동을 결합하도록 권하는 연구들도 있다. 이 가운데 주요한 내용은 책 후반부에서 다룰 예정이다.

규칙적인 운동이 우울증의 발병을 방지한다는 증거도 존재한다. 노르웨이에서 이뤄진 한 연구는 9~13년 간 거의 3만 4,000명의 성인들을 추적 조사했다. 연구 초기에는 조사대상자 가운데 누구도 우울증의 증상을 가지고 있지 않았지만 연구 동안 조사대상자의 7퍼센트가 우울증 판정을 받을 수 있는 정도의 증상을 나타냈다. 연구팀은 연구의 시작과 끝에 조사대상자들의 운동습관에 관한 데이터도 수집했고 그 결과 규칙적인 운동을 하지 않는 사람들은 일주일에 1~2시간 운동하는 사람들보다 우울증에 걸릴 가능성이 44퍼센트나 높다는 충격적인 결과를 보였다.

이 연구의 설계는 분명 의미가 있었다. 우선 연구착수 과정에서 우울하지 않은 사람들만 포함함으로써 활동량이 적은 조사대상자들이 우울증 때문에 그렇게 되었을 가능성을 제거했기 때문이었다. 정적인 것과 우울증 간의 관계에 대해 또 다른 핵심적인 내용은 다음과 같다. 비활동성은 심장병과 당뇨병과 같은 흔한 질병을 일으킬 위험을 높인다는 것이다. 이러한 질병은 우울증 발병 가능성을 높인다.

우울증 치료법으로서의 운동을 지지하는 증거가 늘어나고 있음에도 여전히 이를 인정하지 않는 관점도 존재한다. 운동을 치료법으로 사용할 수 없다고 주장하는 이들은 사람들이 억지로 운동을 하게 만들 수 없다는 합리적인 이유를 든다. 질병통제예방센터Centers for Disease Control and Prevention에 따르면 미국인구의 21퍼센트만이 매주 적당한 운동을 하며 150분(2시간 30분) 간의 햇빛권장량을 채우지 못하는 것으로 나타났다. 우울증으로 고통받는 사람들은 특히나 일주일에 30분씩 5일간 운동하라는 권고조차 부담스러울 것이라는 점도 지적받을 법하다. 그러나 규칙적으로 달리는 많은 이들에게 이러한 일반적 권고는 문제가 되지 않을 것이다. 일주일에 24킬로미터를 1.6킬로미터당 10분의 속도로 걸을 때 약 150분의 운동시간을 채울 수 있다.

운동효과에 대한 회의론을 뒷받침하는 또 다른 근거는 연구방법론에 있다. 이러한 회의론에 반박하기 위해 연구주제를 잠시 바꿔볼 필요가 있겠다. 동료평가⟨peer-review, 같은 분야의 전문가들이 저자의 연구물을 심사하는 과정⟩를 거친 연구에 적용되는 표준적인 기준은 이중맹검법⟨double-blind study, 실험자와 피실험자 모두 위약투여 여부를 알 수 없게 감추는 연구방법⟩이다. 가령 새로운 약품을 시험할 때 피실험자의 반에게는 약을 투여하고 나머지 반에게는 외형, 맛, 기타 등에서 약과 구분되지 않는 위약을 투여한다. 그리고 약을 복용하는 피실험자와 약을 관리하는 실험자 모두 누가 약을 받고 누가 위약을 받았는지 알 수 없도록 약을 배포한다. 이러한 설계는 약효에 대한 인식이 피실험자의 약에 대한 반응과 이 반응에 대한 실험자들의 해석에 영향을 미칠 가능성을 줄인다.

이중맹검법으로는 운동을 포함해 일부영역을 연구하기 불가능하다. 당신이 우울하고 비활동적인 사람으로서, 운동이 우울증상을 줄여주는지에 관한 연구에 참여했다고 하자. 그러면 당신은 스스로가 운동을 시작하는 집단에 속하는지 아니면 비활동적으로 남아 있는 통제집단에 속하는지 알게 된다. 그 결과 당신은 6주 후에 기분이 나아졌다고 보고할 수 있다. 이미 당신은 운동이 우울증에 도움이 된다는 이야기를 들었기 때문이다. 즉, 그러한 이득에 대한 기대가 그 이득을 만들어낸 것이다.

더 나아질 것이라고 기대하기 때문에 더 나아진 현상이 바로 플라시보 효과다. '플라시보 효과'라는 표현에는 경멸의 의미가 담기기도 한다. 예를 들어 코치가 바뀐 직후 달리기 선수의 속도가 빨라졌을 때 이를 플라시보 효과라고 말할 수 있다. 2주 안에 달리기 속도가 유의미하게 빨라지기란 불가능하기 때문이다. 그에 반해 연구자들은 플라시보 효과의 유효성을 인정하고 있다. 마음이 신체가 어떻게 느끼는지에 영향을 미친다는 사실을 강력하게 뒷받침하기 때문이다. 특히나 신장병과 같은 신체질환으로 진단받기 어려운 우울증의 경우에 더욱 그렇다.

연구자들은 연구를 설계할 때 플라시보 효과에 대해 설명하려고 노력한다. 새로운 약을 시험할 때 연구자들은 가짜약을 복용한 사람들이 약을 복용한 사람들과 일부 동일한 효과를 보고하기를 기대하기도 한다. 연구자들이 바라는 것은 약을 복용한 사람들에 의해 보고된 효과가 플라시보 그룹에 의해 보고된 효과와 비교해 (유형과 정도에 있어서) 유의미하게 차이가 나는지 여부다.

운동이 우울증에 시달리는 사람들에게 도움이 되는지 여부를 실험하는 과정에서는, 비활동적 통제집단에게 효능 없는 알약을 주어야 플라시보 효과를 설명할 수 있다. 이 방법은 대화치료와 같이 치료여부를 숨길 수 없는 다른 치료법을 시험할 때도 사용되어왔다. 이런 식으로 설계된 연구에서 결과는 다음과 같았다. '운동을 시작한 사람들이 통제집단에 비해 더 큰 개선효과를 보였다.'

듀크대학에서 실시한 '운동 대對 졸로프트' 연구의 초기형태를 논의하는 과정에서 존 레이티 박사는 《운동화를 신은 뇌: 뇌를 젊어지게 하는 놀라운 운동의 비밀Spark: The Revolutionary New Science of Exercise and the Brain》이라는 책에서 이렇게 썼다.

"인구의 거의 5분의 1이 우울증에 시달리는 이 나라에서 의대는 이러한 연구결과들을 가르치고 보험회사는 고객들을 설득시키며 전국의 요양원들은 게시판에 써 붙여야 한다."

불행히도 미국에서는 이런 일이 제대로 이뤄지지 않고 있다. 미국 의료체계에는 운동을 자립적이고 독립적인 치료로 보는 데 대한 내부적 장벽이 있다. 따라서 의사들은 건강을 증진시키기보다 질병을 치료하는 방향으로 수련을 받는다.

우리는 진료실에 가서 충만한 인생을 사는 법을 배우는 것이 아니라, 우리에게 뭔가 잘못된 부분이 있다는 이야기를 듣게 된다. 또한 우리가 스스로 할 수 있는 것 말고 의사가 처방해주거나 검사하거나 전문가에게 보내주는 등 뭔가를 받길 기대하게 되고, 의사 역시 대부분 자신이 배우고 경험한 것들을 반영해 해결책을 제공해야 한다고 느낄 것이다. 의사가 "웬만하면 매일 밖에 나가서 30분 동안 몸을 움직이세요. 6주 후에 다시 봅시다."라고 말하는 것은 의사나 환자 모두에게 익숙한 진료실 광경이 아니다. 더 냉소적인 사람들은 이에 대해 제약회사들이 대부분의 질병에 맞는 약이 있다는 생각을 어떻게 조장하는지 언급하기도 한다.

미국정신의학회나 미국내과학회 같은 단체가 제시하는 현재 가이드라인에 따르면, 운동은 의사가 우울증 환자에게 권해야 하는 우선적 치료법이나 초기 치료법에 포함되지 않는다(현대 항우울제와 일부 심리치료 등 두 가지가 주요한 우선적 치료법이다). 국립정신건강연구소 웹사이트에서 우울증 환자들을 위해 제공하는 자료에는 운동이 "치료 외에 시도해볼 방법"이라는 파트에 포함되어 있다. "현실적인 목표를 세워라."와 "우울증에 관해 계속 공부하라."라는 조언과 함께 말이다.

반면 영국과 네덜란드, 캐나다의 가이드라인에 따르는 임상의들은 운동을 우선치료법으로 추천한다. 예를 들어 캐나다는 운동이 경증 우울증에 대한 독립적인 초기 치료법으로 추천된다. 그리고 차선책으로서나 그 후 단계로 발전한 좀 더 심각한 사례에 대해 다른 치료법들과 운동이 병행해서 이뤄진다.

호주와 뉴질랜드의 가이드라인은 운동을 좀 더 우호적으로 취급한다. 무기력이 우울증에 기여한다는 증거와 함께 왕립호주·뉴질랜드정신의학회는 운동을 '0순위' 치료법으로 보는 가이드라인을 제시하고 있다. 즉, 시드니나 오클랜드에 사는 비활동적인 우울증환자는 우선 운동부터 하도록 장려된다. 규칙적인 운동으로는 충분치 않다고 증명되었을 때에만 미국에서 의지하는 약물이나 심리치료를 시도한다.

미국의 경우로 돌아오자면, 환자들이 운동을 약으로 보는 치료법을 주도해나가는 동안 일반적인 의료계 관행이 그 뒤를 따르고 있다. 이상적으로 말하면, 앞으로 더 많은 의사들과 임상치료사들은 환자에게서 달리기와 기타 운동이 우울증을 다스리는 데 어떻게 도움이 되는지 듣게 될 것이다. 여기 관련사례를 보자.

나는 기분부전장애가 있는 러너다

나와 같은 상태에 있는 사람들과는 달리, 나는 우울증 때문에 심각하게 무기력했던 적이 없다. 대부분의 사람은 내가 생산적이고 진취적이며 심지어 에너지 넘친다고 생각할 것이다. 내가 평생 달린 마일리지가 거의 18만 킬로미터기 때문이다.

나는 기분부전장애가 있다. 기분부전장애는 만성적인 경도우울증으로, 문자 그대로 해석하자면 '기분이 불완전하다.'는 의미다. 나는 이 기분부전장애를 예전에 부상당한 내 왼쪽 허벅지 뒤쪽 근육이 골반뼈에 붙어 있는 '녹슨 전선의 느낌'에 비유하곤 한다. 나는 몇십 년간 그런 느낌을 견뎌왔다. 시간을 갉아먹을 정도로 나쁜 상태는 아니었지만 그 느낌은 언제나 저 어딘가 남아 있었고, 내가 부지런히 관리하지 않았다면 견딜 만한 상태가 아니라 절망적인 상태가 됐을 것이다.

허벅지 근육에 닿는 그 불편처럼 나는 오랫동안 기분부전장애를 안고 살아왔다. 나는 언제나 '침울한' 아이였다. 엄마는 내 '울적함'을 여러 가지로 불렀고 내가 그 상태에 접어들면 "나쁜 일이라도 생겼니?"라고 물었다. 그러면 나는 "몰라요. 그냥 슬퍼요."라고 대답했고 이 대답은 보통 다음과 같은 반응으로 이어졌다. "아이고, 그냥 기운을 내렴."

끔찍한 일이 벌어진 적은 없었다. 나는 학대 받지 않았고 우리 집은 궁핍하지도 않았으며 가까운 사람이 죽은 일도 없었다. 함께 시간을 보낼 친구와 형제도 있었고 학교에서도 잘 지냈다. 그렇다고 특별한 일이 벌어지는 것도 아니었다. 내 어릴 적 이미지는 잿빛 하늘을 한 3월의 어느 목요일 오후 2시 같았다.

마음의 눈으로 현재의 내 모습을 분명하게 보게 된 것은 9학년부터였다. 학기 중에 몇몇 중요한 사건이 벌어졌다. 나는 좀 더 목표지향적이 됐고 깊은 생각에 잠겨 우울해졌으며 달리기를 시작했다. 이 모든 일들이 대강 비슷한 시기에 벌어졌다는 것은 우연이 아니다.

어느 날 생물시간에 담수생태계에 관해 배우게 됐다. 우리가 배우는 생물 가운데에 하루살이가 있었는데, 교과서에 나오는 종들은 성충이 되었을 때 24시간밖에 살지 못하는 것들이었다. 하루살이 유충은 성충이 되어서 물에서 나오면 하루 안에 짝짓기를 하고 죽게 된다. 성충은 먹을 줄 모른다. 먹을 필요가 없기 때문이다.

그날 밤 나는 숙제에 집중할 수 없었다. 하루살이의 생애는 나를 그 어느 때보다 슬픔으로 몰아갔다. 나는 궁금했다. 자기와 마찬가지로 저주받은 후손을 남길 수 있도록, 딱 그만큼만 살기 위해 태어난다는 의미란 무엇인가? 왜 하루살이는 짝짓기를 하고 죽기 전 딱 하루만 스스로를 위해 즐길 수 있도록 이틀을 살 수는 없는가?

나는 곧 그 이틀의 삶조차 그다지 의미 없다는 사실에 충격을 받왔다. 사흘도, 나흘도….

나는 오랫동안 가족들을 지켜보며 왜 우리가 지금 하는 일들을 해야 하는지 궁금해했다. 특히나 학교와 직장의 일과가 멈추는 주말에는 시간을 어떻게 보내야만 하는가? 가끔 우리는 그저 밥과 밥 사이의 시간을 메우기 위해 여러 일을 하는 것처럼 보였고 그러다가 주말은 끝나버리고 무슨 일을 해야 할지 생각할 필요가 없는 상태로 복귀하는 것 같았다. 나는 그러한 삶이 하루살이와 하루살이의 슬픈 24시간짜리 생애보다 의미가 있는 것인지 궁금했다.

몇 년 후 나는 독일어로 'Weltschmerz염세'라는 단어를 배우게 됐다. 문자 그대로 번역하면 'World Welt Pain Schmerz', 즉 '세상의 고통'이라는 의미로 이는 당신이 원하는 세상과 현실의 간극에 대한 슬픔을 의미한다. 이 단어를 9학년에 알았더라면 나는 그다음 날 이렇게 쓰인 메모지를 들고 학교에 갔을 것이다.

"스콧의 슬픔을 눈감아주세요. 지금 하루살이 때문에 염세에 빠졌답니다."

근본적으로 불만족스러운 인생의 본질에 대한 실망에서 오는 고통은 그 이후 늘 나와 함께했다. (《기분부전장애와 만성우울증의 스펙트럼 Dysthymia and the Spectrum of Chronic Depressions》이라는 책은 "지적 성향을 지닌 환자들은 소외와 인간 조건의 부조리함이라는 주제에 대해 장황하게 말을 늘어놓을 수도 있다."라고 심리치료사들에게 경고하고 있다.)

이맘때쯤 나는 야심찬 목표를 세우기 시작했다. '착한 학생이 되는 것이 아니라 올A를 받을 것이다. 웬만하면 매일 학교를 가는 것이 아니라 완벽하게 출석을 할 것이다. 캠핑을 좋아하니까 마지못해 보이스카우트에 끼는 것이 아니라 이글스카우트Eagle Scout, 보이스카우트 중 최고등급가 될 것이다.'

당시에는 알지 못했지만 이제 나는 기분부전장애가 급격히 악화된 탓이었음을 알게 됐다. 내 우울증의 두 번째 특징은 쾌락불감증, 즉 즐거움을 경험하는 능력이 약해지는 것이다. 이 목표들은 내가 어쨌든 해야 할 일에 몰두한다는 느낌을 받을 수 있는 방법이었다. 즐거운 일들이 너무나 많은데 학교와 기타 장애물이 나를 가로막고 있는 것과는 달랐다. 더 바쁘게 지내기 위해 넘어야 할 산을 더 높이 쌓아야 했다.

내가 처음으로 술을 마시고 대마초를 피우며 여자친구를 사귄 때도 그때였다. 이제 쾌락불감증과 염세를 한꺼번에 해결하려는 노력이 시작된 것이다! 집중해서 귀 기울일 수만 있다면 적절한 음악 역시 내게 엄청난 기쁨을 안겨줬다. 언제나 머릿속을 떠나지 않던 '우리 모두 하루살이일 뿐'이라는 생각에 끌려 다니지 않을 곳으로 나를 데려가줬으니까.

달리기는 이 시기에 나를 찾아온 또 다른 참신한 존재였다. 나는 체육시간에 이를 약간 맛본 바 있다. 육상경기 시간에 나는 멀리뛰기나 전력질주 말고도 학교운동장 주변을 조깅할 수 있었다. 조깅은 즐거웠다. 공교롭게도 여동생의 친구 중 한 명이 우리 주의 크로스컨트리 챔피언이었는데, 우리 지역 청년회의소에서 주최한 '워크포휴머티니Walk for Humanity' 행사의 성금모금을 위해 약 32킬로미터를 달렸다. 내게 이 사실은 그가 크로스컨트리 주 챔피언이라는 것보다 더 인상적이었다.

나는 그토록 능력 있고 자립적인 사람이 되고 싶다는 생각에 사로잡혔다. 어린 시절 나는 가끔 뭔가 다른 일을 하는 사람이 되고 싶다고 느끼곤 했지만 그 일이 무엇인지는 알지 못했다. 그리고 이제 깨닫게 된 것이다. 고등학교 활동과 체계적인 대회 참가는 10학년이 되어서야 가능하겠지만 나는 크로스컨트리팀 선수가 되어야겠다고 결심했다. 1979년 3월 1일, 9학년의 봄에 나는 달리기를 시작했다.

나는 곧 15킬로미터를 달렸고 20킬로미터를 달리게 됐다. 때로는 하루에 두 번 달리기도 했다. 10대의 치기로 섹스와 약물, 로큰롤에 빠져들었던 것처럼 달리기로 쾌락불감증과 염세에 맞서게 됐다. 달리는 동안은 정신적, 신체적으로 활기를 띨 수 있었다. 그리고 그 여운이 남아 있는 동안 더 나은 어딘가를 향한 갈망으로부터 잠시나마 벗어날 수 있었다. 달리기 덕에 내 하루는 체계적으로 바뀌었고 무엇을 먹을지, 언제 먹을지 같은 진부한 문제들에 의미를 부여하게 됐다. 10대 아들이 하루에 한두 시간씩 그 누구도 알 수 없는 곳으로 사라져 삐삐 마른 몸을 가지게 된 것이 마냥 기쁘지만은 않은 엄마조차 달리기가 주는 정신적인 효과를 인정하게 됐다. 짜증의 기운이 내 안에서 넘실대기 시작하면 엄마는 "달리기 하러 안 가니?" 하고 물었다.

고등학교에 진학해 팀훈련을 받기 시작하자 달리기는 더욱더 내 행복의 핵심이 됐다. 그 당시 나와 함께 수천 킬로미터를 달리던 학생 가운데 둘은 여전히 가까운 친구로 남아 있다. 도로를 달리면서 성인러너들과 친해졌고 이들을 보며 나는 달리기가 먼 미래에도 내 일부일 수 있겠다는 희망을 가졌다. 달리기는 내게 기쁨과 편안함을 주는, 믿을 수 있는 원천이 됐다. 어느 정도 일상이 체계적이 됐고 또 언제나 뭔가를 기대할 수 있게 됐다. 매일 달리고 또 달리면서 마침 내 인생을 더욱 가치 있게 만들 방법을 찾은 것이다.

내가 모르고 있던 사실 한 가지는, 내가 뇌구조 자체를 바꿔가고 있다는 것이었다.

더 좋은 뇌 만들기

달리기를 처음 시작하던 시절 나는 달리기가 기분에 미치는 효과를 발견하고는 이에 흠뻑 취해 있었다. 집을 떠난 지 단 30분 만에 활기 넘치고 긍정적이며 열의에 차고 행복한 기분을 가지고 돌아올 수 있다니, 경이로울 지경이었다. 그 기분을 느끼기 위해 형에게 맥주를 사다달라고 이야기할 필요도 없었다!

그 즉각적이고도 우리가 기댈 수 있는 기분의 고조는 정신건강과는 상관없이 달리기가 지닌 엄청난 매력 가운데 하나다. 단기적인 안도감은 특히나 우울증을 가진 러너들의 마음을 사로잡는다. 〈4지점〉에서 우리는 왜 어떤 달리기를 하든 기분이 훨씬 좋아지게 되는지, 어떻게 해야 그러한 효과를 가장 잘 누릴 수 있는지 자세히 살펴볼 예정이다.

그러나 달리기가 정말로 우울증에 도움이 되는 부분은 시간이 흐르면서 나타난다. 뇌구조의 변화 덕이다. 아이오와주립대학에서 운동심리학을 연구하는 학자이자 교수인 팬털레이먼 에케카키스 박사에 따르면 규칙적인 달리기는 현대 항우울제가 효과를 내는 원인으로 여겨지는 두 가지 변화를 동일하게 일으킨다. 즉, 세로토닌과 노르에피네프린이라는 신경전달물질의 농도 증가와 신경생성neurogenesis, 즉 새로운 뇌세포의 생성이다. 로라 프레덴덜은 이에 대해 "매일의 자극도 중요하지만 시간이 흐를수록 이는 누적효과가 일어나요. 실질적으로 달리기는 더 건강한 뇌를 만들고 더 건강해진 뇌는 기분이 더 좋아지게 만들죠."라고 말했다.

이러한 변화 중 다수는 해마에서 일어난다. 우울증이 있는 사람들의 해마는 가끔 쪼그라들기도 한다. 에케카키스 박사는 이에 대해 말했다.

"MRI 촬영은 단 6개월 간의 운동으로도 해마 크기가 눈에 띄게 커졌다는 것을 보여줍니다." (우울증의 원인이 불분명하다는 점을 강조하며 에케카키스 박사는 이렇게 말했다. "해마는 주로 기억에 관여합니다. 우리는 기억을 관장하는 것으로 보이는 뇌부위의 확장이 어째서 항우울제 효과에 기여하는지 모릅니다. 하지만 분명 연관성이 있어요.")

규칙적인 운동이 뇌의 구조적 변화를 일으킨다는 것은 내가 이 책을 쓰면서 알게 된 가장 중요한 사실이다.

이렇게 생각해보면 이해가 쉽다. 흉부 엑스레이를 찍어보니 몇십 년 간 달리기를 하면서 심장의 좌심실이 커졌는데 세월의 흐름에 따라 뇌에도 눈에 띌 정도의 변화가 생기지 않을 이유가 있을까? 그러나 달리기를 통한 뇌의 성장에 대해서는 듣기 쉽지 않을 것이다. 달리기가 주는 정신건강적 이득에 대한 논의는 주로 그날그날의 효과에 초점을 맞추는 경향이 있다. 이는 달리기로 우울증을 관리한다는 것은 매일 아침마다 밑바닥부터 다시 시작하는 시시포스적인 과업이란 의미다. 그러나 연구를 통해 알게 된 이야기는 다르다. 달리기는 신경생성 및 신경가소성, 즉 뇌의 내부적 커뮤니케이션 네트워크의 향상을 이끌어낸다.

신경생성과 신경가소성은 주로 뇌유도신경생장인자brain derived neurotrophic factor, BDNF로 말미암아 발생하는 것으로 보인다. 뇌유도신경생장인자는 이전 장에서 간략하게 다뤘던 단백질이다(이 맥락에서 '생장'이란 뉴런으로 알려진 뇌세포의 생존과 성장을 촉진한다는 의미다). BDNF는 뇌를 위한 '미라클-그로Miracle-Gro' 비료라고 불리기도 한다.

"뇌유도신경생장인자는 뉴런이 폭발하고 회로로 연결되는 것을 도와줍니다."

프레덴덜이 말했다. 우울증과 알 수 없는 관련성을 지닌 해마는 뇌유도신경생장인자 활동의 핵심부위다. 뇌유도신경생장인자의 농도가 증가할 때 세로토닌 전달에 개입하는 기존의 뉴런이 새로이 성장하고 더욱 잘 기능하는 것으로 보인다. 다시 말하지만, 세로토닌과 같은 신경전달물질의 유효성을 강화시키는 이러한 메커니즘은 바로 현대 항우울제가 추구하는 바다.

뇌유도신경생장인자 농도는 어떤 운동을 하든 그 직후 급격히 증가한다. 좀 더 정확히 이야기하자면, 달리기 등의 유산소운동을 한 직후다. 근력운동 같은 활동 후 뇌유도신경생장인자 농도가 증가했는지 밝혀낸 연구는 거의 없다. 달리는 동안 뇌유도신경생장인자 농도가 급성으로 증가하는 것은 달리기를 끝마친 후 더 좋아진 기분으로 집에 돌아올 것이라고 장담할 수 있는 이유다.

그러나 우리 러너들은 시간이 흐르고 나서 달리기로부터 진정한 도움을 얻게 된다. 규칙적으로 운동하는 사람들은 쉬엄쉬엄 하는 사람들보다 매번 운동 시 뇌유도신경생장인자 농도가 더 크게 증가한다. 달릴 때마다 더 좋은 것들을 얻게 되는 셈이다. 규칙적인 당신에게 주어지는 또 다른 선물이 있다. 자주 운동하는 사람들은 비활동적인 사람들보다 휴식시간 중 뇌유도신경생장인자 농도가 더 높았다. 따라서 달리고 있지 않을 때조차, 규칙적으로 운동을 한다는 그 사실은 뇌를 더욱 발전시켜주는 것이다.

물론 러너가 되기 전과 이후의 평상시 뇌유도신경생장인자 농도 기록차트를 가지고 있는 사람은 거의 없을 것이다. 우리에게는 주관적인 경험밖에 없지만 그 경험을 되돌아본다면 러너로 지낸 기간이 길수록 우울증으로 방해받는 경우가 적어진다는 것을 금세 깨달을 수 있을 것이다.

"달리기를 통한 신경생성은 전전두엽 피질에서 일어납니다."

프레덴덜이 말했다.

"뇌에서 가장 중요한 부위죠. 스트레스 회복력이 좋은 사람들은 좌측 전전두엽 피질이 더욱 활성화되어 있어요. 자기 자신을 밀어붙이는 달리기나 다른 힘든 일을 할 때 전전두엽의 활동이 증가합니다.

그러면 시간이 흐르면서 뇌는 스스로를 더욱 잘 통제할 수 있도록 발달합니다.”

〈임상심리학리뷰Clinical Psychology Review〉에 발표된 연구분석은 “운동훈련을 통해 스트레스에 대한 지속적인 회복력을 부여하는 과정을 구성할 수 있다.”라고 결론짓기도 했다.

달리기가 우울증에 도움이 되는 또 다른 중요한 생리적 이유가 있다. 에너지를 쏟으면 더 활기차진다는, 언뜻 모순처럼 들리는 방식을 통해서다.

나를 구원한 '행동활성화'

언젠가 나는 우울증이 주는 무기력함을 설명하기 위해 형에게 목이 마를 때 어떻게 하느냐고 물었다. 형은 뜬금없다는 표정으로 나를 보며 말했다.

“그냥 마실 걸 찾아 마시면 되지.”

나는 형에게 그리 간단한 문제가 아니라고 설명했다.

일단 목이 마르다고 느끼면 '부엌에 가서 물을 좀 마셔야 해.'라고 생각한다. 그 후 의자에서 일어나 다른 방까지 걸어가 컵을 꺼내고 정수기로 몸을 돌리는 모습을 상상한다. 가끔 나는 그 모든 과정을 거치는 자신을 그려보며 '할 일이 너무 많네. 마음의 준비가 될 때까지 좀 앉아 있어야겠군.' 생각한다.

원하는 행위를 안 하기로 결정하기 전에 그 행위를 '프리허설〈pre-hearsal, 상상을 통해 미리 그 상황을 경험하는 것〉' 해보는 것이 우리 형 같은 사람에게는 이상하게 들리겠지만, 우울증을 지닌 사람들은 분명 고개를 끄덕이며 이해할 것이다. 피로는 우울증의 증상 가운데 하나로 지목된다. 그러나 나는 그 표현이 적절하다고는 생각하지 않는다. 피로는 지난 두 달간 20킬로미터까지 뛰어본 사람이 갑자기 야트막한 산길을 25~30킬로미터 정도 달리게 될 때 느끼는 것이다. 반면 '인지된 피로Perceived Fatigue'라는 표현이 이러한 상황, 즉 어떤 일을 해야 한다고 생각하면서 그 일을 충분한 기운을 갖췄다고 느낄 때까지 미루는 현상을 더 정확히 담아낸다. 우울증 때문에 '무의미하다는 느낌'을 느낄 때 적극성은 특히나 없어질 수 있다. 노력이 아무 의미가 없는데 뭐하러 힘들게 자리에서 일어나 움직이겠는가? 무기력증은 스스로의 삶을 앗아간다. 움직이지 않는 신체는 계속 움직이지 않으려는 경향이 있다. 결국 점점 더 늘어지는 기분을 느끼게 된다.

달리기는 무기력에서 자유로워질 수 있는 일상적인 방법이다. 문 바깥으로 나서면서 이야기는 바뀌고 추진력이 생겨난다.

"저는 달리기가 행동활성화를 통해 우울증에 도움이 된다고 생각합니다. 달리기를 통해 에너지가 향상되니까요."

임상심리사인 브라이언 배시가 말했다.

프레덴딜은 우울증을 가진 사람들에 대해 "제 환자들은 모두 활동량을 늘려서 효과를 얻었어요. 우울할 때 뇌는 활동이 더뎌져요. 달리기를 하러 나갈 때 뇌세포는 활성화됩니다. 뇌가 각성을 하면 기분이 좋아집니다."라고 말했다.

달리기를 하던 초창기 시절, 나는 가끔 행동활성화에 어려움을 느꼈다. 집에서 8킬로미터 떨어진 곳에 서 있는 자신을 상상하며 "아직 아니야. 준비가 될 때까지 기다리자."라고 생각해버렸던 것이다. 내가 갈구하는 에너지는 바로 달리기를 할 때만 마법처럼 나타날 것임을 알면서도 내가 지금 달리지 않아도 되는 이유를 찾고 있었다. 이제 나는 어리석게 뭉개지 않는다. 오랜 세월을 통해 몇 킬로미터만 달려도 그 어느 것과도 비교되지 않을 정도로 몸과 마음이 활력을 찾게 되리라는 증거를 얻었다.

또 다른 핵심은 이러한 상황에서 뭔가를 하는 것이 아무것도 하지 않는 것보다 낫다는 교훈을 내면화하는 것이다. 이는 달리기를 해야 한다는 것을 안다면 당신이 집에서 8킬로미터 떨어진 곳에 서 있는 모습을 상상하지 말라는 의미다. 우울증으로 가장 힘든 날이면 나는 스스로에게 그냥 쩔뚝거리는 속도로 뛰는 시늉만 해도 충분하다 말한다. 10분 후에 기분이 더 나빠진다면 속으로 그만 집에 가도 괜찮다고 말해도 괜찮다. 하지만 장담컨대 나는 언제나 밖에 더 오래 머물다가 의기양양한 기분으로 집에 돌아갈 것이다.

동면에 들어간 나무늘보가 아닌 달리기를 하는 러너가 되기 위해 나는 그날 밤 잠자리에 드는 내 모습을 떠올린다. 방의 불을 끌 때 나는 달리기를 했기 때문에 더 기분이 좋을까? 당연한 일이다. 또한 나는 운동복으로 옷을 갈아입고 스트레칭이나 다른 몸풀기 운동을 하는 것같이 달리기 준비과정을 시작하는 방법도 찾았다. 특히나 힘겨운 날이면 나는 속으로 조금 있다 그저 가벼운 스트레칭만 한 후 운동화를 신으면 기분이 더 나아질 것이라고 생각한다. 이러한 작은 행동이 활기를 불러일으키는 과정의 시작점이 된다. 야외에서 몸을 움직이는 것이 가능해 보이기 시작하는 것이다. 프레덴털은 가끔 환자를 자리에서 일으켜 세운 후 자신과 함께 심호흡을 하거나 팔을 살짝 흔들도록 함으로써 가벼운 행동활성화 효과를 얻으려 한다.

리치 하프스 역시 달리기가 가장 소용없어 보일 때 가장 도움이 된다는 사실을 몇 년에 걸쳐 깨달았다. 고등학교와 대학교 시절 달리기 선수였던 그는 첫 직업으로 자칭 '피트니스 러너'가 됐다. 그는 2004년 등수술을 받은 후 다시 달리기 시작했다. 달리기대회에 다시 참가하기로 결정한 그는 이제 50대가 되어 마라톤에서 3시간 기록을 깨기 위해 노력하고 있다.

"제가 잘 할 수 있는 분야에서 효과를 얻었어요. 아, 운이 계속 좋아야 하는데."

하프스는 며칠이나 계속되던 우울삽화에 대해 이야기했다. 예전에는 꽤나 흔하게 벌어지던 일이었다.

"가장 심했던 문제들이 이제는 그저 시간이 흐르면 해결되는, 그냥 극복하기만 하면 되는 문제가 됐어요. 달리기가 도움을 준 부분이죠. 저는 정말로 안 좋은 날에도 안정된 상태를 유지할 수 있게 됐어요. 무슨 일이 벌어지면 동굴로 숨어들고 얼마간 침대에만 누워 있을 수도 있어요. 하지만 곧 벌떡 일어나 달리기를 할 거예요. 훈련일지에

'0'이라고 기록하기 싫으니까요. 그렇게 천천히 저는 다른 상태로 접어들기 시작할 거예요."

'저스트 두 잇Just Do It'식 접근법은 때로는 달리기가 자신들에게 기운을 불어넣어줄 것을 알면서도 며칠 간 쉴 수밖에 없는 러너들의 고충을 폄하하려는 것은 아니다. 롭 크라는 웨스턴 스테이츠 울트라마라톤Western States Endurance Run에서 두 번이나 우승했다. 웨스턴 스테이츠는 100마일(약 160킬로미터)을 30시간 내에 완주해야 하는, 미국에서 가장 명망 높은 울트라마라톤대회다. 그런 그조차도 가끔은 더 나은 하루를 위해 운동복으로 갈아입고 그냥 문 밖으로 나서는 일이 간단하지 않을 때가 있다.

"마술봉이라도 있어서 한 번 흔들면 그 상태에서 벗어날 수 있는 건 아니니까요."

아리조나 주 플래그스태프에 사는 롭이 이렇게 말했다.

"때로는 할 수 있고 때로는 못해요."

오터베인대학 크로스컨트리팀의 에이스인 이언 켈로그Ian Kellogg 역시 우수한 달리기 선수지만, 우울증이 특히나 심해질 때면 아무리 높은 목표가 있어도 활동하지 못한다.

"저는 대개 그런 날에는 달리지 않아요. 30분만 달려도 기분이 나아질 거라는 걸 알면서도 그래요. 문 바깥으로 나갈 에너지나 의지를 찾을 수 없으니까요."

켈로그의 아버지인 존 역시 러너다. 그는 가끔 아들이 무기력의 부정적인 순환고리에서 벗어날 수 있도록 에스코트 해준다.

"아버지는 이렇게 말씀하세요. '이리 와서 나랑 몇 킬로미터 뛰고 오자'."

이언은 이렇게 말했다.

"아버지는 제 머릿속이 어떤지 이해하세요. 가장 기억에 남는 일은 아버지와 달리기를 하면서 뭔가 이야기를 하거나 가끔은 아무 얘기도 하지 않는 거예요. 아버지와 몇 번 그런 시간을 보내고 나면 걱정에서 벗어나거나 적어도 다시 달리기를 할 수 있는 의지를 되살리는 데에 도움이 돼요. 그러면 보통 정상으로 돌아갈 수 있게 됩니다."

꾸준함이 결여된 사람들에게는 다른 사람들과 함께 달리는 것이 좋다는 것이 통념이다. 누군가가 당신을 기다리고 있다는 사실을 알 때 달리기를 포기하지 않을 가능성이 높기 때문이다. 프레덴털은 이언의 우울증을 두고 이러한 조언을 실천에 옮긴 아버지의 의지를 높이 샀다.

"우울증에 걸렸을 때 자신보다는 다른 사람들 때문에 그 자리에 나타나게 될 거예요."

그녀는 말했다. 이런 식으로 스스로를 움직이게 만드는 것이 바로 행동활성화를 의미하며, 이를 통해 우울증상이 완화될 수 있다. 또한 행동활성화는 자기효능감으로 이어질 수 있는데, 이는 달리기가 우울증 환자들에게 도움이 되는 또 하나의 중요한 이유다.

자기효능감 키우기

뇌와 신체에 대한 달리기의 장·단기적 효과는 심오하지만, 뇌 속 화학물질의 농도는 단순히 정신상태의 일부를 구성할 뿐이다. 정신상태에는 인지라고 부르는 심리작용도 포함된다. 인지는 간단한 사고("오늘 나는 달리기를 오래 해야 돼. 내일 눈보라가 친다니까.")뿐 아니라 좀 더 몰입적인 현상, 이를 테면 당신의 생각에 대해 당신이 어떻게 생각하는지 등을 포함한다.

우울증의 전형적인 특징은 자기 패배적이고 절대론적인 사고를 한다는 것이다. "이렇게 힘들어선 안 되는 거잖아." "삶의 낙이 없어." "내가 하는 일은 중요하지가 않아." "맨날 이 모양이지, 뭐."

달리기는 정기적으로 이러한 생각들이 잘못됐음을 증명하고 따라서 기분이 더 나아지고 스스로에 대해 더 좋게 생각하게 되는 기회다. 배시는 말했다.

"우울증을 지닌 사람들이 달리기로부터 얻게 되는 커다란 심리적 이득 중 하나는 자아 존중감의 향상입니다. 목표를 설정하고 이를 달성할 수 있다는 데에서 자신감을 얻게 되죠."

아멜리아 개핀은 이에 대해 이렇게 말했다.

"출근 전 16킬로미터를 달리고 나면 하루 종일 기분이 좋은 상태로 있어요."

프레덴덜은 달리기를 통해 얻을 수 있는 이러한 심리적 이득이 핵심이라는 것에 동의했다.

"자기 자신이 뭔가를 해내는 모습을 보는 주관적 경험을 통해 기분이 좋아질 수 있어요. 어려운 일을 해내고 달리기 과정에 참여하는 것에 성공할 때 사람들은 자기효능감을 느끼게 됩니다. 자기효능감이란 특정한 과업이나 목표를 행하거나 성취할 수 있는 자신의 능력을 믿거나 예상하는 거예요. 많은 사람들에게 이는 감정을 관리할 수 있도록 큰 도움이 됩니다."

세월이 흐르면서 달리기가 지닌 자기효능적 측면은 스포츠가 내 인생을 구원해준 중요한 방식이 됐다. 신발끈을 묶고 거리를 달려 나가는 것이 내 안에서 끊임없이 반복되는 "그래서 어쩌라고?"라는 생각에서 벗어날 수 있는 가장 좋은 방법임을 깨달았다. 날마다 나는 달리기를 하면서 무감각함과 냉담함을 극복할 수 있다는 사실을 떠올렸다. 그리고 이러한 소소한 승리를 지켜보며 직업적으로 목표를 달성할 수 있다거나, 지나치게 자주 외로움을 느끼지 않는다거나 아니면 어떻게 은퇴에 대비할 것인지 생각하거나 마음가짐을 다잡는 것같은 발전을 이룰 수 있다고 내 자신을 믿을 수 있다.

에케카키스 역시 자기효능감이라는 효과에 열광한다. 운동이 적어도 항우울제만큼 자주 처방되어야 한다고 바라는 이유 가운데 하나다.

"항우울제를 복용하고 상태가 나아졌다면 심리적으로 외부적 귀인이 되는 거예요. 환자들은 자신들이 호전된 이유가 복용한 약 덕분이라고 믿어요. 사람들은 이렇게 믿는 거죠. '오늘 하루를 살아남도록 도와주는 이 외부요인이 없다면 나는 제 구실을 할 수가 없어.'

운동을 하게 되면 내부적 귀인을 하게 됩니다. '내가 나아진 이유는 스스로 노력했기 때문이야. 누군가가 나한테 약을 줘서가 아니라 내가 노력을 쏟은 거지.' 이 부분이 바로 항우울제와 비교해 운동이 지닌 추가적인 효과예요. 자율감, 그러니까 내가 내 자신의 상황을 통제할 수 있다는 느낌이죠."

"자신의 상황을 통제한다."는 것은 내가 달리기를 통해 우울증을 다스리는 방법에 대한 적절한 묘사다. 또한 달리기가 불안장애를 가진 사람들에게 어떻게 도움이 되는지의 문제에도 마찬가지로 적용된다. 다음 장에서 이를 다루려 한다.

달리기는 어떻게
불안장애에
도움이 되는가

"좌절이나 최악의 시나리오를 떠올리는 큰 그림에서 벗어나
소소하고 순간적인 일들을 해보는 거예요.
달리는 동안 우리의 생각과 감정을 부정적인 생각의 구렁텅이에서 구해줄
긍정적인 피드백 회로가 만들어지기 시작하는 거죠"

어느 봄날 아침 오래도록 달리기를 하면서 내 친구는 자기 딸이 곧 파리로 여행을 가는 것이 걱정스럽다고 이야기했다. 몇 달 전 테러리스트들이 파리를 공격하는 사건이 벌어졌고 친구는 그런 일이 반복될까 봐 두려워하고 있었다. 나는 별 도움이 되지 않은 뻔한 질문을 불쑥 던졌다.

"너는 딸이 차를 탈 때마다 이렇게 걱정하니? 차사고로 죽을 가능성이 훨씬 높다고."

테러리스트의 공격 때문에 죽을 가능성에서 시작해 친구는 곧 죽음에 대한 공포에 대해 털어놓았다. (이래서 사람을 솔직하게 만들어주는 러너스 하이runner's high가 좋아!)

나는 계속 지나치게 이성적인 '악마의 변호인〈Devil's Advocate, 어떤 사안에 대해 의도적으로 반대의견을 말하는 사람으로, 토론을 활성화시키거나 다른 선택의 여지를 모색하는 역할을 한다〉' 역할을 이어 갔다. 나는 물었다.

"네가 두려운 게 정확히 뭐야?"

어떤 상황에서든 벌어질 수 있는 가장 최악의 일이 죽는 것이라면, 죽는 바로 그 상황에서는 최악의 일이 이미 벌어진 것이니 두려울 것이 없게 된다. 죽음이 정말 고통스러울지라도 그 고통은 곧 끝이 나고 당신은 고통의 영향과 기억을 안고 살 필요가 없어진다.

친구는 지금은 무엇인지 알 수 없는, 자신을 괴롭게 만들 사건이 두렵다고 말했다. 그 일이 벌어졌을 때 어떨지, 그 이후 무슨 일이 벌어질지가 무섭다고 했다. 나는 곧 벌어질 일임을 알고 있으며 미리 준비함으로써 더 나은 결과를 만들 수 있는 사건들만 걱정한다고 대꾸했다.

소위 '방어적 비관주의〈defensive pessimism, 부정적 결과를 예상하고 그 결과가 발생하는 것을 막기 위해 조치를 취하는 심리적 전략〉'가 내 특기였다. 그런데 어떤 미지의 대상을 두고, 그 대상에 관해 알아낼 방법이 없고 이를 바꾸기 위해 할 수 있는 일이 아무것도 없는데도 두려워한다고?

나는 말했다. "그건 그냥 말이 안 돼."

이날 나는 공감해줘야 하는 러닝파트너로서는 최고가 아니었다. 우울한 생각 때문에 이성이 마비되곤 하는 사람으로서, 나는 죽음에 대한 친구의 불안이 이성적 분석을 바탕으로 했는지 여부는 중요하지 않음을 이해했어야 했다. 친구가 달리기를 하는 가장 큰 이유가 불안

관리임을 알고 있기에 더더욱 그랬다.

달리기가 어떻게 우울증을 지닌 사람들에게 도움이 되는지에 관해 우리가 배운 사실의 다수는 불안장애를 겪는 사람들에게도 적용된다. 그러나 불안은 그 나름의 극복해야 할 문제들을 지녔다. 이 장에서 우리는 이러한 문제들을 해결하는 데에 매우 효과적인 방식들을 다양하게 살펴볼 예정이다.

불안장애와 걱정의 차이

가끔 슬픔을 느끼는 것과 우울증의 차이처럼, 의학적으로 불안장애라고 알려진 증상들과 걱정의 차이를 구분하는 것은 도움이 된다. 불안장애의 기저를 이루는 걱정들은 일에 대한 걱정과는 반대로 가끔 모호한 성격을 띤다.

"저는 불안이란 마음을 동요시키고 불편하며, 뭔가 세상이 잘못 됐다는 느낌, 위협이나 걱정을 느끼게 되는 스트레스, 다양하고 때로는 건강하지 않은 방식으로 위안을 찾게 되는 불쾌한 느낌이라고 이야기합니다."

임상심리학자 브라이언 배시는 이렇게 말했다.

이러한 생각과 감각은 가끔 몸의 투쟁-도피 반응fight-or-flight에 연관된 신체적 증상을 수반하면서 심장박동수가 증가하고 땀을 흘리게 되기도 한다. 불안장애를 구분하는 한 가지 특징은 일상적 기능에 대한 지속적이고 계속적인 방해다. 배시가 말했다.

"누군가가 '저는 이런저런 증상을 가졌지만 그 때문에 정말로 괴로운 건 아니에요. 일상적으로 어떤 신체증상 때문에 집중하지 못하는 일은 없어요. 이에 대처하느라 많은 시간을 보내지 않아요.'라고 말한다면 저는 불안장애라고 진단 내리지 않을 겁니다."

임상적으로 불안장애에는 다양한 범주가 있다. 일반적인 불안장애가 있는가 하면, 사회불안장애와 공황장애가 있다. 미국인의 약 29퍼센트가 살면서 어느 순간 불안장애를 일으키는 것으로 추정된다. 임상사회복지사인 프랭크 브룩스는 불안장애의 만성적 특징을 바탕으로, 인구의 약 20퍼센트가 특정 해에 불안장애를 앓는다고 말했다. 이에 더해 불안장애에는 가끔 우울증이 따르기도 한다.

"불안장애와 우울증은 별도의 증상이라기보다는 공존하는 경우를 더 자주 봅니다. 우울증은 불안장애를 오랫동안 치료하지 않고 방치하면 생겨나는 경우가 많아요." 배시는 말했다.

우울증과 불안장애를 동시에 앓는 경우는 대략 50~80퍼센트에 달한다. 내가 달리기를 하면서 친구가 지닌 죽음의 공포를 두고 던진 어리석은 말들을 보면 알겠지만, 나는 불안장애가 없이 우울증만 앓는 운 좋은 사람 가운데 한 명이다. 따라서 더 나은 이해를 위해 나는 불안관리를 위해 달리는 여러 사람에게 자신의 증상을 설명해달라고 부탁했다.

플로리다 주 탬파에서 온 변호사인 세실리아 비드웰은 20대 중반에 들어서 불안장애를 겪었다. 법학전문대학원에 다니던 때였다.

"두렵고도 끔찍한 근심들에 사로잡혀 하루하루를 보내기 시작했어요. 언제나 특정한 일에 대한 걱정이었죠. 예를 들어 그때 만나던 남자가 지금 남편인데, 이라크로 파병됐거든요. 가끔 그 남자가 죽게 될 거라고 확신하며 아침에 눈을 뜨는 거예요. 아니면 법정에 출입하기 위한 신상조사에 통과하지 못해서 법조계에서 일할 수 없게 될 거라고 확신하면서 잠에서 깨는 거죠."

그녀가 일을 시작하자 이런 일은 더욱 빈번해졌고 특정한 문제에 국한되지 않았다. 한 번은 회의가 끝나고 돌아오다가 95번 고속도로에서 빠져나와 마켓 주차장에 차를 세워야 했다.

"숨을 쉴 수가 없었어요. 심장이 미친 듯이 뛰고 가슴이 쪼개지는 것 같았어요. 울트라마라톤을 뛰다가 심근경색을 일으키기라도 하는 것 같았어요."

달리기와 기타 자기관리 방법을 통해 불안관리를 하는 방법을 알게 되기 전, 그녀는 법정변호사로서 보여야 하는 평정심과 믿음직스러운 분위기를 유지하느라 고군분투해야 했다.

"저는 완전히 엉망진창이라는 인상을 주고 있다고 생각했어요. 한 번은 연말평가에서 별로 좋지 않은 평가를 받은 적이 있어요. '지나치게 부정적인 이미지를 풍긴다.'라고. 전 이렇게 생각했죠. '너희가 뭘 알아?'"

헤더 존슨의 불안은 13세에 시작됐다. 메인 주 사우스 포틀랜드에 사는 그녀는 눈보라 때문에 출발이 지연된 비행기 안에서 몇 시간을 보내야 했다. 이때 처음으로 공황발작을 일으켰다.

"정말 무서웠어. 몸 안에서 무슨 일이 벌어지는지 이해할 수 없었어. 자리에서 벌떡 일어나 내가 내 뺨을 때렸어. 영화에서 보면 누군가 제정신을 차리게 만들려면 그렇게 하잖아."

비행기에서 내렸지만 다시 기운을 차릴 수가 없었다.

"이런 식의 상황이 몇 번 더 일어났어. 그리고 이런 상황에서의 공포를 두려워하기 시작했지."

내 러닝파트너인 헤더는 어렸을 적 심장이 빠르게 뛰거나 손에 땀이 흥건해지고 몸을 부들부들 떨거나 다리 힘이 풀리고 어지러워지는 등의 신체적 증상을 보였다.

"설사 역시 큰 문제였어. 바깥에서 화장실을 가는 거에 대한 엄청난 두려움이 있었지. 그러니까, 이런 증상이 아무 때고 생기면 집에 돌아갈 때까지 공황상태가 더 심해지는 거야."

헤더는 40대에 이르러 신체적 증상의 발현이 훨씬 더 줄어들었다.

"이제 내가 경험하는 것들은 이런 거야. 생각의 폭주와 반추, 무엇이 위험한지 또 그걸 피하고 치유하려면 어떻게 해야 하고 나나 내 지인이 이를 알았을 때 무슨 일이 벌어질지 같은 모든 걸 알고 싶은 끝없는 욕구. 난 여전히 특정한 대상들에 대해 공포증phobia이 있어. 하지만 그 공포증 때문에 집에 틀어박혀 있지 않도록 관리하는 법을 배웠지."

오터베인대학의 학생이자 선수인 이언 켈로그 역시 아동기부터 불안장애를 겪어왔다.

"그걸 보여주는 증상 가운데 하나는, 제가 만성적으로 생각과잉이라는 거예요. 저는 육체적으로나 감정적으로 정말 예민해요. 아주 어렸을 적에 저는 딱 정해진 옷만 입었어요. 몸에 딱 맞기 때문이었죠. 5학년이 시작하는 날 전날 밤에 저는 완전히 정신줄을 놓고 부모님께 더 이상 학교에 다니고 싶지 않다고 말했어요. 절대로 아무 이유 없이요."

이 책의 도입부에서 만나봤던 내 러닝파트너 메러디스는 내일에 대한 두려움 때문에 전날 밤이나 당일 아침에 주로 불안감을 느낀다.

"특별한 대상과 '내일'이라는 개념이 문제가 돼. 이렇게 생각하는 거야. '너는 실패할 거야.' '일이 잘 풀리지 않을 거야.' '잘하지 못할 거야.' 그러고 나면 자존감과 관련해서 그런 부정적인 생각을 멈추기가 어려워져."

메러디스는 두려움을 다스리기 위해 먹어야 할 양보다 더 많은 음식을 먹고 늦게 잠자리에 든다.

"다음날이 빨리 올까 봐 잠을 자지 않아."

다음날이 밝아오면 그녀는 달리기로 그 하루를 시작하며 최대한 이를 다스린다. 그러한 선택이 옳다는 것을 보여주는 좋은 증거가 있다.

달리면 불안이 줄어든다

불안장애는 우울증보다 더 일반적이지만 운동이 그에 효과적인 치료법인지에 대한 연구는 오히려 더 적다. 연구와 불안장애의 특성상

부분적인 설명만 가능하기 때문이다. 동료평가 연구들은 불안장애를 연구할 때 매개변수〈변수들 간의 관계를 설명할 때 두 변수 사이에서 연계하는 변수. 예를 들어 A→B→C라는 관계에서, 전체적으로나 부분적으로 A의 움직임이 일단 B에 효과를 미치고 이어서 B가 C에 효과를 미칠 때 B는 A와 C 사이의 매개변수가 된다〉를 엄격하게 정의하려고 노력한다. 우울증의 증상이 보통 단일 스펙트럼상에 나타나는 반면에 불안장애는 좀 더 다채롭게 나타나기 때문에 표준적인 연구모델을 따르기가 좀 더 어렵다.

지금까지 이뤄진 연구들에 따르면 달리기와 같은 유산소운동은 전문적인 용어로 '불안완화 효과Anxiolytic effect'를 지닌다. 불안증상을 감소시켜 준다는 의미다. 일반적으로 30분 이상의 운동이 더 많은 이득을 가져오는 것으로 나타났다. 달리기와 관련해선 대부분 그러하듯 꾸준함이 최고다.

8천 명 이상의 미국인과 1만 9천 명의 네덜란드인을 대상으로 한 연구 등에 따르면, 규칙적으로 운동을 하는 사람들은 불안장애로 진단 받을 가능성이 낮았다. 물론 이러한 발견은 불안장애를 가진 사람들은 규칙적으로 운동을 하지 않을 가능성도 내포하고 있다.

불안장애를 진단 받고 운동을 시작한 사람들에 대한 연구로 초점을 옮겨본다면, 그 결과 역시 비슷하게 친운동적이다. 거의 30여 년 전 이 주제에 대한 어느 연구분석은 다음과 같이 결론 내렸다.

"연구들은 운동이 불안의 감소와 연관되지만 유산소운동을 할 경우에만 해당된다고 입증하고 있다."

더 많은 연구가 진행될수록 규칙적인 유산소운동이 위약을 처방

받거나 아무런 치료도 하지 않는 경우와 비교해 불안증상을 감소시킨다는 결과가 꾸준히 나타나고 있다. 심장병과 암 등 만성질환을 지닌 사람들이 운동을 시작한 경우에도 마찬가지였다.

2010년 한 연구는 규칙적인 운동을 하는 만성질환자들은 불안감이 평균적으로 20퍼센트 감소한다고 보고했다. 또한 가장 최근에 진행된 2017년 연구분석은 "운동이 사람의 웰빙과 심혈관건강에 미치는 폭 넓은 긍정적 효과들을 종합했을 때 이러한 발견은 운동이 불안·스트레스 장애를 가진 사람들에게 중요한 치료법 가운데 하나임을 강조한다."고 결론 내렸다.

운동과 우울증에 관한 연구에 비해 운동과 불안장애에 관한 연구가 더 적기 때문에 다른 일반적인 치료법에 비교해 운동의 효과가 어떠한지에 대해서는 정보가 그다지 많지 않다. 2015년의 한 연구분석은 여전히 "연구의 대다수들은 운동이 높은 수준의 불안이나 불안장애에 대한 치료법으로서 약물치료나 인지행동치료 등을 포함한 기존의 치료와 비교해 비슷한 효과를 지닌다. 그리고 플라시보 또는 대기군waitlist control, 실험에서 적극적인 치료를 받기 위해 대기명단에 올라 있다고 이야기를 듣는 피실험자 집단들과 비교해서는 더 나은 효과를 제공한다."고 분석했다. 그리고 이 동일한 연구는 다른 치료법과 운동을 병행했을 때 어떤 치료법이든 단독으로 적용했을 때보다 더 효과적이라는 결론을 내리기에는 관련 연구가 지나치게 적다고 판단했다.

이러한 연구분석을 통해 얻을 수 있는 중요한 교훈은 달리기와 같은 운동이 상태불안state anxiety, 특별한 대상이나 상황, 예견되는 실패 등으로 긴장감, 초조감 등을 느끼는 것〉과 **특성불안**〈trait anxiety, 불안을 일으키는 특별한 대상이나 사건과 상황이 없음에도 지속적으로 불안해하는 것〉 모두에 도움이 된다는 것이다.

상태불안은 특정한 상황에 대한 반응으로 불안증상을 일시적으로 보이는 것이다. 예를 들어, 시끄럽고 사람들로 붐비는 장소에 갇혔다고 느낄 때 심리적이고 신체적으로 반응을 일으킬 수 있다. 특정 상황이 더 이상 존재하지 않을 때, 즉 이 경우 당신이 방에서 나오면 그 증상은 사라진다.

특성불안은 성격에 있어서 좀 더 영구적인 측면으로, 불안증상을 자주 느끼는 경향이다. 당신은 다른 사람들보다 이런 증상들을 더 높은 강도로 겪거나 더 자주 겪을 수 있고, 아니면 더 높은 강도로 더 자주 겪을 수도 있다. 운동과 특성불안에 대한 연구에 따르면 규칙적인 운동만이 유의미한 효과를 낼 수 있다. 1991년 연구에 따르면 특성불안의 증상은 10주 이상의 규칙적인 운동이 이루어진 후에야 크게 개선됐다.

달리기와 다른 규칙적인 유산소운동은 어떻게 이러한 근본적인 효과를 가져오는가? 달리기와 우울증에 관련해, 운동이 의학적 효과를 가지기 위해서는 여러 핵심수단들이 함께 작용하게 된다.

불안과 우울이 공존하는 경우라면?

불안과 우울이 가끔은 공존한다는 점을 기억하자. 불안장애를 겪는 사람들은 두 종류의 현대 항우울제를 처방받는다. 선택적 세로토 닌 재흡수 억제제Selective Serotonin Reuptake Inhibitor, SSRI와 세로토닌 노르 에피네프린 재흡수 억제제Serotonin Norepinephrine Reuptake Inhibitor, SNRI다.

두 질환이 공존하고 유사한 작용이 기저에 존재한다고 추정할 때, 우리가 지금까지 살펴본 달리기의 효과는 우울증뿐 아니라 불안장 애를 지닌 사람들에게도 적용된다는 의미가 된다. 즉, 뇌유도신경생 장인자의 농도를 높이고 해마의 크기를 확장하는 것이다.

이러한 관점에서 달리기는 그저 기분을 향상시킨다는 의미에서 불 안장애를 지닌 사람들에게 도움이 되는 것이 아니다. 규칙적인 달리 기는 새로운 뇌세포를 생성하고 뇌 안에서 커뮤니케이션이 더 원활 하게 이뤄지도록 돕는다. 불안감을 감소하는 데에 도움이 되는 구조 적 변화를 끌어내는 것이다. 이러한 생각은 대부분의 사람이 단 몇 주 간만 규칙적인 운동을 하더라도 불안감이 분명히 감소됨을 경험 한다는 발견에 꼭 들어맞는다.

한 동물연구는 불안감소에 도움이 되는 또 다른 구조적 변화를 제 안한다. 프린스턴대학 연구팀은 실험용 쥐를 두 집단으로 나눠 한 집 단은 쳇바퀴에 자유로이 접근할 수 있도록 하고 다른 집단은 활동을 하지 못하도록 했다(이 실험에 참여한 쥐들은 보통 자율적으로 움직였다. 뭐, 그러지 않으면 쥐가 딱히 할 일이 있겠는가?).

이러한 상황에서 6주가 지난 후 모든 쥐들은 잠시 차가운 물에 노출 됐다. 연구자들은 이러한 스트레스로 쥐의 복부 해마ventral hippocampus, 불안을 조절하는 뇌부위에 어떠한 변화가 일어나는지 관찰했다.

비활동적인 쥐의 경우 스트레스와 연계된 해마 뉴런 내의 유전자가 즉각적으로 행동활성화되기 시작했다. 달리기를 하는 쥐들에게서는 벌어지지 않는 현상이었다. 달리기를 하는 쥐들은 운동을 통해 새로운 뉴런을 생성하고 이런 새 뉴런들은 기존의 뉴런보다 더 쉽게 흥분하지만, 비활동적인 쥐에서와는 달리 스트레스에 대한 반응을 억제하는 활동이 증가하는 것으로 나타났다. 여기에는 신경전달물질인 감마-아미노부티르산gamma-aminobutyric acid의 양이 크게 증가하는 현상도 포함된다. 보통 GABA라고 부르는 이 신경전달물질은 뇌세포 흥분성을 감소시킴으로써 진정효과를 제공하는 주요역할을 맡는다(그리고 예상할 수 있겠지만 GABA 약품은 스트레스 완화제로 팔리고 있다).

모든 지표들은 달리기를 통해 쥐들의 스트레스 관리능력이 향상됐다는 것을 보여준다. 아이오와주립대학의 팬털레이먼 에케카키스는 이러한 발견들에 대해 "운동의 (불안감소) 효과는 단순히 인지적인 것이 아니라는 의미"라고 주장했다.

결국 추측컨대 달리기를 하는 쥐들은 차가운 물이라는 스트레스에 노출됐을 때 스스로에게 "감당할 수 있어. 지난주에 쳇바퀴에서 죽어라 도는 것보다는 낫지."라고 말했기 때문에 괜찮은 것이 아니란 것이다.

이는 우리 인간에 대한 달리기의 인지적 측면을 폄하하는 것은 아니다. 우울증을 가진 사람들에게 도움이 되는 심리적 효과는 불안장애를 가진 사람들에게도 그만큼 유의미하게 누적된다. 헤더 존슨의 경험은 서던메소디스트대학의 연구결과와 완벽하게 맞아 떨어진다.

연구팀은 규칙적인 운동 노출이 불안 민감도anxiety sensitivity로 알려진 증상에 도움이 되는지 실험했다. 불안 민감도란 심장박동수와 호흡수의 증가 등 불안과 관련한 감각을 끔찍한 일이 임박했다는 신호로 해석하는 것이다.

"달리기는 공황발작과 동일한 증상을 일으키는 상황들로 날 밀어 넣는 수단이야. 이를 통해 부정적인 자기 대화를 줄이고 (미친 듯이 뛰는 심장, 피로감 등) 신체증상이 주는 공포를 마주하며 그 순간을 즐기는 데에 필요한 기술들을 충분히 연마할 수 있어."

헤더와 마찬가지로, 이 연구에 참가한 피실험자들은 동일한 성공을 거뒀다. 헤더는 또한 달리기를 통한 자기효능감 증대를 보여주는 사례가 됐다. 예전에는 사람들이 붐비는 곳에서 무력감에 빠질 정도로 공포에 질렸던 그녀는, 이제 규칙적으로 대규모 달리기 시합에 참여해 사람들로 빡빡하게 들어찬 스타트 라인에 선다. 또한 대형홍보회사 마케팅팀에서 일하면서 지역의 학교운영위원회에서 활동하기도 한다.

"매번 내 컴포트 존〈Comfort zone, 안락지대〉에서 벗어 나가려고 노력하는 거 자체가 성과예요. 새로운 길을 달리고, 집에서 너무 멀어지지 않으려고 일찍 돌아오려는 유혹을 이겨낸다거나, 달리기 시합에 참가하고는 시합 후의 피로감을 견뎌내는 거죠."

달리기가 마음을 진정시킬 것이다

우울증을 가진 사람들에게 달리기의 효험은 행동활성화의 역설처럼 보인다. 자리에서 일어나 움직일 때 피곤해지는 것이 아니라 더욱 활기 넘치게 된다는 것이다. 불안의 경우에도 달리기는 잠재적으로 직관과는 어긋나는 효험을 지닌다. 당신의 심장박동수와 혈압을 높이고 땀을 흘리게 하는 등 불안과 관련한 일반적인 신체적 증상이 나타나게 만드는 활동이 오히려 당신을 진정시켜주는 것이다. 메러디스는 출근 전 달리기의 좋은 점에 대해 말했다.

"이날 무슨 일이 벌어져도 내가 감당할 수 있다고 느끼게 돼."

에케카키스는 운동의 안정효과를 가져 오는 뇌의 매커니즘에 관해 특정한 연구가 있는지는 모른다고 말했다.

"하지만 운동이 신경안정제의 부차적인 효과를 재현해낸다는 건 분명 알아요. 일반적으로 긴장과 불안에 연계된 근육활동이 감소하도록 만드는 역할이에요."

그는 달리기를 하고 나면 일반적인 감정적 스트레스 요인이 발생하더라도 혈압이 떨어지며 심장박동수와 최대 혈압 역시 증가하지 않는다는 점에 주목했다. 이는 운동을 하지 않을 경우에 반응하는 것과는 다른 방식이다.

우리가 〈1지점〉에서 만난 메릴랜드대학의 뇌과학자 J. 카슨은 운동의 진정효과에 대해 흥미로운 연구를 진행하고 있다. 한 연구에서 그는 사람들은 휴식을 취할 때보다 중간강도로 운동을 했을 때, 즐거운 표정을 한 사람들의 사진에 끌린다는 것을 발견했다. 스미스는 소위 '탐침탐사Dot-Probe' 과제를 통해 이러한 변화를 측정했다.

연구의 피실험자들은 주의를 고정시키기 위해 설계된, 컴퓨터 화면 한가운데에 있는 십자가를 응시한다. 한 쌍의 얼굴이 십자가의 양 옆으로 1초 간 나타난다. 한 얼굴은 중립적인 표정, 다른 한 얼굴은 기분이 좋거나 불쾌한 표정을 하고 있다. 그 후 점 히나가 얼굴들이 있었던 자리 가운데 한 곳에 나타난다. 피실험자들은 가능한 한 정확하고 빠르게 점이 나타난 지점을 지적하도록 과제를 받았다.

탐침탐사 과제는 주의 편중attentional bias, 다시 말해 다른 것 대신 특정 대상에만 주의를 기울이는 경향을 측정하는 표준검사다. 스미스는 피실험자들이 중간 강도로 운동을 하고 있을 때 즐거운 얼굴에 확실히 더 많은 주의를 기울인다는 것을 발견했다. 이들은 기분 좋은 이미지가 화면에 나타난 위치를 정확하게 가리킬 가능성이 더 높았다. 반면 불쾌한 표정에 대한 주의편중은 감소했다. 불쾌한 표정을 한 얼굴에는 주의를 기울이지 않은 것이다. 피실험자들은 휴식 중에 검사를 하거나 고강도로 운동하는 동안에는 즐거운 얼굴을 선호하거나 불쾌한 얼굴을 멀리하는 편향을 보이지 않았다.

또 다른 연구에서 스미스는 두 가지 경우에서 사람들의 불안 수준을 측정했다. 30분 간 평온하게 앉아 있기 전후, 30분 간 중간 강도로 운동을 한 전후였다.

피실험자들은 차분하게 앉아 있던 때와 운동을 했을 때 모두 불안감이 감소했다. 그리고 반전이 주어졌다. 15분 후 두 조건 모두의 피실험자들은 컴퓨터 화면에 뜬 90장의 사진을 보았다. 30장은 '중립적'인 사진(사람, 장소, 물건), 30장은 즐겁다고 여겨지는 사진(아기·가족·귀여운 동물 사진 15장과 야한 사진 15장), 30장은 불쾌한 사진(위협과 상해의 묘사)이었다.

30분 간 앉아 있던 사람들이 이 사진들을 보았을 때, 이들의 불안 수준은 실험세션의 초반부에 측정된 수준과 동일하게 나타났다. 그러나 운동을 한 지 15분 후에 사진을 보았을 때 피실험자들의 불안 수준은 낮게 유지됐다. 조금 전에 운동을 마친 경우, 감정적 조작에 휘둘리지 않는 방어막이 생기는 것으로 보였다.

비드웰은 달리기가 끝난 후 가지게 되는 평정심은 스트레스가 많은 근무 시간 동안 지속된다는 것을 깨달았다. 그녀는 아침 달리기에 대해 이렇게 말했다.

"일종의 '초기화'예요. 아침에 달리기를 잘했으면 오후 2시에 상황이 엉망으로 흘러가더라도 괜찮아요. 일을 훨씬 잘 처리할 수 있고 덜 걱정하죠. '내가 왜 여기에 있는 거야?'라고 생각하는 위기상황으로 이어지지 않는 거예요. 불안한 느낌이 들고 걱정이 되어서 달리기를 하러 가도 상태가 호전됩니다. 하지만 역시나 달리기는 예방을 위한 하루 일과가 될 때 더 유용해요."

달리는 동안 다른 관점이 열린다

사람들이 적절한 달리기로 마음을 정화시킨다고 이야기할 때, 이는 지난 몇 시간 동안 이들을 진창으로 끌고 들어간 생각들을 없앤다는 의미일 수 있다. 주의가 산만해져서이기도 하고("와, 저 예쁜 꽃 좀 봐.") 집중하기 때문일 수도 있다("지금 세상에서 가장 중요한 건 내가 지금 800미터를 다섯 번째 뛰는데도 앞의 네 번만큼 빠른 속도로 달린다는 거야!").

메러디스는 말한다.

"대개 혼자 달리기를 갔다 돌아오는 길이면 나를 괴롭혔던 생각들이 무엇이든 더 이상 남아 있지 않아. 내가 인지행동 치료를 받으면서 부정적인 생각과 싸우는 것과는 조금 달라. 그 차이를 만드는 것이 바로 달리기지."

헤더 존슨은 말한다.

"멍해지는 효과를 내는 거야. 운전하는 동안 10분이 지나면 그 사이 벌어지는 일을 기억하지 못하는 거랑 똑같지."

그러나 마음을 정화시키는 효과는 이전의 생각을 지워버려서가 아니라 생각이 보다 명확해지기 때문에 나온다. 불안장애를 가진 사람들은 달리기가 가진 가장 큰 매력으로 이 움직임의 마술을 꼽는다. 세실리아 비드웰은 이렇게 말했다.

"달리기를 할 때면 여러 생각들이 들고 납니다. 그러면 걱정하지 않게 되죠. 여러 가지를 객관적으로 생각할 수 있게 되면서 정말 크다고 생각했던 문제들이 전체적으로는 별거 아니라는 걸 깨닫는 거예요."

헤더는 말했다.

"달리기는 머릿속에서 휘몰아치는 생각을 잡아주는 가장 좋은 약이지. 머릿속이 내내 혼란스러울 때 말 그대로 달리기를 시작해. 그러면서 하나의 생각과 문제, 대화에서 다른 것들로 넘어가. 끝에는 결국 사라져버리지. 난 그렇게 내면의 갈등과 문제들을 해결해."

임상심리학자인 로라 프레덴덜은 달리기가 반추에서 벗어날 수 있는 훌륭한 방법이라는 점에 동의한다.

"우리는 불안과 우울감에 휩싸일 때가 있어요. 그럴 때면 온갖 좌절이나 최악의 시나리오를 떠올리는 큰 그림에서 벗어나 소소하고 순간적인 일들을 해보는 거예요. 예를 들어 두 언덕을 넘어 8킬로미터를 뛰고 돌아오는 달리기처럼, 목표를 달성하는 어떤 일이요. 달리는 동안 우리의 생각과 감정을 부정적인 생각의 구렁텅이에서 구해줄 긍정적인 피드백회로Feedback loop가 만들어지기 시작하죠."

에케카키스는 달리기의 '다르게 생각하기' 효과는 두 가지 요인이 결합된 결과라고 믿는다.

"하나는 쾌감을 자극하고 여러 일들을 긍정적으로 해석하도록 도와주는 신경전달물질입니다."

그는 마리화나의 유효성분과 유사한 화학구조를 지닌 (그리고 우리가 다음 장에서 살펴볼) 엔도카나비노이드Endocannabinoid를 예로 들며 말했다.

"두 번째로는 적절한 운동을 할 때 생기는 (순환기의) 변화입니다."

특히나 산소화 된 혈액이 뇌의 전전두엽 피질로 더 많이 공급되면서 활성화되는 것이 핵심일 수 있다. 전전두엽 피질은 이성적인 사고가 가능하도록 도와준다. 따라서 논리적으로, 전전두엽 피질이 더 활발하게 움직인다면 골치 아팠던 문제들이 명확하게 해결된다. 비드웰과 다른 이들이 달리기를 하면서 자주 경험하는 상황이다.

가벼운 달리기는 일상의 즐거운 쉼표

이 주제를 두고 나와 이야기를 나눈 사람 대부분은 달리기를 통해 불안으로부터 한숨 돌릴 수 있었다고 했다. 예를 들어 비드웰은 말한다.

"저보다 불안감이 낮은 친구 대부분이 저보다 경주기록에 대해 훨씬 많이 불안해해요. 저는 운동이 제대로 안 되거나 달리기를 중간에 그만둬야 할 경우 '어쩔 수 없지.' 하고 생각합니다."

그러나 모든 사람들이 이토록 태연할 수는 없다. 이언 켈로그가 말했다.

"불안을 다스리며 큰 대회에 나가는 건 저한테는 정말 아슬아슬하게 경계를 넘나드는 일이에요. 이 대회에 긍정적이고 의욕 넘치는 태도로 임할 것인가, 아니면 2주 동안 끌려 다닐 것인가 하는 문제죠. 마음속에 생겨나는 생각들에 조종당한 경우가 여러 번 있었어요. 학교에서 집중하기가 어렵고 쉽게 잠들지 못하고, 뭐 그런 식이에요. 큰 대회 하나를 두고 계속 불안해하거나 그냥 손 놓고 기다리는 거죠."

메러디스는 말한다.

"내가 고등학교와 대학교 시절에 제대로 달리지 못한 건 불안 탓이 커. 많은 사람들이 시합 전에 예민해지는 건 알아. 하지만 불안 때문에 '시합에서 제대로 될 리가 없어.' 같은 부정적인 생각이 피어오르는 거지."

그녀는 경기 며칠 전부터 두려워하기 시작했고, 그 두려움은 출발선에 섰을 때 절정에 이르렀다.

"경기 동안 몸이 지치면 부정적인 생각들이 떠올랐어. 그러면 그때부터 정말로 상황이 변하는 거야. 부정적인 생각에서 돌아오기가 더 힘들어졌지."

이언 켈로그는 불안을 관리하지 않은 대가는 '기록'으로 돌아온다고 말했다. 그는 실내에서 열린 1마일(약 1.6킬로미터) 크로스컨트리경기에서 좋은 기록을 냈다. 오터베인대학의 최고기록인 4분 14초 5보다 더 빠른 기록으로 우승할 것이 거의 확실했다. 그러나 첫 400미터를 목표로 삼은 속도보다 약간 느린 65초대에 끊으면서 상황이 달라졌다.

"경기를 망칠 수도 있고 사람들이 더 빨리 출발할 수 있다고 이해하는 대신 저는 공황에 빠졌어요. 자신이 좋은 선수가 아니라고 생각했어요. 초반부에는 앞서 달리다가 800미터에서는 중간으로 떨어졌고 마지막 400미터는 거의 망쳤죠."

경기는 켈로그가 목표로 했던 기록으로 들어온 선수가 우승하는 것으로 마무리됐다. 켈로그는 그보다 6초 늦은, 4분 20초를 기록했다.

한편 나는 메러디스가 달리기에 앞서 두려움에 빠졌던 이야기를 들으며 놀랐다. 이제 30대 후반인 그녀는 내가 지금껏 만난 러너들 중에 가장 열정적이기 때문이다.

그녀는 지금은 오직 자기 자신을 위해 달리고 시합에 나간다는 점이 차이라고 설명했다.

"학교에서는 팀의 일원이기 때문에 느끼는 압박이 있었어. 잘해야 하고 망쳐서는 안 된다는 생각 그리고 내가 시합을 망쳐버렸을 때 사람들이 어떻게 생각할까 하는 거… 그게 자성 예언처럼 되어 버린 거야."

켈로그는 달리기 전의 준비행동을 바꿈으로써 달리기와 관련한 불안을 잘 관리하는 법을 배우게 됐다.

"전에는 헤드폰을 쓰고 혼자 엄청나게 걱정하곤 했어요. 그러면서 겁을 먹고 시합에 대해 과하게 생각하게 되는 거예요."

이제 그는 팀원들과 농담을 하고 다니면서, 될 수 있는 한 마음을 가라앉히려고 노력한다.

"여전히 시합 전에 심하게 긴장해요. 하지만 출발선에 서면 제게 그보다 더 어울리는 곳은 없다고 생각하죠. 시합 전에 그런 생각을 하는 것은 매우 중요한 일이에요. 시합에 임할 준비가 됐고 제가 즐기면서 달린다는 사실을 다시 한 번 상기시키는 거예요. 시합과는 별도로 달리기를 하러 나가는 행위 자체를 즐기는 법을 배웠어요. 열심히 훈련을 한다든가 개인최고기록을 수립하는 것보다 더 나을 건

없는지 몰라도 가볍게 16킬로미터를 뛰는 행위에는 뭔가 치유적인 부분이 있어요."

켈로그와 우리는 왜 가벼운 달리기가 치유적인 성격을 가졌으며 평범한 일상의 부담에서 벗어난 즐거운 쉼표임을 깨닫게 됐을까? 단기적인 감정상태 또는 기분에 미치는 달리기의 효과는 바로 다음 장의 주제가 된다.

달리기로
기분
좋아지기

내가 아는 한, 달리기는
짧은 시간 내에 불쾌함이 명랑함으로 바뀔 수 있는
가장 간단하고도 효율적인 방법이다.

2017년 2월 12일 일요일은 나로서는 그해 가장 이상한 하루였다.

나는 70분 간 달리기를 했다. 늘 하던 일이었다. 달리는 과정 역시 한겨울의 메인 주에서는 평범한 축이었다. 전날부터 시작해 그때까지도 계속 내리는 눈 때문에 신발에 아이젠을 부착했고, 제설이 그나마 잘 되어 있는 가까운 동네를 통과하는 짧은 코스를 택했다. 몇 번 넘어지긴 했지만 그다지 특별한 일은 아니었다.

이날이 특별했던 것은 엉망진창이 된 기분으로 돌아왔기 때문이었다("완전 엉망진창." 그날 내 달리기 일지는 이렇게 시작했다.)

앞으로 며칠 간 눈이 더 많이 온다고 했기 때문에 나는 형식적인 달리기가 아닌 다른 뭔가를 하고 싶었다. 더 중요한 건, 몇십 년 간 경험해본 결과 달리기가 아무리 힘들고 고되더라도 바깥에 오래 머물수록 기분은 더 좋아진다는 것이었다.

그러나 이날은 아니었다. 페리 빌리지Ferry Village를 열심히 뛰는 동안 내 곁을 지나가는 모든 차들이 예전보다 더 자주 내게 욕지거리를 하는 것처럼 느껴졌다. 심지어 그날 들은 욕은 원래 알고 있던 뜻보다 더 심하게 느껴졌다. 그리고 한 걸음 내딛을 때마다 무의미하고 끝도 없는 의무가 된 내 삶이 겹쳐 보이는 것 같았다.

다행히 이런 날은 몇 년에 한 번 찾아온다. 내가 아는 한, 달리기는 짧은 시간 내에 불쾌함이 명랑함으로 바뀔 수 있는 가장 간단하고도 효율적인 방법이다. 힘겨운 날에 내가 문 밖으로 나서는 이유는 기분이 좋아질 수도 있다는 가능성 때문이 아니라 좋은 기분으로 집에 돌아오게 되리라는, 거의 보장에 가까운 이유 때문이다.

지금까지 우리는 달리기가 유발하는 장기적인 뇌의 변화에 대해 알아봤다. 이는 러너가 된 덕에 생겨나는 건강하고 바람직한 결과다. 그러니 어떤 날이든, 특히나 힘겨운 날이면 당신은 해마 크기나 신경가소성의 향상 따위가 중요한 게 아니라 그저 기분이 나아지기만 바랄 수도 있다. 달리기가 기분에 어떠한 영향을 미치며, 어떻게 자신의 존재에 대한 인식을 빠르고도 실질적으로 바꿔 놓을 수 있는지가 이번 장의 주제다.

달리기를 하면 기분이 좋거든요

기분은 당신이 어떻게 느끼는지에 대한 주관적인 묘사다. 심리학에서 기분은 감정과 구분된다. 감정이 특정상황에 대한 급성반응(분노, 기쁨, 실망 등)인 반면에 기분은 전체적인 정신상태에 대해 더 광범위하고 오래 지속되는 평가다.

분명 감정을 자극하는 사건들은 기분에 영향을 미친다. 친구에게서 받은 감사카드는 즉각적으로 행복이나 놀라움 같은 감정을 만들어낼 뿐 아니라 하루 종일 기분에 긍정적인 영향을 미칠 것이다. 그 카드에 대해 딱히 생각하지 않는 시간에도 마찬가지다. 그러나 기분은 아무리 유지하려 해도 변할 수 있다.

"달리기를 하면 결국 더 행복해지고 차분해집니다. 그리고 다른 사람들을 더 좋아하게 되지요."

포틀랜드에서 임상사회복지사로 일하는 프랭크 브룩스 박사가 이렇게 말했다.

"그게 바로 더 좋아진 기분의 당신이에요. 자기 몸이 도대체 어떻게 움직이는지 경험했으니까요."

달리기에 관심이 없는 브룩스가 달리기 후 기분이 좋아지는 전형적인 현상을 이토록 정확히 묘사한다는 사실만으로도 이 현상이 얼마나 널리 인정받고 있는지를 알 수 있다.

여러 연구가 운동 후에 기분이 더 좋아진다는 것을 압도적으로 입증하고 있다. 그리고 이는 심리학자들이 이야기하는 두 종류의 좋은 기분에 해당한다. 하나는 '긍정적인 고활성화Positive High Activation'로 긴장하거나 흥분하거나 들뜨거나 행복해하는 등의 속성이고, 다른 하나는 '긍정적인 저활성화Positive Low Activation'로 만족하거나 침착하거나 이완되어 있거나 차분한 속성을 의미한다.

달리기가 대단한 이유 가운데 하나는 정신건강 상태와 상관없이 기분을 좋게 만드는 비결이 된다는 것이다. 그리고 이는 우울증이나 불안장애를 지닌 사람들을 강하게 끌어당기는 요인이 된다.

아이오와주립대학의 팬털레이먼 에케카키스 교수는 말했다.

"우울증을 가진 사람들과 그렇지 않은 사람들의 운동 후 기분개선 효과를 직접적으로 비교한 연구가 있는지는 기억이 나지 않습니다. 다만 우울증이 없는 사람들이 한바탕 운동을 하고 난 후 기분이 좋아지는 효과가 우울증을 앓는 사람들에게서도 발견됩니다. 그리고 통계적으로 생각했을 때 더 낮은 수준에서 시작하면 기분이 향상되는 정도가 더 커질 것이라 추측할 수 있겠죠."

즉, 한 시간 동안 달리기를 하고 기분이 그냥 좋은 수준에서 더 좋은 수준으로 바뀌는 것은 있을 수도 있는 일이다. 그러나 절망적인 기분에서 만족스러운 기분으로 옮겨가는 것은 근본적인 변화라 할 수 있다.

내가 이 책을 쓰면서 이야기를 나눈 거의 모든 러너들은 세실리아 비드웰과 비슷한 경험담을 들려줬다.

"달리기가 끝나면 '와, 대부분의 사람들은 항상 이렇게 느끼는구나.'라고 생각해요."

거의 매일 나는 달리기를 통해, 현실에서 흠을 찾아내는 기본적인 태도에서 저명한 심리학자인 윌리엄 제임스가 '긍정기능Yes Function' 이리고 부르는 상태에 접어든다. 나는 좀 더 마음을 열고 포용력이 커지며 집중하게 된다. 덜 우울할 뿐 아니라 멸시적인 생각을 하거나 낙담하지 않는다.

운동 후 기분개선 효과에 대한 연구에는 경고가 뒤따른다. 진정한 기분개선 효과를 경험하기 위해서는 적절한 강도로 운동해야 한다는 것이다. 우울증을 앓는 남녀집단의 기분변화를 관찰한 2009년 조지 메이슨대학 연구를 떠올려보자. 피실험자들은 러닝머신이 10퍼센트 경사로 설정된 상태에서 25분 간 뛰되 그중 15분은 매우 빠른 속도로 뛰어야 했다. 이 운동 직후 피실험자들은 기분이 덜 우울하다고 응답했다. 그러나 운동 후 30분이 지나자 이들은 운동 전보다 더 우울한 기분과 함께 덜 활기차게 느껴진다고 보고했다.

우울증을 지닌 수많은 러너들의 경험과 이러한 연구결과 간의 간극은 왜 발생하는 것일까? 조지 메이슨 연구에 참여한 피실험자들은 비활동적이었다는 점에 주목하자.

운동심리학에서 에케카키스가 기여한 부분 가운데 하나는 사람들이 가벼운 운동을 할 때뿐 아니라 웨이트트레이닝을 할 때의 기분도 조사한 통찰력을 보였다는 것이다. 이를 통해 그는 "대부분의 사람은, 특히 비만과 심폐건강이 좋지 않은 일반적인 중년들은 운동을 하는 동안 기분이 나빠진다."는 것을 발견했다. 그는 "그 후 운동을 멈추게 되면 '아, 끝났다.'라는 반동효과rebound effect가 일어난다. 따라서 운동을 마친 몇 분 후에는 운동을 시작하기 전보다 기분이 좋아진 것처럼 보인다. 그러나 이는 운동을 하는 동안 일어난 기분저하에 대한 반동일 뿐이다."라고 썼다.

이는 러너들에게 흔한 경우는 아니다. 사람들은 보통 소위 '환기역치Ventilatory Threshold, VT'보다 낮거나 약간 높은 수준의 활동을 유지하는 데에 필요한 체력을 가지고 있다. 환기역치에 대해 에케카키스는 "당신의 호흡에 변화가 있다고 처음 주목하게 되는 시점이다. 호흡은 더 이상 얕지도 불규칙적이지도 않다. 호흡은 점점 더 깊어지고 규칙적이 되며 두드러진다. 그리고 당신의 말하는 패턴을 바꿔 놓는다."라고 실용적인 관점에서 정의 내렸다. 달리기로 보자면 당신이 한 시간 동안 유지할 수 있는 속도에 관한 문제다. "적당히 힘든" 수준으로 5~10킬로미터를 뛰는 템포런〈Tempo Run, 몸에 쌓이는 피로 임계값을 향상시키기 위해 빠른 페이스로 달리는 훈련〉에 익숙하다면, 이는 당신이 에케카키스가 이야기하는 강도로 달리기를 하고 있다는 의미다.

"그 정도 강도에 이르는 운동을 하며 시간을 보내면 기분이 좋아지는 효과로 이어집니다."

에케카키스가 말했다. 건강하지 못한 사람들은 소파에서 일어나 문 바깥까지 나서는 순간 이미 환기역치에 다다르게 된다. 따라서 지속적인 운동은 거의 운동시간 내내 이들을 압박하고 기분이 좋지 못하게 만들 가능성이 있다.

마이 케미컬 로맨스

수 킬로미터를 달리는 일이 어떻게 기분을 북돋워주는 걸까? 달리기를 하지 않는 사람들일지라도 이에 대해서는 같은 답을 내놓을 것이다. 바로 '엔도르핀'이다. 1970년대에, 뉴런수용체와 관련 있는 이 화학물질은 달리기를 하는 동안 농도가 더 높아지는 것으로 알려지게 됐다. 여러 연구들은 달리기 후 높아진 엔도르핀 농도와 기분이 좋아지는 현상 간에 상관관계가 있다는 것을 밝혀냈다. 이 시기에 달리기의 인기는 처음으로 높아졌고, 엔도르핀은 달리기를 하지 않는 사람들에게도 익숙한 신조어인 '러너스 하이Runner's High'의 동의어가 됐다.

이쯤에서 '러너스 하이'란 모호한 개념이라는 점을 짚어볼 필요가 있다. 다섯 사람에게 러너스 하이의 정의를 물었을 때 의견 일치를 보기란 쉽지 않다.

시간 가는 줄 모르게 되는 변화한 상태?

힘이 들지 않는 느낌?

흘러가듯 자연스러운 상태?

황홀감?

열심히 운동하고 있음을 감안했을 때 그럴 수도 있겠다 싶은 정도보다 더 기분이 좋은 상태?

과학자들이 연구를 하려면 모두가 동의할 수 있는 정의와 측정 가능한 변수를 필요로 한다. 한 연구팀은 '러너스 하이'에 대해 고통의 감지와 불안한 정도, 평정심 또는 안녕한 느낌의 변화라고 정의했다. 이러한 기준들은 측정이 가능한 반면, 달리기는 이러한 변화를 끌어내는 유일한 요인이 아닌 경우가 많다.

"일반적으로 우리는 '러너스하이'란 말을 사람들의 주목을 끌기 위한 두루뭉술한 표현으로 씁니다. 심리적 상태에 관한 실질적인 정의라기보다는 사람들에게 우리가 무슨 말을 하려는지 쉽게 전달하기 위함이죠."

러너들의 기분에 대해 연구하고 있는 아리조나대학의 데이비드 레이츨런 교수는 이렇게 말했다.

처음에 엔도르핀이라는 개념이 인기를 얻게 된 후 대부분의 사람은 이를 (자신들이 어떻게 정의를 내리든 간에) 러너스하이와 동일시하고 이 문제가 해결됐다고 생각했다. 그러나 연구계에서는 엔도르핀 농도와 기분 간의 상관관계가 의미 있는지에 대한 의구심이 일기 시작했다. 어쨌든 엔도르핀은 뇌하수체에 의해 분비된다. 뇌하수체는 뇌의 중심부에 위치하면서 그 내용물을 뇌 바깥으로 내보내는 역할을 한다.

에케카키스가 말했다. "엔도르핀이 기분을 바꾸는 역할을 한다면, 그 역할은 아마도 말초순환이 아니라 뇌가 하는 것이겠죠."

뇌의 엔도르핀 농도와 기분개선 효과 간의 강력한 상관관계는 2008년까지 입증되지 못했다. 독일의 학자들은 흔히 암검진을 위해 쓰이는 영상연구인 PET 촬영을 통해 두 시간 동안 달린 철인3종경기 선수들의 뇌를 찍었다. 그 결과 전전두엽 피질과 기타 기분과 관련 있는 뇌부위에서 엔도르핀이 고농도로 나타나며, 이 농도는 선수들의 황홀감과 관련 있다는 것을 밝혀냈다.

그 무렵 엔도르핀은 더 이상 대부분의 러너들이 달리기를 한 후 정신적으로 재충전되는 이유를 설명하는 만능해결사로 여겨지지 않았다. 심지어 잠재적으로 관련된 유일한 뇌 화학물질도 아니었다.

인간진화에 대한 연구의 일환으로 레이즐런은 러너와 개, 흰 족제비에게서 달리기 전후의 엔도카나비노이드endocannabinoid 농도를 측정했다. 엔도카나비노이드는 마리화나로 인한 황홀감을 일으키는 주요 물질인 THC〈tetrahydrocannabinol, 테트라히드로카나비놀〉와 동일한 수용체(눈, 귀, 코 등과 같은 감각기관에서 자극을 직접 수용하는 세포)에 작용하는 물질이다.

레이즐런은 달리기를 한 후 인간과 개의 엔도카나비노이드 농도는 증가하지만 흰 족제비의 경우는 그렇지 않았다는 사실을 발견했다. 이 연구결과는 인간의 진화과정에서 달리기가 맡고 있는 역할을 설명하는 '달리기 위해 태어난 존재'라는 이론을 뒷받침한다. 현대인과 개들의 조상은 음식을 얻기 위해 달려야만 했지만 흰 족제비들은 그럴 필요가 없었기 때문이다(잠깐. 레이즐런은 개의 엔도카나비노이드 농도가 30분 간 러닝머신에서 걸은 후 감소한다는 것을 발견했다. 이는 우리 강아지가 용변을 보도록 동네 산책을 시켜주는 것도 좋지만 달리게 해줄 때 더 행복해진다는 의미다).

레이즐런은 달리기가 엔도르핀과 엔도카나비노이드의 농도를 높여주는 이유를 설명할 두 가지 주요이론이 존재한다고 말했다.

"180~200만 년 전부터 우리 조상들의 생활방식은 높은 수준의 신체활동을 필요로 하는 방향으로 변화하기 시작했어요. 운동으로 발생하는 생리적 변화들은 그러한 진화사의 산물입니다. 엔도카나비노이드와 오피오이드〈opioid, 아편유사제〉는 진통제라 할 수 있어요. 운동을 하는 동안 이러한 신경전달물질들은 고통을 완화하고 당신이 더 빠른 속도로 움직일 수 있도록 하기 위해 활성화될 가능성이 매우 높습니다. 이를 통해 그렇지 않은 경우보다 더 오래 움직일 수 있게 되고 여기서 나오는 일종의 부산물로서 기분이 좋아지는 거죠. 또 다른 가능성은, 수렵-채집인으로서는 가장 똑똑한 행동이 아닌데도 그 행동을 하도록 자연선택이 동기를 부여할 수 있다는 거예요. 이를테면 우리는 달리면서 많은 에너지를 쏟아내는데, 우리가 소비하는 모든 칼로리는 언젠가 다시 채워져야 한다는 점에서 현명한 일은 아니죠. 이 부분에서 어떤 이론이 가장 유력한지 판단하기는 어려워요. 쥐 실험에 따르면, 이러한 신경전달물질 체계를 차단하는 조작을 하면 평소에는 쳇바퀴를 열심히 돌리던 쥐들이 그 행위를 그만둡니다. 이는 동기부여가 이러한 체계의 아주 유력한 특징이라는 것을 암시해요. 하지만 우리가 확실하게 결론 내린 건 아닙니다."

레이츨런은 이 두 설명을 조합할 수 있는지 묻는 내 질문에 대답했다.

"자연선택은 번식 성공도를 높여주는 요소가 유전자 풀에 남겨지는 방식으로 작동합니다. 따라서 기분 좋게 만들어주는 진통제와 신경생물학적 보상의 조합이 당신을 더 훌륭한 약탈자로 만들어준다면, 그 조합이 선택되는 거예요."

물론 훌륭한 수렵-채집인이 되기 위해서는 건강해야 한다. 석기시대로 치면 그 시절 소파 같은 데에서 일어나는 것이 피곤하다면 영양을 쫓아간다든지 3시간 동안 사냥을 하는 것은 더 힘들어진다.

기분을 좋게 해주는 뇌 화학물질이 장기적인 외출 동안 분비된다는 레이츨런의 이론은, 러너를 비롯해 지구력 훈련을 받은 운동선수들이 운동을 통해 기분이 좋아지는 특별한 접근법을 가졌다는 이전의 관찰결과들과 완벽하게 들어맞는다. 세로토닌과 뇌유도신경생장인자 등이 이러한 뇌 화학물질에 포함되는 것으로 추정된다. 우리는 앞서 〈1지점〉에서 이 화학물질들이 운동을 통해 뇌기능을 향상시키는 데에 관련 있음을 살펴본 바 있다.

기분은 단순히 현재의 뇌 화학물질을 반영하는 것이 아니다. 달리기를 할 때 체온은 상승한다. 심부온도가 조금만 올라가도 근육긴장도는 감소하며, 이는 사우나에서 나오는 것처럼, 좀 더 느긋하고 차분한 기분으로 이어진다. 체온은 달리기가 끝난 후 한 시간 이상 높은 수준으로 유지되면서 '잔광효과'를 일으킨다.

메릴랜드대학의 J. 카슨 스미스 박사는 말했다.

"우리는 뇌에 초점을 맞추는 경향이 있어요. 그게 중요하긴 하죠. 하지만 운동을 한 후 신경계는 더 진정되고 근육은 더 이완됩니다. 그리고 그 정보가 뇌로 전달되면서 우리는 이걸 좋은 기분이나 진정 상태로 해석하는 겁니다."

자기효능감이 단기적으로 강화된다는 것 역시 잊지 말도록 하자. 〈2지점〉에서 우리는 강도와 상관없이 규칙적으로 달리기 목표를 달성하는 것에 성공할 때 인생의 도전과제에 맞설 수 있다는 인지적 발전을 가져온다는 것을 살펴보았다. 매일 달리기를 통해 타성과의 싸움에서 이기고 스스로에게 바람직한 일을 해내면서 얻게 되는 만족감은 기분을 좋게 할 수 있다.

기분을 가장 좋게 하는 달리기 방식은?

어떤 유형의 달리기가 기분을 가장 좋게 해줄까? 얼마나 멀리, 얼마나 빨리, 언제, 어디서 달려야 하는가?

이 질문에 관한 연구들과 우수 사례들을 살펴보기 전에, 그 답에서 가장 중요한 부분은 "달리기를 하는 것"이다. 어떻게 달리든, 아예 안 달리는 것보다는 거의, 언제나, 더 낫다. "오늘 안 달렸으면 좋았을 텐데."라고 생각하며 잠자리에 드는 사람은 드물다. 우리는 대부분 그 반대로, 뛰지 않아서 후회하는 것에 더 익숙하다. 특히나 정신적으로 고달팠던 날에는 더욱더.

달리기에 대해 '모 아니면 도'의 관점을 피하도록 노력하라고 브라이언 배시는 강조한다. 그는 임상심리사이면서 우울과 불안장애를 관리하기 위해 오랫동안 달리기를 해왔다.

"'16킬로미터를 뛰지 않으면 의미가 없어.' 이렇게 생각하던 때도 있었어요. 멀리 뛰어야 한다는 생각에 질려서 아예 달리기를 쉰 날도 많아요. 그러면 전혀 도움이 되지 않죠."

울트라마라톤계의 스타인 롭 크라 역시 정신적으로 힘든 날에 그러한 접근법을 극복하는 법을 배우고 있다.

"옛날에는 밖에 나가 제가 하려고 했던 일을 정확하게 하지 못하면 스스로를 엄청나게 질책하면서 낙오자라고 생각했어요. 이제는 '좋아, 24킬로미터를 뛰거나 트랙운동을 하지 못할 거 같아. 이번 주에는 목표거리에 못 미치겠지. 하지만 어쨌든 몸뚱이를 끌고 나가 6킬로미터를 달렸어. 물론 내가 하려고 했던 거엔 미치지 못하지만.' 하고 생각하려 해요."

나는 크라가 6킬로미터 달리기에 대해 이야기를 할 때 "풉!" 하고 웃음을 터뜨리고 말았다. 앞서 얘기했지만 나는 집에서 8킬로미터를 달리겠다고 다짐하며 나와서는 반밖에 못 달리고 돌아올 수도 있다는 생각에 쩔쩔매곤 했기 때문이다. 이런 내면의 상상 때문에 가끔은 달리기를 쉬어버렸고 상황은 당연히 더욱 악화되었다. 달리기로 기분을 향상시키지 못할 뿐 아니라 그날 일지에 '0킬로미터. 달리기 안 했음.'이라고 기록하면서 훨씬 더 큰 패배감을 느꼈기 때문이다. 나는 6킬로미터를 뛰는 사람이 아예 안 뛰는 사람보다는 16킬로미터를 뛰는 사람에 가깝다고 다짐하는 법을 배웠다.

대부분의 연구에 따르면 30분 간 달리기를 할 때 기분은 확실히 좋아진다. 현재의 나 같은 경우에는 적어도 6킬로미터를 달린다는 뜻이다. 정말로 마음이 괴로운 날이면 나는 가장 적합하다고 느껴지는 정도에 따라 더 늘리거나 줄일 수 있는 유연한 경로를 따라 뛴다. 그리고 적어도 15분을 달리기 전까지는 얼마나 오래 달릴 것인지에 대해 아무런 결정도 내리지 않으려 노력한다. 그보다 길게 달릴 수 없다고 판단되는 날이면 스스로에게 실패한 것이 아니라고 다짐한다.

뭔가를 하는 것이 아무것도 하지 않는 것보다 나으며, 내일은 더 나아질 것이기 때문이다.

정반대의 측면에서, 당신은 어떻게 오랫동안 달려야 기분전환에 효과적인지를 경험했을 수도 있다. 앞서 다뤘던 뇌 속 엔도르핀 농도가 증가하는 것과 황홀감을 연결 짓는 연구는 피실험자들이 두 시간 동안 달렸다는 것을 기억하는가? 연구상 이는 높은 강도로 훈련한 선수들에게는 적합한 지속시간이었다. 그러나 달리기의 다른 요소들과 마찬가지로 '오래달리기'의 정의 역시 상대적이다. 당신에게는 그 시간이 40분이 될 수도, 70분이 될 수도 있지만 얼마를 달리든 평소보다 분명 더 오래 달리면서도 지나치지 않은 수준이어야 한다. 그리고 거리와는 상관없이 달리기 이후 기분이 훨씬 더 좋아져야 한다. 가능한 한 나는 오랫동안 달리기를 하고 난 후 한두 시간 동안 그 기분을 즐길 수 있도록 시간계획을 짠다. 대부분의 사람에게는 일반적인 것이라 생각되는 그 기분을 즐기려고 말이다.

얼마나 빨라야 할까?

기분을 좋게 하는 엔도카나비노이드에 대한 연구를 하기 위해 레이츨런은 러너들이 네 가지 강도에서 30분 간 운동을 하도록 설계했다. 그는 최대심박수의 70퍼센트 수준('조깅하는 속도'라고 해석된다.)과 80퍼센트 수준(대화를 나누며 꾸준히 달릴 수 있는 속도)으로 달리기를 했을 때 엔도카나비노이드가 최대한으로 증가한다는 것을 발견했다.

엔도카나비노이드 농도는 레이츨런 연구의 러너들이 최대심박수의 50퍼센트 수준(걷기)으로 뛰거나 90퍼센트 수준으로 30분 간 뛸 때(대개 5킬로미터 달리기를 하는 속도) 줄어들었다. 엔도카나비노이드는 고맙게도 당신이 평소 가볍게 달리는 정도로 달릴 때 가장 효과적으로 생성된다. 보통 때처럼 평범하게 달리고 나면 더 좋은 기분으로 돌아올 수 있게 되는 것이다.

그러나 레이츨런 자신도 말하듯 "가장 기분이 좋아질 때는 템포런이나 인터벌 런interval run을 할 때"다. 기분이란 뇌 화학물질의 농도와는 다른, 그 이상의 존재라는 것을 기억하자. 힘든 운동을 하도록 스스로를 채찍질하는 것은 목표를 설정하고 성취하기 위해 필요하다. 이를 통해 세상이 견디기 어렵게 느껴질 때 인생의 다른 부분에도 이러한 마음가짐을 적용할 수 있게 된다. 나는 "오늘 무슨 일이 벌어지든 벌써 800미터를 여섯 번이나 달렸다고."라고 되뇌는 것이 마음을 가라앉히는 데에 도움이 된다는 것을 깨달았다.

핀란드의 한 연구는 다양한 강도로 운동을 한 후의 오피오이드 농도를 관찰했다. 그리고 기분에 있어서 뇌 화학물질이 반드시 다른 어느 요인들을 능가하는 영향을 미치는 것은 아님을 다시 한 번 보여줬다.

연구팀은 사람들이 중간 강도로 60분 간 자전거를 타고 난 후와 인터벌 사이클운동(워밍업 후 30초 간 전력질주를 다섯 차례 수행하며 그 사이마다 4분 동안 휴식을 취하거나 가볍게 자전거를 탄다.)을 하고 난 후 기분과 오피오이드 농도를 측정했다.

오피오이드 농도는 중간 속도로 자전거를 탔을 때보다 인터벌 사이클을 한 후 더 높게 나타났다. 그러나 피실험자들은 중간 정도로 운동을 했을 때 더 기분이 좋다고 보고했다(이 사람들은 레이슬런 연구의 피실험자들과는 반대로, 더 힘든 운동을 한 후 더 높은 오피오이드 농도를 보임으로써 '오피오이드 농도'와 '기분'은 동의어가 아님을 다시 한 번 보여줬다).

또한 사람들이 최대심박수의 70~75퍼센트로 운동을 한 후(레이슬런의 연구에서 가장 효과적인 강도로 나타난 수준)와 자신이 선택한 강도로 운동을 한 후 엔도카나비노이드 농도와 기분을 측정한 위스콘신대학 연구를 살펴보자. 우울증상은 피실험자가 '중간 강도'라고 처방받은 수준에 맞춰 운동을 했을 때보다 자신들이 원하는 강도로 운동했을 때 더 크게 호전됐다.

교훈이라면? 달리기를 시작하거나 계속하느라 괴롭다면, 원하는 수준에 맞춰 천천히 달려보자. 반대로, 기분이 좋다면야 달리고 싶은 만큼 달려도 좋다!

언제 달리는 게 좋을까?

어떤 정신상태를 지녔건 간에 러너에게 가장 달리기 좋은 시간은 달릴 만한 시간이 날 때일 가능성이 매우 높다. 달리기를 뺀 다른 생활 스케줄이 거의 언제나 이 부분에서 최종 결정권자가 된다. 그리고 그 스케줄은 하루에 얼마만큼 달릴지뿐 아니라 일주일에 며칠을 달릴지를 결정한다.

도입부에서 이야기했듯 달리는 사람은 모두 러너다. 러너가 될 수 있도록 보장해주는 또는 러너가 될 자격이 없다고 정하는 달리기 횟수가 주 단위로 정해져 있는 것은 아니다. 그러나 역시나 도입부에서 한 이야기지만 대부분의 사람에게는 일주일에 두 번 달리는 것이 적절한 최소 목표일 것이다. 이 정도 빈도로 달리기를 했을 때 에케카키스와 다른 연구자들이 강조한, 달리기의 다양한 기분개선 효과를 누리기 위해 필요한 기본적인 유산소성 체력을 쌓을 수 있을 것이다.

일과 가족에 대한 의무가 커지고 있는 상황에서, 다른 일을 할 시간이 부족할까 봐 하루에 달려야 할 거리를 줄이는 일이 없도록 아침에 달리는 일이 많아지고 있다. 특히나 다른 사람들과 달리기를 할 때는 더욱 그렇다. (보통 알람을 꺼버리고 다시 잠들지 않게 도와줄 뿐 아니라 기분도 더 돋구는 역할을 한다.) 아침은 특히나 매일의 정신건강에서 달리기가 핵심적인 역할을 맡는 우리 같은 사람에게는 더 효율적인 시간이 될 수 있다.

세실리아 비드웰이 말했다.

"변호사가 되고 첫 2년 간은 저녁 달리기를 했어요. 달리는 게 좋았어요. 엄청난 스트레스를 받으며 집으로 왔다가 달리고 돌아오면 기분이 더 좋아졌거든요. 하지만 아침에 달리기를 하면 더 효과가 좋다는 걸 알았어요. 일반적인 불안수준이 매일, 매주, 매달 기준으로 보면 대체적으로 더 낮아졌거든요. 일이 엉망이 되기 전에 아침에 약을 먹는 거나 마찬가지예요."

크라는 특히나 심각한 우울삽화를 겪을 시기에는 아침에 달리는 것이 그 이후 시간대보다 훨씬 더 효과적이라고 말했다.

"아침 일찍 달릴 수 있으면, 자신이 더 대견하게 느껴지고 그 기분은 하루 종일 계속 돼요. 그 추진력을 유지할 수 있다면 우울한 주기에서 벗어날 가능성이 더 높아집니다."

나는 평일 늦은 오후나 초저녁에 주로 달리곤 했다. 이러한 습관은 고등학교와 대학교 달리기 선수로 지내던 시절부터 이어진 것이다. 가끔 출근하기 전에 몇 킬로미터를 잠깐 달리기도 했지만 그와는 상관없이 퇴근 후 한 시간 이상 달리곤 했다. 30대 후반에 이런 일과는 내게 정신건강적인 이득만큼이나 훈련의 질과 양의 측면에서 효과가 있었다.

이제 50대가 된 나는 아침에 달리는 러너에 가까워졌다. 서로 밀접하게 관련된 다음의 두 가지 이유 때문이다. 평일 저녁이면 대부분 나는 25년 전과는 달리 피곤해진다. 그저 예전에 그랬듯 오후 5시 45분에 16킬로미터를 뛰러 바깥으로 향할 수 없는 것이다. 요즘 나는 아침에 달리기를 하지 않을 경우 퇴근 후 5~10킬로미터 사이 혹은 30~50분 정도를 달린다. 내게는 이 정도가 하루에 딱 알맞은 외출이다. 당신의 평일 달리기는 아마도 나와 비슷한 시간이나 거리로 이뤄질 것이다. 일주일에 며칠을 이런 식으로 달리는 것은 괜찮다.

그러나 너무 연달아 이렇게 달리면 내 기분은 상하기 시작한다. 나는 좀 더 내실 있는 안정감을 얻기 위해 자주 뛰기보다는 좀 더 길게 뛰기로 했다. 그래서 그 추가적인 효과를 내는 달리기 시간을 확보하기 위해 아예 아침 달리기로 바꾼 것이다.

어디서 뛰지?

달리기 시간과 마찬가지로 달리기 장소 역시 주로 실생활의 흐름에 따라 결정된다. 그러나 선택의 여지가 있다면 가능한 한 가장 자연에 가까운 환경에서 뛰도록 하자.

수많은 연구들이 최근 다양한 환경에서 운동할 때의 심리적 반응에 대한 연구를 수행했다. 숲속, 도심 공원, 길거리, 실내 등이다.

"녹지는 훨씬 더 괜찮은 효과를 내는 것으로 나타났어요."

레이즐런이 말했다. 실제로 글라스고우대학 연구팀은 숲속에서 자주 활동하는 사람들은 정기적으로 나무 사이에서 시간을 보내지 않는 사람들보다 정신악화 위험성이 거의 절반임을 밝혀냈다.

달리기를 어떻게 하든 간에 사람들은 주로 붐비는 인공적인 환경보다는 자연에서 기분개선 효과(평정심의 확보와 스트레스·불안·우울의 감소 등)를 누린다고 보고했다. 이 주제에 관한 한 연구분석은 심지어 물이 보일 때보다 녹색이 보이는 공간에서 기분이 더 좋아진다는 것을 밝혀냈다.

신경학자인 제프리 번스 박사는 캔자스 주에서 겨울을 보내며 주로 러닝머신 위를 달렸다.

"밖에 나가 자유로운 마음으로 자연을 느낄 때와 동일한 긍정적 효과를 얻지는 못한다고 느껴요."

그는 자연이 아닌 케이블TV와 함께하는 달리기에 대해 이렇게 말했다. 번스의 경험은 내 경험과도 맞물린다. 지난 4년 간 나는 차고에 설치된 러닝머신에서 딱 한 번, 10분 뛰었다. 이 장을 처음 시작할 때 묘사했던 겨울철 날씨가 이 지역에서는 흔하지만, 그 경험 이후 나는 되도록 바깥으로 나가게 됐다.

'자연'을 문명으로부터 아주 먼 곳에서 찾을 필요는 없다. 2013년의 한 연구는 피실험자들의 뇌가 전형적인 도시환경에서 공공녹지로 이동했을 때 좀 더 명상 상태로 접어드는 것을 발견했다. 연구자들은 피실험자들에게 뇌파를 측정할 수 있는 장치를 하고 스코틀랜드의 에딘버러를 25분 간 산책하도록 했다. 피실험자들은 19세기에 지어진 건물 사이로 교통정체가 약간 있는 한 쇼핑지역에서 걷기 시작했다. 이들은 그곳에서 공원까지 걸었다. 그 이후 마지막으로, 교통정체가 심하고 소음이 많은 한 상업지역을 통과해 걷도록 했다.

피실험자들의 뇌활동은 세 도시환경을 통과하면서 매우 다양하게 나타났다. 쇼핑지역에서 공원까지 이동하는 동안 좌절과 몰입, 장기적 각성 등에 연관된 뇌활동은 둔화됐고 명상과 연관된 뇌활동은 증가했다. 이는 피실험자가 공원에서 벗어나 바쁘고 시끄러운 상업지역으로 접어들면서 바뀌었다. 후자의 상황에서는 연구자들이 "유도된 주의directed attention로 인한 몰입 또는 각성"이라고 부르는 뇌활동만이 우세했다.

자연에 유리한 증거는 또 있다. 한 연구에서 사이클리스트들이 적당히 오염된 바쁜 도심을 지나 자전거를 탈 때 뇌를 위한 비료, 즉 뇌유도신경생장인자는 상승하지 않았다. 이는 오염되지 않은 환경에서 자전거를 탔을 때와는 대조적이었다.

자연은 정신적 생기를 강화해줄 수 있다. 내가 뉴잉글랜드에서 뛰는 트레일은 땅을 파고드는 나무뿌리와 돌로 구성된 전형적인 모습을 하고 있다. 넘어지지 않고 뛰고 싶다면 내가 곧 디뎌야 할 네 번의 걸음에 집중해야 한다. 그리고 이 때문에 다시 한 번 인생의 모든 부조리를 떠올릴 수 없게 된다. 트레일이 눈이나 낙엽으로 덮여 있는 반년 동안 나는 반추하지 않아도 되는 자유를 보장받는다.

울트라마라토너인 크라는 애리조나 주 플래그스태프에 있는 마라톤 시작점에서 잠깐 조깅을 한다. 우리 대부분은 자연에 몸을 맡기기 위해 좀 더 노력해야 한다. 그러나 상황이 허락된다면 주말에 숲으로 운전해 나간다든지 여행 시 공원 주변의 호텔을 예약하자. 우리 동네 빵집에도 쓰여 있지만, 스스로를 속이지 말고 귀히 여겨야 한다.

달리면서 뭘 들을까?

"달리면서 음악 들으세요?"

달리기를 하지 않는 사람들은 이런 질문을 곧잘 한다.

나는 음악을 듣지 않는다. 그러나 이는 단순히 취향의 문제지, 내 달리기의 순수성을 빼앗길까 봐 걱정되어서가 아니다. 음악은 달리기와 마찬가지로 내 인생에 기쁨을 주는 주요한 원천 가운데 하나다. 그러나 나는 두 가지를 결합시키는 것이 각각을 즐길 때보다 보완이 아닌 방해가 된다는 것을 깨달았다.

이는 내게만 국한된 이야기다. 달리기를 하면서 어떤 것이 당신에게 효과가 있는지 실험해야 한다. 어떻게 해야 러너답게 보이는지는 지나치게 걱정하지 말자.

다양한 연구에서 음악이 운동선수의 경기력에 도움이 된다는 것을 보여준다. 낮거나 중간 정도의 강도로 유산소운동을 할 때 음악은 지각강도perceived effort를 낮춰줄 수 있다. 즉, 음악을 듣지 않을 때보다 음악을 들을 때 동일한 속도로 뛰더라도 조금 덜 힘들게 느껴진다는 것이다. 이러한 발견은 달리기를 할 때 음악을 듣는 것이 기분을 더 좋게 만들어주는지를 판단하기에 적합하다. 우선, 당신이 달리기를 더 즐겼다면 그 이후 달리기에 대해 더 좋게 느끼게 될 것이다. 두 번째로, 음악을 들을 때 달리기가 더 쉽게 느껴진다면 당신은 바깥에서 더 오래 달릴 것이고 이는 기분 좋게 만드는 뇌 화학물질의 농도를 높여줄 것이다.

스위머스 하이란 말은 없을걸?

달리기가 정신건강을 관리하는 데에 있어서 특별히 효과적일까? 아니면 다른 형태의 운동들도 비슷한 안정감을 제공할까?

우선 내 대답은, 누구도 이를 분명히 알지 못하며 다양한 운동방식에 따른 기분개선 효과의 특성을 비교하는 결정적인 연구가 있을 것 같지 않다는 것이다. 에케카키스가 말했다.

"그러한 연구는 여러 갈래로 나뉘어 진행돼야 해요. 최적의 강도, 지속시간, 아니면 운동방식 같은 것들이죠. 따라서 100~300만 달러가 필요합니다. 제약회사들이 자체 연구에 돈을 쓰지, 누가 운동연구에 자금을 대겠어요? 지금 가능한 정부지원은 그 정도 수준에는 못 미쳐요."

실제로 WHO에 따르면 전 세계적으로 우울증은 장애와 나쁜 건강의 주요원인이다. 그러나 정부의 의료관련 예산에서 오직 3퍼센트만이 정신건강 문제에 쓰인다.

비교연구의 관점에서, 지금까지 부족하게나마 행해졌던 연구들은 주로 다양한 집단의 사람들을 대상으로 운동 전후의 기분을 조사하는 것으로 구성되어 있다. 즉, 한 집단은 수영을 하고 다른 집단은 웨이트트레이닝을 하며 다른 집단은 걷기운동을 하는 것이다. 이러한 초기 연구 가운데 하나에서 연구자들은 4개 수업을 듣는 학부 학생들을 대상으로 한 학기 동안 기분을 조사했다. 심리학개론, '조깅과 훈련', 웨이트 트레이닝, 에어로빅이다(1980년대에 수행된 연구가 맞네, 맞아).

한 학기 동안 달리기와 에어로빅 수업을 들은 학생들은 웨이트 트레이닝 수업을 들은 학생들보다 기분이 약간 더 좋아진 것으로 보고됐으며, 운동수업을 들은 이 세 집단 모두 책상에 앉아 있던 심리학 수강생들보다 더 좋은 기분을 유지했다.

결과적으로 유산소운동은 근력운동보다 더 효과적으로 보인다. 사람들은 웨이트트레이닝을 한 후 기분이 좋아졌다고 보고하고 있지만, 이는 대부분 자기효능감에서 비롯된 결과다("이런 식으로 내 자신을 밀어붙이는 기특한 나").

근력운동은 결국 에케카키스가 "기분개선 효과"라고 부르는 효과와 관련 있는 지속적인 유산소운동으로 이어지지 못한다. 또한 2016년의 한 연구는 심혈관 건강이 좋지 않은 사람들은 우울증을 겪을 위험성이 훨씬 더 높다는 것을 발견했다.

한편, 목적을 가진 운동을 하는 것이 우발적인 신체적 활동을 하는 것보다 더 낫다고 이야기해야겠다. 2017년 한 연구는 피실험자들이 운동을 할 때와 계단 오르기 등 연구자들이 '비운동적 활동'이라고 이름 붙인 행동을 할 때 일주일 간의 기분을 기록했다. 예상했듯 이들의 기분은 운동 후 개선됐다. 일상적인 활동은 기분을 좋게 해주지 못했을 뿐 아니라 평정심을 감소시켰다.

이러한 다양한 연구들은 흥미롭기는 하지만 우리가 정말로 궁금한 부분을 해소시켜주지는 못한다. 즉, 같은 사람이 다양한 종류의 운동을 하고 난 뒤 각각의 기분을 어떻게 묘사하는가? 분명 우리는 여기서 스스로 운동종목을 선택한 집단을 대상으로 하고 있긴 하지만, 내가 이 책을 쓰면서 이야기를 나눈 사람들은 압도적으로 달리기의 효과를 지지했다.

오랫동안 우울증으로 고통받아왔던 리치 하프스는 이렇게 말했다. "철인3종경기를 좀 해보긴 했어요. 요가도 해보고 자전거도 타봤어요. 그 무엇도 달리기와는 비교가 안 돼요."

세실리아 비드웰은 달리기를 하지 않을 때면 자신의 기본상태가 10점 만점에 4점이라고 말했다.

"달리기를 하면 보통 8점 정도예요. 몸이 안 좋아서 대신 수영을 하면 6점이 돼요."

헤더는 다른 활동에 비해 달리기가 갖는 중요한 매력에 대해 말했다.

"달리기를 할 때 다른 사람들과 더 좋은 관계를 맺게 돼. 수영을 하거나 자전거를 타고 차 사이를 추월해 나가거나 스쿼트운동을 하면서 누군가를 잘 알게 되는 건 어려워. 내 생각에, 달리기를 하지 못할 때 느끼는 우울감은 내가 사회적인 관계를 잃게 되기 때문인 것 같아."

데이비드 레이즐런에게 달리기와 다른 운동들을 비교해달라고 묻자, 그는 연구 하나를 예로 들었다.

"엔도카나비노이드에 대한 초기 연구에 따르면 달리기와 관련한 기계적 통증⟨통증을 감지하는 세포가 주변 근육이나 관절로부터 압력을 받아 발생하는 통증⟩이 진통효과를 유발한다고 제안하고 있습니다. 이 점에서 수영은 그만큼 효과를 발휘하지 못하는 거죠. 진통효과의 유발에서 오는 기분개선 효과는 일부 스포츠에서 더 유리하게 작용합니다."

즉, 달리기 부상으로 이어질 수 있는 충격은 마찬가지로 기분개선 효과를 가져올 수 있다. 달리기는 충격력이 적은 다른 활동보다 몸이 천연 진통물질을 분비하도록 자극하기 때문이다. 그리고 현실적인 러너의 입장에서 레이츨런이 말을 이었다.

"다른 스포츠들과 비교해 달리기를 할 때는 적절한 강도를 선택하기가 훨씬 쉬워요. 적합한 단계에 접어들고 이를 유지하는 것이 그다지 어렵지 않거든요. 다른 운동에 비해 속도를 조절하기가 훨씬 유리합니다. 자전거 타기 같은 운동도 지형이나 신호등 때문에 쏟아야 할 노력 정도가 달라지거든요."

또한 수영이나 노르딕스키와는 달리, 달리기는 적절한 노력 수준을 유지하기 위해 따로 기술을 익힐 필요가 없다.

메릴랜드대학의 J. 카슨 스미스는 흥미로운 이론을 제시했다.

"달리기를 구분 지어주는 특징 가운데 하나는 발에 가해지는 충격으로 생기는 피드백입니다. 쥐 실험에서 우리는 땅과 부딪히는 발에 반응하는 직접적인 신경경로가 있다는 것을 발견했어요. 이 경로를 통해 뇌의 교감신경계와 커뮤니케이션 할 수 있는 정보가 전달되고, 그 피드백은 뇌부위들이 세로토닌 같은 신경전달물질을 저장하고 합성하며 분비하는 방식에 영향을 줍니다."

자전거를 타고, 산악스키대회에도 출전하는 크라는 달리기의 우월성에 대해 다음과 같이 동의한다.

"산악스키는 달리기에 비하면 무산소운동에 가까워요. 몰입상태에 들어가 좀 더 편안하고 명상적인 속도를 유지하는 것이 훨씬 어렵죠. 산악자전거는 시끄럽고 기계적이지, 자연스럽고 자유롭지 못해요. 달리기는 완벽하게 균형 잡힌 운동이에요. 원하는 만큼 스스로를 채찍질할 수도 있고, 몰입상태나 문제해결 상태에 접어들기도 쉬워요. 자연과 함께하며 자신의 숨소리와 발소리에 귀 기울이는 운동입니다."

　나는 2013년 상반기에 발 수술을 전후로 해서 다른 운동에 대한 가장 장기적인 실험을 실시했다. 나는 보통 지하실에 있는 실내자전거를 일주일에 10~12시간 정도 탔다. 바깥에서도 자전거를 타긴 했지만 실내운동은 레이즐런이 언급한 대로 노력 정도를 조절하기가 더 쉬웠다. 나는 매일의 기분이 지나치게 가라앉는 것을 막기 위한 안전망을 짜는 심정으로 페달을 밟았다. 그러나 달리거나 달리기를 마친 후 내가 느끼던 그 즉각적인 효과와는 달랐다. 하루에 한두 시간씩 지하실 벽을 쳐다보는 것은 그저 정신줄을 붙잡고 건강을 유지하기 위해 필요한 최소한의 행위일 뿐이었다. 나는 다섯 달 동안 달리지 못했다. 그전까지는 1979년 처음 달리기 시작한 후 가장 오래 달리기를 쉬었던 기간은 2주였다.
　2013년 9월, 아홉 달 만에 처음으로 한 시간 동안 달리기를 한 후 나는 울었다. 내가 우울증에서 벗어나기 위해 가장 믿을 만하고 편리하며 즉각적인 위안을 되찾게 됐음을 알았기 때문이다.

항우울제,
끊을까
계속 먹을까

"약을 먹고 기분이 더 좋아질 수 있다고?
게다가 달리기 실력이 발전한다고? 나도 좀 끼워줘요!"

1994년 늦봄, 알베르토 살라자르Alberto Salazar는 실로 오랜만에 헤드라인을 장식했다. 12년 전 그는 세계에서 가장 빠른 장거리주자 가운데 하나였다. 당시 최고의 대회였던 뉴욕시 마라톤을 3년 연속 우승하고 1982년 보스턴 마라톤에서는 2초 차이로 '백주의 대결Duel in the Sun'에서 승리한 바 있다. 겉모습이 가장 아름다운 선수는 아닐지언정 그는 정신력으로 감동을 주는 선수였다. 그의 선수 생활에 종말을 고한 어느 해, 펄마우스 로드레이스Falmouth Road Race에서 매섭게 스스로를 몰아치던 모습이 이를 전형적으로 보여준다.

살라자르의 몸은 점차 그를 배신하기 시작했다. 1983년 그는 몇몇 국제마라톤에서 5위를 차지했다. 여전히 훌륭한 성적이었지만 팬들이 기대하던 압도적인 기록은 아니었다. 그리고 월드챔피언십 대회 1만 미터 결승에서 꼴찌를 기록했다. 1984년 그는 무명선수 피트 피칭거Pete Pfitinger에 밀려 미국올림픽 마라톤 예선전에서 우승하지 못했다. 당시 피트 피칭거의 개인최고기록은 살라자르보다 3분이나 늦었다. 그리고 올림픽 마라톤에서는 우승과 멀어졌다. 평소답지 않게 조심스레 달리던 그는 15위로 결승선에 들어왔고 다시 한 번 피칭거에게 밀려났다. 살라자르는 마라톤을 포기했다. 단거리 경주에서도 점점 더 느려지더니 마침내 선수생활을 포기했다.

그러니 1994년 5월 말, 살라자르가 남아프리카에서 열린 컴레이즈 울트라마라톤Comrades Marathon에서 우승을 했다는 이야기가 나왔을 때 얼마나 놀라움을 선사했을지 상상해보라. 컴레이즈 마라톤은 약 90킬로미터를 달려야 하는, 분명 세계에서 가장 명망 있는 울트라마라톤대회다. 살라자르가 경기가 끝나고 난 뒤 인터뷰에서 항우울제인 프로작 덕에 재기할 수 있었다고 공을 돌리자 사람들에게 얼마나 더 큰 놀라움을 안겼을지 떠올려보자.

"건강 전반에서 거의 즉각적인 효과를 발휘했습니다."

살라자르는 1994년 지금은 폐간된 잡지인 〈러닝타임스〉에 실린 한 기사에서 내게 말했다.

"스트레스를 조절하는 능력이 예전처럼 돌아왔고 에너지 수준 역시 올라갔어요."

그는 에너지 수준을 회복하기 위해 의사 두 명의 추천을 받아 프로작을 복용하기 시작했다고 말했다.

"우울한 적은 없었어요."

그는 프로작을 복용하기 전 상태에 대해 이렇게 이야기했다.

"하지만 인생이 원래보다 자꾸 더 힘들어진다고 느꼈어요. 저는 자신이 고된 일을 즐기는 A유형의 사람이라고 생각해왔어요. 그런데 이젠 항상 피곤을 느꼈어요."

그는 자신이 프로작을 복용한 지 고작 사흘째부터 기분이 나아지고 더 잘 뛰기 시작했다고 말했다.

살라자르의 이야기는 두 가지 면에서 내게 충격을 줬다. 첫 번째로, 이 주제에 대한 글을 쓰기 위해 조사를 하면서 나는 우울증의 증상에 관한 글을 많이 읽게 됐다. 구글이 등장하기 전, 우울증 자가 진단법을 접하기가 지금처럼 쉽지 않던 시절이었다. 나는 조사과정에서 알게 된 우울증상 목록을 살펴봤다. 절망, 무기력, 일상적 활동에 흥미를 잃음, 휴지休止 등이 포함되어 있었다. 대부분의 사람이 이런 식으로 느끼는 것 아니었나? 내 기본상태가 정상이 아니었어?

나는 더 많은 자료들을 파고들었고 내가 이 책 어딘가에 자세히 묘사했듯 내 오랜 상태에 대한 깨달음을 얻게 됐다. 살라자르의 이야기에서 얻은 두 번째 교훈은 다음과 같다.

"약을 먹고 기분이 더 좋아질 수 있다고? 게다가 달리기 실력이 발전한다고? 나도 좀 끼워줘요!"

20여 년이 지난 후, 항우울제와 달리기 간의 교집합은 좀 더 일반화되면서 미묘해졌다. 이번 장에서 우리는 현대 항우울제가 무엇을 목적으로 하는지 알아보고, 연구와 경험적 보고들을 통해 이 약들이 달리기에 미치는 영향이라고 알려진 내용에 대해 살펴볼 것이다.

항우울제는 남발되고 있다

살라자르는 선택적 세로토닌 재흡수 저해제 또는 SSRI라고 불리는 현대적 종류의 항우울제를 가장 초기에 복용한 얼리어답터Early Adopter 다. 잘 알려진 현대 항우울제 가운데 일부는 SSRI 계열이 아니며 이에 대해서는 다음 장에서 다루도록 하겠다. 이러한 항우울제는 이제 삼환계항우울제 같은 더 오래된 항우울제를 적용해보기 전에 흔히 처방된다. 예전 약품들은 더 큰 부작용을 보이는 경우가 많기 때문이다.

요즘 들어 약들은 점차 무명에서 멀어지고 있다. 질병통제예방센터 CDC의 최신자료들에 따르면 항우울제는 미국에서 가장 흔하게 처방되는 등급의 세 가지 약품 가운데 하나다(다른 두 가지는 진통제와 고콜레스테롤혈증 치료제다). 2011~2014년 사이 12세 이상 미국인의 12.7퍼센트가 이전 달에 항우울제를 복용한 것으로 나타났다. 이는 1999년과 비교해 확연히 증가한 수치로, 당시 수치는 7.7퍼센트였다.

항우울제의 복용은 나이와 성별에 따라 달라진다. CDC 자료에 따르면 여성은 남성에 비해 전 달에 항우울제를 복용한 비율이 거의 두 배였다(여성 16.5퍼센트, 남성 8.6퍼센트). 또한 복용률은 나이에 따라 증가한다. 12~19세 사이의 연령층에서 3.4퍼센트였던 복용률은 20~39세 사이에서는 7.8퍼센트, 40~59세 사이에서는 16.6퍼센트, 60세 이후에는 19.1퍼센트가 된다.

인종적 태생에 따른 차이도 있다. CDC 자료에 따르면 비히스패닉계 백인은 비히스패닉계 아시아인보다 전 달에 항우울제를 복용한 비율이 다섯 배 높았고(각각 16.5퍼센트와 3.3퍼센트다), 히스패닉계(5퍼센트)와 비히스패닉계 흑인(5.6)보다 세 배 이상 높았다. 가장 높은 복용률을 보인 집단은 비히스패닉계 백인여성(21.4퍼센트)과 60세 이상의 여성(24.4퍼센트)이었다.

현재의 복용 트렌드는 미국인들이 항우울제를 장기복용 약물로 보기 시작했음을 보여준다. CDC는 항우울제를 복용하는 사람들 가운데 44퍼센트가 적어도 5년 이상 약을 복용했음을 밝혀냈다. 항우울제 복용자의 4분의 1은 10년 이상 약물을 복용했다고 응답했다.

CDC의 자료는 소득에 따른 복용률을 보여주지 않는다. 이러한 정보는 항우울제가 미국에서 과잉처방되기도 하고 과소처방되기도 한다는 팬털레이먼 에케카키스 아이오와주립대학 교수의 주장에 부합한다.

"미국에서는 항우울제 중 다수가 우울증과 관련 없는 진단을 받은 사람들에게 주어집니다. 피로, 섬유근육통fibromyalgia, 섭식장애, 강박장애, 불안장애 등 온갖 질환에 처방되죠."

2009년도 연구는 항우울제의 거의 80퍼센트가 정신과의사가 아닌 내과의사에 의해 처방됐다는 것을 밝혀냈다.

"제약회사들은 항우울제가 도움이 되면서도 일반적으로 그 누구에게도 해를 끼치지 않는다는 이미지를 만들어냈어요. 그러니 어떤 내과의사들은 '당신의 병이 뭐든 그에 맞는 약을 줄게요. 그런데 혹시나 해서 항우울제도 함께 줄 거예요.'라고 말하는 거예요. 미국에서 항우울제 처방의 25퍼센트만이 우울증과 관련한 불편증상이나 우울증 진단을 바탕으로 하고 있어요. 그러니까 과잉처방 된다는 겁니다."

에케카키스가 말했다.

"하지만 알맞은 의료보험을 가지고 있지 않은 사람들에게는 해당되지 않아요. 저소득층의 경우 우울증이 더 만연할 가능성이 높으나 항우울제가 처방되는 비율은 낮아요."

항우울제의 작동방식

현대 항우울제의 인기는 전문가들조차 왜 이 약들이 효과가 있는지 확신하지 못한다는 점을 감안할 때 특히나 놀라운 일이다.

SSRI가 흔히 모든 현대 항우울제를 대표해서 쓰이는 반면 세로토닌 외에 다른 신경전달물질의 재흡수에 영향을 주는 더 새로운 유형의 약들이 있다. SNRI는 세로토닌과 노르에피네프린 모두에 효과가 있다. 웰부트린Wellbutrin으로 총칭되는 이펙사, 심발타, 부프로피온 같은 약품들은 노르에피네프린-도파민 재흡수 억제제Norepinephrine-Dopamine Reuptake Inhibitor, NDRI이다. 이 장에서 나는 주로 항우울제의 제품명을 언급하려 한다.

이러한 약물의 공통점은 이들이 뇌세포의 커뮤니케이션을 돕는 화학물질인 신경전달물질의 습성을 바꿔놓도록 설계됐다는 것이다. 특히나 항우울제는 기분조절과 관련 있다고 생각되는 신경전달물질들이 자기들의 전달업무를 마친 후 뇌신경으로 곧바로 재흡수되지 않게 막아준다(따라서 '재흡수 억제제'가 되는 것이다). 예를 들어 약물은 세로토닌이 신경세포 혹은 시냅스 사이의 공간에 더 오래 머물도록 해준다. 시냅스 내의 신경전달물질 증가는 뇌의 다른 활동을 자극함으로써 우울증상의 감소로 이어지는 것으로 추측된다.

에케카키스가 말했다.

"놀라운 사실은 사람들이 신경전달 작용의 이러한 변화가 우울증과 어떤 관련이 있는지 잘 모른다는 거예요."

우리가 〈2지점〉에서 살펴봤듯 우울증은 기억력을 관장하는 해마라는 뇌부위의 축소와 관련 있다. 항우울제를 섭취하는 사람들의 해마는 새로운 뉴런을 만들어내는 신경가소성을 보이거나 사이즈 변화를 보인다.

"신경가소성의 정도와 해마 복구의 크기 정도는 항우울효과와 관련 있는 것으로 보입니다. 제가 이걸 복잡하다고 말하는 이유는, 어째서 기억력과 관련 있는 것으로 보이는 뇌부위가 항우울작용에 기여하게 됐는지 이해할 수 없기 때문이에요."

이러한 뇌변화가 친숙하게 들린다면, 이는 우울한 사람들이 운동을 시작했을 때 관찰되는 뇌변화와 동일하기 때문이다. 다시 말해, 항우울제는 달리기를 했을 때와 동일한 뇌부위를 호전시켜주는 것으로 보인다.

항우울제가 어떤 사람에게, 얼마나 잘 작용하는지에 대한 논의도 있다. 약품의 효과에 대한 연구들은 흔히 증상의 감소(예를 들어, 덜 자주 슬퍼진다.)를 더 광범위한 결과(일상생활에서 더 잘 기능하게 된다.)보다 더 중요하게 여기고 초점을 맞춘다. 이러한 차이에 당황하느냐 아니냐 는 항우울제에 대한 당신의 기대에 따라 달라진다. 인생이 참을 만해 지길 원하는가, 아니면 우울증에서 완전히 벗어날 수 있길 바라는가?

나는 확실히 전자를 원한다. 어느 정도는 내가 달리기를 하는 이상 으로 약품이 나를 "치료"해주리라고 기대하지 않기 때문이다. 또한 내 게는 이 두 목표 간에 그다지 큰 차이가 없기도 하다. 슬프게 느끼는 일이 줄어들면 일상에서 더욱 잘 기능할 수 있을 테니까.

항우울제의 효과에 대한 가장 큰 비판은, 특히나 경도 우울증에서 가짜약보다 그다지 큰 효과가 없다는 것이다. 즉, 항우울제를 복용하 는 사람들은 가짜약을 복용한 사람들보다 우울증상의 더 큰 감소를 딱히 경험하지 않는다고 보고된다. 성기능장애나 체중변화처럼 항 우울제에 수반되는 부작용들을 고려했을 때 어떤 전문가들은 위험 성이 이득을 능가한다고 결론 내리기도 했다.

그러나 플라시보 효과 역시 여전히 효과라는 점을 기억하는 것이 중요하다. 내가 임상치료사이자 러너인 브라이언 배시에게 살라자 르가 얼마나 빨리 프로작의 약효를 누렸는지 이야기하자, 그는 이렇 게 말했다.

"그분이 3일 안에 기분이 좋아졌다는 점에 대해 딴죽을 걸진 않을 게요. 플라시보 효과는 꽤나 강력하거든요."

이러한 사고의 흐름은 러너들에게 꽤나 익숙할 것이다. 당신의 마지막 하프마라톤을 준비하기 위해 평일에 잠을 30분 더 자기로 마음먹었다고 치자. 그리고 비슷하게 훈련했음에도 지난번보다 더 좋은 성적을 거뒀다고 하자. 잠을 추가로 더 잔 게 도움이 됐을까? 더 자세히 말하자면, 잠을 더 잔 덕에 훈련을 더 잘 소화해내고 빨리 회복할 수 있었으며, 따라서 시합 당일에 컨디션이 더 좋아진 것일까?

아니면 "내가 이 경기에 얼마나 몰두하고 있는지 봐. 대회를 준비하려고 일찍 자잖아."라고 생각하는 것이 차이를 만들어낸 것일까? 후자의 상황에서, 당신이 더 잘하려고 노력하고 있다고 정기적으로 떠올릴 때 긍정적인 피드백회로가 만들어질 수 있다. 회복이 더 잘 된다고 생각하면서 훈련하면 조금 더 열심히 노력하게 되고, 그 과정에서의 발전 덕에 식사도 잘 하려고 노력하게 되며, 그래서 살이 약간 빠지면 오래달리기를 하는 동안 기분이 더 좋아지고, 오래달리기가 잘 되면 대회 당일에 대한 기대가 커지고… 이런 식이다.

동일한 종류의 자기강화 주기가 항우울제로도 조성될 수 있다. 마침내 당신이 스스로의 상태를 바꿔놓을 행동, 즉 약을 먹는 행동을 하게 됐다고 생각할 때 이는 그 상태를 개선해줄 촉진제가 된다.

이러한 과정에서 흥미로운 점은, 항우울제를 복용하는 동안 플라시보 효과가 시간이 갈수록 크게 증가한다는 것이다. 이러한 현상은 사회적으로 약물을 수용하는 정도가 증가하는 것과 일치한다. 항우울제 복용을 시작한 뒤 기분이 더 나아졌다고 말하는 사람이 늘어날수록, 이전보다 항우울제를 복용하는 사람에 대해 낙인을 찍는 일이 적어지면 플라시보 효과가 발휘될 가능성은 더 높아질 것이다.

항우울제가 달리기에 주는 영향?

1990년대 중반 이후 살라자르의 이야기 덕에 한동안 러너들 사이에서는 항우울제가 지닌 잠재적 기록향상 효과가 화제가 됐다. 에케카키스는 우리가 앞으로 살펴보려는 그 모든 이유를 들어 그러한 이득에 대한 경각심을 일깨우며 다음과 같이 말했다.

"이론적으로 이야기하자면 어느 정도 이해가 가요. 세로토닌이 피로와 관련 있다는 다양한 증거가 있고, 따라서 세로토닌 신경전달 작용을 최적화할 때 이론적으로는 피로감을 바꿔줄 테니까요."

그러나 에케카키스가 나와 일반적인 보건연구에 관해 토론하면서도 말했지만, 처방에 따라 항우울제를 복용하는 것이 매일 달리기를 하는 사람의 훈련과 경기에 어떻게 영향을 미치는지는 우선적으로 자금지원을 받을 수 있는 주제는 아니다. 제약회사들은 다양한 상태를 치료하는 데 있어서의 약효, 상대적으로 가볍고 흔한 부작용, 흔하지는 않지만 잠재적으로 위험한 부작용 등에 연구의 초점을 맞춘다. 다른 보건연구자들은 자신들의 조사영역이 중요한 공중보건적 수요에 부합한다는 것을 자금제공자에게 납득시킬 필요가 있다. 웰부트린 덕에 나 같은 쉰세 살의 러너가 다음 시합에서 조금 빨리 혹은 느리게 뛸 수 있는지 여부는 필수적인 고려사항이 아니다.

요약하자면 지금까지의 연구는 모두 애매하다. 항우울제가 운동수행능력을 유의미하게 높여준다거나 낮춘다는 다량의 증거는 존재하지 않는다. 그 모호함은 무엇 때문일까?

에케카키스가 말했다.

"세로토닌에 대한 한 가지 사실은, 세로토닌 농도가 높을수록 피로감도 높아진다고 말하는 사람들과 세로토닌 농도가 높을수록 피로감이 낮아진다고 말하는 사람들이 있다는 거죠. 따라서 세로토닌 농도와 어느 뇌부위가 피로와 정확하게 어떻게 연결되어 있는지는 확실치 않아요. 분명한 것은 관련이 있긴 있으나 어느 정도인지는 알수 없다는 거예요."

이러한 명확성의 결여에 대해서 다음과 같이 첨언하려 한다.

- 많은 연구들이 소수의 피실험자들을 대상으로 한다. 따라서 이들에 대한 연구결과를 전체인구에 적용할 수 없다.
- 일부 연구는 실생활에서 항우울제 처방의 도움을 받는 필요가 없는 운동선수들을 대상으로 한다.
- 일부 연구는 항우울제를 단 한 번 투여한 후 운동능력을 살핀다. 이는 당연히 평생 동안 항우울제를 복용해야 하는 경우와 같을 수 없다.
- 일부 연구는 항우울제의 최대 안전복용량을 투여한다. 따라서 대부분의 사람이 복용하는 최소용량과는 효과에서 차이가 있을수 있다(이러한 연구들의 연구동기는 항우울제가 엘리트스포츠의 반도핑

규약에 위배되지 않으면서 운동수행능력에 충분히 이득이 될 수 있는지 살펴보기 위해서다).

- 실험실에서는 흔한 경우지만, 많은 연구들이 운동의 형태로서 달리기보다는 자전거를 택한다.
- 일부 연구는 이 모든 요소들을 갖췄다. 즉, 항우울제를 필요로 하지 않는 소수의 남성 자전거선수들에게 항우울제를 단 한 번, 최대 안전복용량으로 투입한 후 그 수행능력을 살펴보는 것이다.

또 다른 위험요소는 실험에서는 당연히 하나의 항우울제만 쓰인다는 점이다. 예를 들어 힘든 운동을 하는 동안 심부체온에 대한 팍실Paxil의 효과같이, 확실한 연구결과가 프로작이나 웰부트린, 렉사프로 등에도 반드시 적용되는 것이 아니다.

그리고 우리가 특정 연구들을 살펴보기 전에, 달리기를 하는 당신의 몸이 얼마나 복잡한 체계인지 기억하는 것이 중요하다. 심부체온과 같이 측정 가능한 한 변수의 변화는 더 좋거나 나쁜 수행능력으로 이어질 수도, 이어지지 않을 수도 있다. 정반대로, 가끔 실험실 연구에서는 혈당치와 탄수화물대사 등의 변수가 동일한 경우에도 두 조건 사이에서 수행능력 차이가 발생할 수 있다. 이러한 애매함은 명백하고 확실한 대답을 원하는 경우라면 불만스러울 수도 있다. 하지만 정량화된 투입에서 나오는 예측 가능한 결과보다 달리기 운동능력이 더 중요하다고 생각하는 우리에게는 용기를 준다.

지구력 수행능력에 관한 연구는 타임트라이얼Time Trial, 주어진 거리를 얼마나 빨리 달릴 수 있는가 또는 운동지속시간 측정Time-To-Exhaustion, 주어진 운동강도하에서 얼마나 참을 수 있는가 등을 통해 진행되는 경우가 많다. 일반적으로는 타임트라이얼이 실생활에 더 자주 적용된다. 그러나 타임트라이얼은 경기를 단독으로 시뮬레이션 하는 것과 같다. 반면, 가능한 한 오랫동안 정해진 속도로 달리다가 달리기 속도가 떨어질 무렵 그 자리에 멈추게 되는 상황도 현실에서는 거의 발생하지 않는다.

연구들이 일반적인 조건에서 실시될 때, 프로작과 팍실, 셀렉사, 웰부트린은 타임트라이얼이나 운동지속시간 측정을 향상시켜주지 않았다. 한 연구에서는 유산소적으로 건강한 피실험자일수록 20밀리그램의 팍실을 1회 복용했을 때 운동지속시간에 대한 자전거 실험에서 더 안 좋은 결과를 가져온 것으로 나타났다.

자이반Zyban을 고용량으로 1회 복용했을 때(최대 안전 복용량으로 생각되는 300밀리그램) 매우 더운 조건에서 수행능력을 향상시킨다는 연구가 존재한다(자이반은 부프로피온의 제품명으로, 웰부트린과 동일한 성분으로 구성되어 있다). 섭씨 30도의 온도와 45퍼센트 습도의 조건에서 남자들은 위약 대신 자이반의 최대용량을 복용했을 때 자전거 속도가 5퍼센트 단축됐다. 여성을 대상으로 한 비슷한 연구도 동일한 결과를 내놓았다. 수행능력 효과는 좀 더 일반적인 용량(150 또는 255밀리그램)에서는 나타나지 않았다.

아주 흥미로운 점은, 자이반에 대한 타임트라이얼에서 피실험자들의 심부온도가 더 높았다는 것이다. 최대용량 복용실험의 마지막에서 피실험자들의 심장박동수는 더 높아졌는데, 이들이 더 빨리 자전거를 타면서 실험을 마쳤다는 점에서 이해할 수 있다. 연구자들은 이렇게 썼다.

"최대용량에서 심부체온이 증가하고 수행능력이 향상됐음에도 동기변화나 계속 하고 싶은 충동을 의미하는 지각강도perceived effort와 온열감각thermal sensation에서는 변화가 없었다."

그러나 다시 한 번 말하지만, 이 실험은 약처방에 기댈 필요가 없는 사람들에게 최대 안전복용량을 단일 투여했을 경우다. 현실과 관련 있다기보다는 도핑행위에 가깝다. 동일한 연구팀이 열흘 간 자이반을 복용한 피실험자들을 대상으로 다시 실험했을 때 운동능력 효과는 동일하지 않았고 피실험자들의 심부온도는 단일투여연구 당시만큼 높지 않았다.

"만성적으로 약을 투여하면서 중추신경전달물질의 항상성이 이에 순응하게 됐고, 약에 대해 다르게 반응하는 결과를 낳았다." 연구팀은 이렇게 썼다.

아마도 이러한 연구에서 나오는 가장 중요한 발견은 자이반 복용 후 심부체온이 상승한다는 사실일 것이다. 따뜻한 조건에서 팍실을 복용하는 실험에서 역시 심부체온의 상승이 발견됐다. 자이반 연구에서 운동선수의 '온열감각'은 변화하지 않았다는 발견은, 이들의 심부체온이 높아졌음에도 더위를 느끼지 않았다는 의미가 된다. 이러한 불일치는 단기 연구에서 관찰되는 수행능력 향상으로 이어질 수 있으나, 섭씨 30도에서 오래달리기를 하면서 당신의 심부온도가 위험수준까지 올랐음에도 몸이 달아오른다는 것을 느끼지 못한다면 문제가 될 수 있다. 열과민증은 웰부트린과 기타 부프로피온 계열 약품을 포함한 일부 항우울제의 잠재적인 부작용으로 꼽힌다. 우리는 이 장 후반부에서 이 문제에 대해 다시 다룰 예정이다.

지금까지 우리는 항우울제가 달리기에 어떤 영향을 미칠 수 있는지에 대해 살펴봤다. 약물이 신체에 어떤 영향을 미치는가에 관한 이러한 조사분야는 '약물역학Pharmacodynamics'이라고 알려져 있다. 하지만 이 등식을 뒤집어보는 건 어떨까? 당신이 복용하는 항우울제에 영향을 미치는 러너가 되는 방법이 있을까? 러너들은 비활동적인 사람들과는 다른 복용량이 필요한 것일까?

어쨌든 약 처방은 환자의 신체적 특성을 고려해야 한다. 나이, 몸무게, 인종, 임신여부 등. 운동이 종종 우울증과 불안장애에 대한 다른 치료법들과 병행되도록 추천받으며 또한 우리 중 다수가 달리기로 자가치료를 하고 있다는 점을 고려해볼 때 규칙적인 달리기가 항우울제의 효능을 바꿔놓을 것인지의 문제는 전혀 난해하지 않다. 불행하게도, 신체가 약물에 어떤 영향을 미치는지에 관한 학문인 소위 약물동태학Pharmacokinetics에 대한 관련 연구는, 더군다나 항우울제와 운동선수에 관련해서는 더욱 부족한 실정이다.

이 이슈를 파고든 몇 안 되는 사람 가운데 하나는 이선 루더만Ethan Ruderman이다. 토론토대학에서 신체운동학으로 석사논문을 쓰면서 그는 운동이 설트랄린(보통은 '졸로프트'라는 제품명으로 잘 알려져 있다.)의 단일복용에 대한 생체적 과정에 영향을 미치는지 실험했다.

루더만은 20대 남성 14명에게 100밀리그램의 설트랄린을 두 가지 경우에서 적어도 2주의 간격을 두고 복용하도록 했다. 한 번은 휴식을 취하는 동안이고, 다른 한 번은 중간 강도에서 30분가량 자전거를 타기 전이었다. 루더만은 그 후 48시간이 지나서 혈액샘플을 채취했다. 약물을 복용한 후 운동을 하면 약의 반감기가 변했다. 다시 말해, 약은 이들의 몸에 더 오래 남아 있었다.

이러한 현상은 우리가 쉴 때와 운동할 때 혈류가 다르기 때문이라고 부분적으로 설명할 수 있다. 우리가 달릴 때 피는 다른 신체부위에서 운동하는 근육(더 많은 산소를 공급하기 위해)과 피부(냉각을 돕기 위해)를 향해 움직인다. 이 현상은 음식을 먹은 직후 달리기를 하는 것이 왜 불편한지를 설명해준다. 보통 위를 향해 움직이던 혈류가 감소되면서 음식은 소화가 되는 대신 그곳에 머물기 때문이다. 달리기를 하면 약물을 분해하는 것에 핵심적인 역할을 하는 간으로 향하는 혈액량이 훨씬 줄어든다.

그렇다면 달리기는 항우울제(혹은 그와 관련한 다른 약물)를 분해하는 속도를 늦춰줄 수 있다. 또한 러너가 됨으로써 장기적인 변화를 이끌어낼 수도 있을 것이다. 예를 들어 모세혈관이라고 하는 작은 혈관의 조밀도를 강화하거나 체지방율을 낮춰주는 등의 변화는 약이 우리 몸에서 어떻게 작용하는지에 영향을 미칠 수 있다.

루더만은 자기 연구의 함의에 대해 단정 짓지 않으려고 노력한다. 대신 자신의 연구가 운동이 약물의 효과에 어떤 영향을 미치는지에 대한 더 많은 연구들을 이끌어내고 인식을 높일 수 있길 바란다.

"복용량에 대해 이야기할 때면, 짧고 격렬한 운동의 경우나 다양한 건강상태의 사람들이 마라토너로 뛴다는 사실 모두가 논의에 포함되어야 합니다. 키, 몸무게, 나이, 인종도요."

달리기 전문기자이자 작가로서 나는 운동수행능력에 대한 연구들을 자주 읽게 된다. 몇십 년 간 이런 작업을 해온 끝에 깨닫게 된 교훈은 운동과학이 때로는 러너들이 앞으로 해야 할 일을 알려주기보다는 이미 러너들이 하고 있는 일을 설명할 때 도움이 된다는 점이다. 예를 들어 러너들은 이미 오래전부터 템포런, 즉 5~10킬로미터의 거리를 중거리 달리기와 마라톤의 중간 정도인 "기분 좋게 힘든 속도로" 뛰어왔다. 나중에야 과학자들은 이러한 템포런이 젖산 제거 능력을 향상시켜줌으로써 빠른 속도로 더 오래 달릴 수 있게 해준다는 것을 밝혀냈다.

달리기와 항우울제에 대한 연구의 현 실태가 이렇다. 우리 러너들은 매일 로드워크〈road work, 체력과 다리 힘을 향상시키기 위해 일반도로를 달리거나 줄넘기를 하며 달리는 등의 트레이닝 방법〉라는 궁극의 실험실에서 모든 것을 파악해왔다. 이상적으로는 연구자들이 언젠가 그 이유를 밝혀줄 수 있을 것이다. 그러나 지금 우리가 판단의 근거로 삼아야 하는 것은 바로 서로의 경험이다. 따라서 여기에서 나와 다른 몇몇 러닝파트너의 경험을 나누려 한다.

항우울제를 복용하는 러너로서의 나

나는 1995년 초 처음으로 정신과의사를 만났다(나중에야 나는 그가 새로운 환자를 받지 않는 사람이라는 것을 알았다. 러너인 이 의사는 당시 내 직업이었던 〈러닝타임스〉의 에디터와 교류한다는 것에 흥미를 느끼고 있었다). 첫 진료를 모두 마치기도 전에 그는 내가 항우울제를 복용해볼 좋은 후보가 될 것이라고 말했다.

나는 처음에 졸로프트를 처방 받았다. 살라자르와 마찬가지로 거의 즉각적으로 효과를 느꼈다. 그러나 그와는 정반대로 끈적한 설탕시럽 사이를 가르는 것처럼 느껴지는, 긴장증에 가까운 혼미한 상태에 빠졌다. 며칠 간 나는 모든 업무와 사교적 자리를 취소하고 침대에서 거의 하루 종일 보냈다('거의'라고 말한 건 내가 매일 의무적으로 5킬로미터 조깅을 했기 때문이다). 이러한 극도의 혼미함은 점차 줄어들었지만 절대 사라지지 않았고, 몇 달 후 나는 졸로프트를 끊었다.

다음으로 나는 프로작을 시험해봤다. 한 달 내로 내가 오랫동안 앓아왔던 기분부전증이 악화됐다. 우선 잠을 더 잘 자게 됐다. 프로작을 먹기 전 나는 밤에 여러 번 깼다. 보통은 이런 일이 한동안 계속되곤 했다. 그리고 잠에서 깨면 나는 약 30분 정도 그날 있었던 일들을 곰곰이 반추했다.

내일 해야 할 일에서 가장 중요한 건 뭐지? 왜 모든 일이 그토록 힘든 거지? 왜 나는 다른 사람처럼 인생을 즐기지 못하는 거지? 앞으로 50년 간을 계속 이렇게 살아야 하나?

일단 프로작을 먹기 시작하자 이런 일이 아예 사라지지는 않았지만 예전처럼 자주는 아니었다. 매 시간 깨지는 않게 됐으니까.

두 번째로, 프로작은 최악 중의 최악을 없애주는 그 장기를 유감없이 발휘하는 것처럼 보였다. 마치 커다란 굴착기가 머릿속에서 조금이라도 행복한 부분이 있다면 박박 긁어내고 텅 빈 구멍만 남기듯이 느껴지던 넋 나간 날들은 거의 사라졌다.

이전까지 나는 자신이 끈으로 팔다리를 조정하는 꼭두각시 인형 가운데 하나처럼 느껴졌다. 밑바닥 버튼을 누르면 끈이 당겨져 바닥으로 풀썩 주저앉아버리는 그런 인형. 나는 정신과의사에게 프로작을 먹으니 세상 살기가 좀 더 말끔하면서도 효율적으로 느껴진다고 말했다("재미있네요." 의사가 말했다. "이번 주에 딴 환자도 그 장난감 이야기를 했거든요.").

부작용은 최소한으로 보였다. 500그램에서 1킬로그램 정도 몸무게가 줄었다(60킬로그램인 사람에게는 불필요하면서도 딱히 해가 되지도 않는 정도다). 리비도 역시 뚝 떨어졌다(전반적으로는 여자친구도 없는 31살의 싱글남에게는 반가운 변화다).

나는 살라자르처럼 달리기 실력이 돌아오기를 기다렸지만 그런 일은 일어나지 않았다. 뚜렷하게 수면의 질이 좋아졌음에도 마찬가지였다. 사실 내 달리기에 있어 눈에 띄는 유일한 효과는 부정적인 쪽이었다. 프로작을 먹은 이후 나는 경기에서 마지막 3분의 1지점에 접어들면 상위권을 노리며 파고드는 일을 그만뒀다. 처음에 이런 일이 몇 번 벌어졌을 때 나는 이런 현상이 생리적인 것인지, 심리적인 것인지 궁금해졌다. 그리고 좀 더 약을 복용하면서 이를 심리적 현상이라고 결론 내리게 됐다.

내가 말한 것처럼 프로작은 최악의 상태를 해결해줬고 이 점에 대해서는 대단히 고마웠다. 이에 대한 대가는 정반대로 나왔다. 가장 기분 좋은 상태 역시 잃게 된 것이다. 프로작 때문에 나는 좀 더 무덤덤해졌고 거의 모든 것에 대한 치열함을 잃었다. 여기엔 내가 이번 주말 5킬로미터 달리기에서 기록을 7초 앞당길 수 있느냐의 문제도 포함됐다.

몇 년 후 올림픽 선수인 애덤 가우처는 달리기와 관련해 항우울제에 대한 동일한 반응을 보였다. 가우처는 결국 프로선수로서 그 효과를 받아들일 수 없었고 복용을 중단했다고 말했다. 나는 프로작을 복용했던 30대 초반에 일에 매우 열중해 있었다. 그리고 마지막으로 개인최고기록을 세운 지 몇 년이 지났음을 알고 있었다. 나는 조금 늦게 달리는 대신, 인생이 전반적으로 개선되는 편이 그만큼 가치 있다는 결론을 내렸다. 여전히 개인최고기록을 더 세울 수 있다고 생각했다면 아마 다르게 결정했을 수도 있다(덧붙이자면, 나는 항우울제 복용을 그만뒀을 때조차 잃어버린 의욕을 되찾지 못했다).

내가 항우울제를 복용하자마자 벌어진 일 가운데 하나는, 내가 이를 공개적으로 이야기하기 시작했다는 것이다. 당시 나는 이런 식으로 비유했다.

"우리 아버지는 유전적으로 콜레스테롤 문제를 가진 탓에 약의 도움을 받고 있고, 나는 유전적으로 정신건강 문제가 있어서 약의 도움을 받고 있다고. 왜 나는 아버지와는 달리 내 상태를 치료하는 방법에 대해 입 다물고 있거나 비밀에 부쳐야 하는 거야?"

곧 나는 내 기분부전장애와 약물치료에 대해 〈러닝타임스〉에 짧은 글을 쓰게 됐다. 그에 대한 반응은 두 가지로 돌아왔다. 내 솔직함에 고마워하는 사람들이 있는가 하면 인생의 문제를 피해 가기 위해 약물복용이라는 쉬운 길을 찾는 미치광이라고 말하는 사람도 있었다. 두 반응 모두, 내 문제를 공개하면서 잠재적으로는 정신건강적인 이슈와 그 다양한 치료법에 대한 낙인을 줄일 수 있도록 작게나마 기여하고 싶은 내 결심을 강하게 해줬다.

그 후 15년 간 나는 주기적으로 프로작을 복용하거나 중단했다. 콜레스테롤 약물치료에 비유하면서도 나는 언제나 마음속 어디선가에서, 평생 동안 매일 약 한 알을 먹어야 한다는 사실이 싫었다. 몇 년마다 프로작 없는 인생을 살 준비가 된 것 같은 느낌을 가지곤 했다. 그리고 엄청난 시간이 흐르고 나서야 달리기나 결혼 아니면 다른 인생의 측면과는 상관없이 '만족스러운 하루'와 '너무 끔찍한 하루' 간의 균형을 맞추는 일이 제대로 되지 않음을 깨닫게 됐다.

그러나 매번 프로작을 다시 복용할 때마다 효과는 줄어드는 것 같았다. 2011년 봄에 나는 다시 프로작을 복용하기 시작했고 결국 이때가 마지막이 됐다.

앞서 얘기했듯 기분부전장애는 내 직업적인 생산성을 극도로 저해한 적이 없다. 그러나 프로작만큼은 그랬다. 나는 노트북 컴퓨터 앞에 앉았지만 일하는 대신 얼이 빠져 있었고, 그럼에도 그런 모습이 신경 쓰이지 않았으며, 그 신경 쓰이지 않는 내 모습에 전혀 상관하지 않는 자신을 깨달았다. 마감을 그냥 지나치고, 대답 안 한 이메일이 쌓이고, 협업 프로젝트들은 책상 위에서 그냥 묻혀버렸다. 그저 "와, 재미있겠는데?"라고 생각만 할 수 있는 듯 느껴졌다. 분명히 말하자면 나는 일하는 것을 별로 좋아하지 않지만 책임감 있고 믿을 수 있는 사람이었다. 이제는 내가 마약중독자처럼 느껴졌다. 약 때문에 스스로가 나 아닌 다른 사람처럼 느껴지는 건 처음이었다.

나는 프로작을 끊고 웰부트린을 복용하기 시작했고 여전히 복용하고 있다. 좋든 나쁘든 이 약은 내 달리기에 눈에 띄는 영향을 미치지 않는다. 나는 언제나 말도 안 될 정도로 땀을 흠뻑 흘리는 사람이고, 따라서 웰부트린이 나의 열과민증을 악화시켰다 하더라도 이를 알아채지 못할 수도 있다(내가 메인 주가 아니라 텍사스 주에 살고 있다면 다르게 느꼈을지도 모를 일이다).

더 중요한 것은 약물이 최소한의 부작용을 가지고 일상생활에 도움이 되는 듯 보인다는 점이다. 여기서 부작용이란 안정 시 심박수가 약간 증가했고 가끔 광과민성光過敏性을 느끼는 정도다. 따라서 나는 더운 날씨에서 달리기에 불리해진다 하더라도 계속 약을 복용하겠다고 말하고 싶다. 나는 40년에 가까운 달리기 인생을 통해 이러한 상충관계trade off를 받아들이게 됐다. 그리고 머지않은 미래에, 영원히 항우울제를 복용해야 한다는 두려움을 극복하게 될 것이다.

항우울제를 복용하는 다른 러너들의 경험

다른 러너들은 항우울제에 대해 굉장히 다양한 입장을 취하고 있다. 엔지니어 라이언 래스번은 항우울제가 가장 직접적인 방식으로 자신의 달리기에 도움이 되었다고 말했다. 소파에서 일어나 문 밖으로 나갈 수 있게 해줬기 때문이다.

래스번은 중·고등학교 시절 육상을 했다. 대학에서는 럭비를 비롯해 다른 스포츠로 바꿨다.

"직장인이 되었을 때 그 경험들은 묻혀버렸어요. 아무 운동도 하지 않은 지 적어도 10년은 흘렀어요. 저는 뚱뚱해지고 더 우울해졌어요. 술을 너무 많이 마시기 시작했고 삶은 천천히 사그라졌어요. 인간관계에도 문제가 있었고 존재론적 위기에 직면했어요. 그렇게 바닥을 쳤죠."

당시 래스번과 사귀던 애인은 이렇게 말했다.

"넌 좀 바뀌어야 해."

그는 이에 동의했다. 래스번은 이전에 항우울제(프로작과 웰부트린)를 복용했고 그 결과는 엇갈렸다. 치료사와 함께 치료를 진행하며 그는 심발타Symbalta를 복용하기 시작했고 적절한 용량을 복용하게 되자 심오한 차이를 느꼈다.

"다른 때는 '그래. 좀 나아진 거 같긴 한데, 그런데…' 이런 식이었다면 이번에는 '와, 보통사람들 기분은 이렇다는 거지? 완전히 다르잖아.'였어요."

약을 복용한 지 얼마가 지나자 술을 덜 마시고 더 잘 먹게 됐다(폭

식중도 사라졌다). 그는 이렇게 생각했다.

'와, 지금까지 살을 엄청 뺐어. 이제 다시 운동을 시작할 수 있겠네.'

그는 골레이스〈Goal race, 농구골대를 향해 6~7명이 일렬로 선 후 선두에 서 있는 사람부터 슛을 해서 성공하면 다음 사람이 슛을 이어 던져 빨리 끝마치는 팀이 승리하는 게임〉 운동을 다시 시작했고 육상계로 돌아오게 됐다. 이제 그는 같은 연령대에서는 꽤나 경쟁력 있는 선수며, 고층건물 계단오르기 대회에서는 더욱 그렇다.

"제가 약에 의존한다고 느껴지지 않아요."

그는 자신이 지금 복용하는 약에 대해 이렇게 말했다.

"나는 항상 나였고 나다운 사람이라고 느껴요."

래스번과 마찬가지로 디트로이트 교외에 사는 학교심리학자인 레베카 스코즐라스 역시 항우울제를 복용한 후부터 규칙적인 달리기를 시작했다. 그러나 그녀는 달리기가 꼭 약물복용(렉사프로와 웰부트린)에서 시작된 건 아니라고 말했다.

"저는 둘째가 태어난 지 3주 후부터 약을 먹기 시작했고, 몇 달 지나지 않아 달리기를 시작했어요."

그녀는 2007년 다시 운동을 시작했다고 말했다.

"약으로 내 증상들을 충분히 다 다스릴 수 있다고는 말 못 하겠어요. 정말 기분이 엉망진창인 날이면 달리기를 열심히 하는 것만큼 도움이 되는 게 없거든요. 그리고 달리기를 오래 하고선 바로 느낄 수 있는 황홀감과 만족은 약에서만 얻을 수 있는 게 아니에요."

일곱 번이나 마라톤에 참가했던 그녀는 약물이 자신에게 미치는 가장 큰 효과에 대해 이렇게 말했다.

"약물로 상태가 잘 다스려질 때면 의욕을 유지하기도 훨씬 쉬워요."

그녀는 2016년 암종양을 제거하는 수술을 받았다. 불안감이 증가하면서 약의 용량도 늘렸다. 그러나 그녀는 약이 아니라 달리기를 통해 제자리를 찾을 수 있었다고 말했다.

"달리기를 다시 시작하고 나서야 '정상'으로 돌아왔다고 느꼈어요."

앨라배마 주 하트젤에서 회계사로 일하는 제프 리는 약이 달리기에 도움을 줬으나 그 효과가 간접적임을 깨달았다고 말했다.

리는 만성우울증과 불안장애로 10년 이상 이펙서Effexor와 가끔은 클로노핀Klonopin을 복용해왔다. 그는 몇 년 전, 49세에 몸무게를 줄이고 건강을 위해 달리기를 시작했다. 2016년 말에는 약물복용을 중단하기로 결정했다.

"저는 오랫동안 약을 먹어왔고, 더 건강해졌어요. 그리고 그때는 일주일에 50여 킬로미터씩 달렸거든요. 그러니 약을 더 이상 먹지 않을 수 있길 바랐죠."

몇 주 안에 그의 정신 상태는 10년 전으로 돌아갔다고 했다.

"약을 끊고 나서야 약효를 알 수 있는 거예요."

그는 다시 약물을 복용하기 시작했고 여러 주가 지나고 나서야 약효가 느껴졌다.

"나를 달릴 수 있게 만드는 전부였어요. 그리고 그렇게 달렸어요. 저는 약을 복용할 때 더 많이 달리고 (달리기에) 더 재미를 느낄 수 있어요."

알리 놀란의 달리기와 약이 교차하는 지점은 좀 더 복잡하다. 그녀
는 〈러너스월드〉에서 나와 함께 일하던 동료로, 댈러스에 살고 있다.
그녀는 점차 불안장애가 심해지자 2016년 렉사프로를 복용하기 시
작했다. 약은 그녀의 비非달리기 인생을 크게 바꿔놓았다.

"파멸에 이를 거라는 생각이나 궁지에 몰렸다는 느낌을 더 이상 떠
올리지 않게 됐어. 거의 매일 잠을 잘 자. 그리고 수십 개의 체크리
스트를 만드느라 일하다가 40번쯤 쉬어야 하는 일도 없어졌지. 다시
글을 읽을 수 있게 됐어. 작가이자 에디터로서 중요한 부분이라고."

달리기 문제에 있어서는 좀 더 복잡하다. 알리 놀란은 약을 먹은
뒤 달리기를 더 즐기게 됐다고 말했다. 그리고 전반적으로는 반가
운 일이었다.

"아주 오랫동안 달리기는 내가 증상을 다스릴 때 쓰는 유일한 방
법이었어. 지나치게 달리기를 많이 한다는 걸 깨닫기 전까지 그랬지.
쓸데없이 많은 거리를 달렸고 달리기 자체가 강박과 불안을 주는 원
인이 되어간다는 걸 깨달았어."

그러나 그녀는 운동을 조금 희생한 덕에 더 나은 균형점을 찾을
수 있게 됐다. 특히나 시합에 참가한 경우 마지막 구간에서 그랬다.

"옛날보다 느려진 거 같아. 이제는 케이크도 훨씬 많이 먹어. 단 거
에 진짜 사족을 못 쓴다고. 아마 2킬로그램은 늘었을걸. 문제는 내가
너무 느긋해졌다는 거야. 달리기를 못하게 돼도 그냥 어깨 한 번 으

쓱하고는 털어버려. 예전에는 뛰지를 못하면 정말 짜증이 났고 며칠 동안이나 조바심을 냈을 거야. 그 기분을 피하려고 하루도 달리기를 거르지 않았어. 이제는 마음이 편해졌어. 더 이상 달리기가 정신건강에 대해 무거운 책임을 지지 않기 때문인가 봐. 순수하게 재미와 건강을 위해 달리니까. 그전까지는 달리기를 못 하게 되면 세상이 끝나는 듯이 느껴졌어. 게다가 달리기를 안 했다는 이유로 자신이 실패자 같았지. 이제 '정상적인' 사람에 가까워진 것 같아."

그녀는 인생이 전반적으로 개선됐다는 점에서 여러 상충관계를 받아들일 수 있다고 말했다.

"하지만 달리기에 지나치게 나태해지거나 무관심해지면 그땐 문제가 될 거야. 일주일에 20킬로미터도 뛰지 못했는데 별로 신경도 쓰지 않는다면, 남편보고 내 맥박 좀 짚어보라고 해야지. 내가 살아 있는 게 맞는지 확인해야 하니까."

분명 비과학적인 이 조사를 아멜리아 개핀과의 대화로 끝마쳐야겠다. 아멜리아 개핀은 항우울제가 어떻게 자신의 달리기를 향상시켜주었나에 대해 흥미로운 의견을 제시했다. 그녀는 늘 자기가 겪는 우울하고 불안한 반추가 달리기를 할 때면 어떻게 점차 사라지는지를 중요시 했다. 그리고 이제는 그 반가운 상태에 접어드는 것이 더 빨라졌다.

"달리기로 우울함과 불안감을 떨쳐내는 건 그다지 오래 걸리지 않는 거 같아요. 약을 복용하기 시작한 후로 일상 저변에 깔려 있던 우울함이 많이 사라졌어요. 그래서 달리기를 하면 훨씬 더 괜찮은 상황에서 뛰기 시작하는 거죠. 정신적으로 말이에요. 예전 같으면 3킬로미터는 뛰어야 했을 거예요."

약을 선택하지 않은 사람들

이 책을 위해 러너들과 인터뷰를 하면서, 나는 항우울제를 피하게된 여러 사람의 이야기를 들을 수 있었다. 세실리아 비드웰처럼 어떤이들은 향정신성 약물을 먹는다는 생각이 싫은 한편 달리기와 여러다른 방식들로도 충분히 상태를 관리할 수 있다는 것을 깨달았다. 불안장애가 있는 비드웰은 말한다.

"약물복용을 택한 사람들을 뭐라고 하는 게 아니에요. 하지만 SSRI같은 건 뇌 화학물질을 바꿔놓는 거라 생각해요. 어떤 사람들에게는하루를 살아내기 위해 필요하죠. 하지만 제가 충분히 잘 잘 수 있고알아서 일을 잘 할 수 있고, 매일 밖에 나가 달릴 수 있다면 그 자체로 괜찮아요. 그걸로 인생은 행복하고 저는 다른 뭔가에 의존할 필요가 없게 돼요. 이게 바로 진짜 저예요. (약물이) 성격을 바꿔놓고 저를저 아닌 다른 사람으로 만들까 봐 걱정스러워요."

내 러닝파트너인 크리스틴 역시 비슷한 의견이다. 그녀가 평생 앓아왔던 우울증은 법학전문대학원 1년차에 특히나 심해졌다. 그래서그녀는 약물치료를 받아봤지만 2주 만에 그만두고 말았다.

"카페인을 과다 섭취한 것 같은 느낌이었어. 초조하고 아슬아슬하

고 불안하고. 어쨌든 약을 먹는 게 꺼려졌어. 그래서 좋지 않은 반응
이 일어나고 있다고 느낄 때 그만두는 게 수월했지."

그 이후 20년 간 그녀는 우울증을 관리하기 위해 달리기와 기타 요
법에 의지하고 있다(그녀는 올림픽 마라톤 예선에서 두 번이나 통과한 2시간
40분대의 마라토너다). 약 10년 전 개인최고기록들을 경신하던 그녀는,
약물이 달리기에 영향을 미칠 수도 있다는 걱정에서 이를 주저한 것
이었다(나는 그녀에게 항우울제를 복용한 후 경기에서 마지막에 최선을 다하고
싶은 욕구가 사라져버린 것 같다고 여러 차례 말했다).

오늘날 그녀는 "내가 주저했던 건 약이라면 가능하면 피하고 싶었
기 때문이었어. 뇌 화학물질을 건드린다는 게 싫어. 아무리 지금 이
상적이지 않는 뇌 화학물질을 가지고 살고 있다 해도 말이야. 그리고
이게 훌륭한 사고방식은 아니라는 걸 깨달았어. 어찌 보면 내 상처를
무시해버리는 거고. 난 가능한 한 약물 없이 관리하려고 노력해. 하
지만 1997년처럼 또 다른 우울삽화를 겪게 된다면 약물을 거부하지
않을 생각이야. 특히나 난 지금 엄마니까."

뮤추얼펀드 애널리스트인 브라이언 프레인은 항우울제뿐 아니라
모든 약물이 신체에 미치는 영향에 대해 불편해한다.

"몸의 화학물질을 바꿔놓는다는 게 걱정돼요. 전 늘 어떤 약이든 싫
어했어요. 아스피린도 안 먹는다고요. 약품이란 게 도움을 주려고 만
들어졌다는 건 알지만 언제나 장기적으로 어떻게 상호작용을 하게
될지가 두려운 거예요. 일반적으로 항우울제는 정말로 강력하게 작

용하고, 그 장기적인 부작용은 지금으로서는 알 수 없어요. 저는 그 약들 때문에 신체균형이 깨진다는 게 걱정스러워요. 결국엔 확실히 달리기에 악영향을 줄 거예요."

또 다른 러닝파트너인 헤더 존슨 역시 평생 심각한 불안장애를 겪어 왔음에도 어떤 유형의 약물도 피하려고 노력한다.

"내가 약물치료를 택하지 않는 가장 큰 이유 가운데 하나는 부작용에 대한 두려움이야. 나는 아무 약도 먹지 않아. 생약성분이라도."

약물이 어떤 면에서 달리기에 방해가 될 때 용납할 수 없는지 묻는 내 질문에 그녀는 이렇게 대답했다.

"합당한 범위 내에서 그 어떤 방해도 용납이 안 된다고 말하고 싶어. (달리기는) 내 건강이야. 나는 건강을 가장 우선시해야 하고 또 건강해야 많은 것에 대처하는 데에 도움이 된다는 것을 명심해야 해. 난 달릴 때 더 좋은 엄마이자 아내, 친구가 돼."

단 하나의 진정한 실험

항우울제의 효과 대 부작용, 약물이 어떻게 달리기에 영향을 미치는지, 항우울제에 대한 러너들의 다양한 경험 등, 지금까지 다룬 모든 것은 약효가 어떻게 진행되는지에 대한 이분법적인 규칙이 없다는 사실의 근저를 이룬다. 열과민증같이 흔치 않은 항우울제 부작용뿐 아니라 몸무게 증가나 감소, 입 마름, 졸음 등의 평범한 부작용 역시 비활동적인 사람이 아니라 달리기를 하는 사람인 당신에게 좀 더 크게 나타날 수 있다. 그리고 비활동적인 사람들과는 달리 당신은 약물로 얻는 도움과 약물이 달리기와 같은 자가치유법을 방해하는 것 사이에서 균형을 잡도록 고심해볼 필요가 있다.

운이 좋다면 당신이 약물처방을 고려하고 있을 때 충분한 지식을 가지고 당신의 달리기를 고려할 의지가 있는 의사를 만날 수 있을 것이다. 2016년 국제스포츠정신의학학회International Society for Sports Psychiatry 회원들을 조사한 결과 그러한 의사들이 존재함을 알아냈다. 대체적으로 이러한 의사들은 "상대적으로 좀 더 에너지를 높여주는 반면 진정작용이나 몸무게 증가, 심장 관련 부작용, 수전증 등을 일으킬 가능성이 낮은 약들을 선호한다."라고 말한다(이 조사에서는 의사들에게 단순히 우울과 불안뿐 아니라 다양한 정신건강에 관한 약물처방에 관해 물었다).

"운동선수들에 대한 약물처방 선호도는 일반인에 속하는 환자에게서 보이는 처방트렌드와는 달라진다. 이는 운동선수에게 약물을 처방할 때와 일반인에게 약물을 처방할 때 다양한 요인들을 고려해야 한다는 가정과 관련이 있다."

브라이언 배시는 모든 환자들을 대상으로 우선은 다른 치료법에 응한 적 있는지를 조사한다고 말했다. 약물이 효과를 발휘할 것이라고 결정을 내리면 그는 최소한의 부작용으로 가장 많은 증상을 다스릴 수 있도록 노력한다. 배시는 "러너들에게는 세트랄린(제품명 졸로프트)이나 플루옥세틴(제품명 프로작), 시탈로프람(제품명 셀렉사) 같은 SSRI 계열이 잠재적으로는 동기부여에 부정적인 영향을 미칠 수 있어요.

저는 이런 약들을 먹을 때의 위험성에 대해 선수와 대화를 나누죠. 의욕은 떨어지지만 덜 슬프고 덜 우울하거나 덜 불안해질 수 있다고요."

배시는 환자가 항우울제를 복용하는 초기에 이렇게 조언한다.

"어떻게 돌아가는지 시간을 두고 봅시다. 가끔 부작용은 시간이 흐르면서 줄어들거든요. 어떤 환자들은 10~14일 이후 부작용이 줄어드는 것이 보여요. 딱 그때 긍정적이고 희망적인 의학적 효력이 나타나기 시작하죠. 그럼에도 완전히 효험을 보기 위해서는 일반적으로 4~6주를 기다려야 해요. 부작용을 못 견디겠다면 당연히 처방을 멈추고 다른 약으로 바꿔야 해요."

항우울제를 복용하기로 마음먹었다면, 약물치료는 보통 다중적인 접근법의 일부로 쓰일 때 가장 효과적이라는 것을 기억하자. 당신은 러너이기에 이미 증상관리의 핵심을 알고 있는 셈이다.

그러나 그만큼 탐구해볼 만한 가치가 있는 다른 치료법들도 존재한다. 다음 장에서 우리는 우울증과 불안장애를 치료하기 위한 여러 비약물치료법과 달리기 간의 교집합을 살펴보려 한다.

안 고독한 러너…
수다 떨며
달리기

"어떤 사람과 눈을 마주칠 필요가 없을 때
스스로에 대해 이야기하는 게 덜 부담스러워요.
고해성사를 하는 동안 신부들이 신자의 눈을 보지 않는 데는 이유가 있어요."

내 친구 한 명은 지금 남편과의 세 번째 만남에서 달리기를 했다. 달리기만큼 누군가를 알아가는 속도에 가속을 붙여주는 훌륭한 방법이 있을까. 러너를 과묵한 고독가로 보는 시선이 있지만 우리는 함께 달리는 일을 사랑한다(뭐, 대부분은 그렇다는 얘기다. 내 친구의 남편은 달리기 데이트가 끝난 뒤 자기는 혼자 달리는 것이 더 좋다고 말했다고 한다). 그 매력의 핵심은 우리가 달리면서 나누는 대화에 있다.

이러한 대화에서 가장 흥미로운 부분은 얼마나 자연스레 대화가 시작되는가다. 처음 만나는 때조차 달리기를 하기 전의 나는 정적인 약속자리에서 그러하듯 무슨 이야기를 해야 하나 걱정하지 않는다. 달리면서 이야기를 나누는 것에서 또 한 가지 흥미로운 점은 가장 개인적인 문제에 대해 털어놓는 자기 자신을 어렵지 않게 발견한다는 점이다. 연애, 일, 가족, 여기에 추가로 인생의 의미까지. 다른 때보다 달리기를 할 때 이러한 행동은 더 안전하게 느껴지고 입은 더 쉽게 떨어진다.

전문적인 대화치료를 받을 뿐 아니라 이러한 친밀감 넘치는 움직이는 대화를 나누는 우리들은 대화치료와 움직이는 대화가 비슷하다는 점에 주목하고 있다. 이 장에서 우리는 우울증과 불안장애를 가진 러너들이 이 둘로부터 최고의 성과를 끌어낼 수 있는 법을 알아보려 한다.

대화요법이란

대화요법은 심리치료에서 가장 흔한 유형으로 심리학자, 정신과 의사, 광범위한 정신건강 및 기타분야에서 면허를 취득한 전문상담사 등이 시행하는 치료법이다. 누군가가 치료사를 만나고 있다고 이야기할 때 이는 보통 대화치료를 의미할 경우가 많다.

현대적인 대화요법이란 당신이 소파에 누워 꿈을 복기하는 동안 알 수 없는 표정의 오스트리아 남자가 때로는 담배는 담배일 뿐이라고 일깨워주는 그런 식이 아니다.

대화요법은 환자의 인생 특정측면을 개선하기 위해 환자와 전문가가 협업하는, 목표 지향적인 행위를 수반한다. 치료사는 환자들이 어떤 문제가 삶의 질을 해치는지 명확히 표현할 수 있도록 돕는다. 일단 핵심문제가 분명해지면 치료사들은 연구를 바탕으로 수립된 방식들로 환자들이 그 문제들에 대해 생각하고 다룰 수 있도록 돕는다. 대화요법의 일반적인 목표는 환자들이 오랜 사고방식을 버리고 더 건강한 습관을 갖출 수 있게 하는 것이다.

대화요법은 우울증과 불안장애에 대한 최전방의 요법으로 확실히 자리 잡고 있다. 많은 전문가들은 특히나 경도에서 중간단계의 질환인 경우 대화요법이 약물보다 더 효과적이라고 본다.

어쩌면 당신은 몇 년 전 대화요법의 효과가 과장되어 보도됐던 뉴스들을 떠올릴지도 모른다. 그 뉴스들에서 빠진 부분이 있다면, 보도의 근거로 삼은 연구들이 치료요법이 효과가 있긴 하나 "발표된 문헌들에서 제시하는 정도는 아니다."라고 결론 내렸다는 점이다. 이러한 연구분석에 따르면 대화요법은 환자들이 호전될 가능성을 20퍼센트 높여주었지만 예전에 생각했던 것처럼 30퍼센트에 이르지는 않는다. 이 수치에 대해서는 나중에 다시 이야기해보자.

대화요법에서 효과를 보기 위해 필요한 핵심은 그러니까, 말하기다. 당신과 치료사가 우울증 또는 불안장애에 대한 중요한 계기나 징후에 접근할 수 없다면 그 어떤 발전도 있을 수 없다. 우울증이나 불안장애를 지닌 러너들은 대화요법에서 더 유리한 지점에서 시작할 수도 있다. 우리는 달리기라는 치열하지만 지속성이 보장된 환경에서 인생의 문제들을 논의한 경험이 아주 많기 때문이다.

1995년, 내가 처음 우울증 때문에 치료사를 만났을 때 나는 곧장 편안하게 마음을 열었다. 나는 이미 15년 이상 관객 한 명을 붙들고, 심지어 공짜로 왕왕 떠들어왔으니까.

우리는 왜 달릴 때 수다쟁이가 되는가?

〈1지점〉에서 우리는 달리는 동안 자유로이 연상되는 창의적인 생각들이 달리기를 멈추자마자 어떻게 사라지는지에 대해 살펴봤다. 대화에 있어서도 동일한 점을 발견하게 될 것이다. 3킬로미터 정도 달리고 나면 가장 내성적인 러너들조차 행복한 기분으로 마음을 열었다가 심장박동수가 평상시대로 돌아가면 다시 조심스러운 상태로 복귀한다.

"나는 7년 동안 달리기짝꿍과 달리기를 해왔어요. 우리는 모든 걸 다 이야기하죠. 하지만 서로의 스케줄 때문에, 그때가 유일하게 함께 할 수 있는 시간이에요."

임상심리학자인 로라 프레덴덜이 말했다.

"최근에 그 친구를 마트에서 우연히 만났어요. '앗, 어, 응, 안녕… 셔츠 예쁘네?' 이랬지 뭐예요."

책상 앞에 앉아 있는 시간에도 달리기는 당신을 더 똑똑하게 만들어줄 수 있지만, 일부 인지기능은 달리는 동안 줄어든다(한 번 실험해보자. 16킬로미터를 뛸 기회가 있다면 중간에 복잡한 수학문제를 풀면서 평소보다 얼마나 더 오래 걸리는지 시간을 재보라). 프레덴덜은 뇌활동에 있어서 유사한 변화가 일시적으로 일어나 달리기 중 다변증(多辯症, 말을 병적으로 많

^{이 하는 증상)}을 일으킨다고 설명했다.

"아마도 판단력, 결과 예측, 충동 조절 등을 관리하는 전두엽부위와 제대로 조율이 안 돼서일 거예요. 따라서 달리기를 함께 하는 파트너와는 아무 걱정 없이 당신의 성생활에 대해 떠들게 되는 거예요."

여기서 술집 해피아워의 비유를 들 수 있겠다.

"맥주 두 잔을 마시면 전전두엽 피질이 멈춰버리는 거랑 똑같아요. 그러니까 술집에서 그러는 것처럼, 달리기를 할 때는 뇌의 일부가 다른 때만큼 당신이 말하는 걸 통제하지 못하는 거예요."

치료사인 세피데 사레미Sepideh Saremi는 달리기 위한 노력에 집중한다면 다른 때 같으면 까다로울 수 있는 주제에 대해 정서강도〈emotional intensity, 어떤 정서를 경험할 때 느낌이나 반응의 크기〉가 줄어든다고 했다.

"모든 게 가볍게 느껴지는 일이 벌어져요. 어머니가 암에 걸리셨다든지 하는 어려운 문제에 대해 이야기할 때도, 똑같이 어렵게 견뎌야 한다고 느끼지 않게 돼요. 왜냐하면 뇌는 그와 동시에 몸에서 일어나는 많은 다른 일을 느끼는 중이니까요. 몸을 산만하게 만들어서, 어려운 일에 대해 이야기하는 것을 견디기 쉽도록 만드는 거예요."

사레미는 다른 사람들과 함께 달릴 때 앞을 바라보며 나란히 달리거나 한 줄로 달리는 그 모든 형태가 좀 더 열린 대화를 장려한다고 생각한다.

"아이컨택트를 하지 않을 때 우리는 좀 더 느긋해지고 편안해지는 면이 있어요. 저는 10대 자녀를 둔 부모들이 차 안에서 아이들로부터 가장 좋은 정보들을 얻게 된다고 말하는 걸 듣곤 해요. 마음이 통하는 대학원 시절 친구들과도 그래요. 당시 저는 산책을 하거나 어디론가 차를 타고 가면서 그 친구들에 대해 많은 걸 알게 됐어요. 어떤 사람과 눈을 마주칠 필요가 없을 때 스스로에 대해 이야기하는 게 덜 부담스러워요. 고해성사를 하는 동안 신부들이 신자의 눈을 보지 않는 데에는 이유가 있어요."

"나가서 치료할까요?"

사레미는 대화의 개방성을 촉진하는 이러한 통찰들을 자신의 연구에 엮어 넣고 있다. 2014년 그녀는 지금은 캘리포니아 레돈도비치 Redondo Beach로 옮긴 개인상담소 '런워크토크Run Walk Talk'를 시작했다. 진료실에서 이뤄지는 초기치료 이후 환자들은 두 블록 정도 떨어진 바닷가 산책로에서 사레미와 함께 걷거나 뛰는 치료를 선택할 수 있다. 사레미의 이 접근법은 2012년에 그녀가 한 지역보건소에서 일하면서 시작됐다.

"남자환자들이 많았어요. 진료실에 앉아 제 눈을 보며 감정이나 어려움에 대해 이야기하는 게 그분들에겐 어려운 일이었어요. 그래서 저는 환자들과 함께 산책을 나갔고 많은 정보를 얻을 수 있었어요. 나란히 있으면서 서로 눈을 가만히 응시하지 않았기 때문에 가능했던 거 같아요."

사레미는 환자들에게 이 이동식 진료의 핵심은 치료에 있지, 격렬한 운동이 아니라고 강조한다. 이들은 환자들이 대화를 나누기에 편안한 속도로만 걷거나 달린다. 가끔 사례미는 정반대의 상황에 놓이기도 한다. 환자에게 대화가 가능한 속도가 그녀에게는 힘겨울 때도 있다.

"우리는 밖에 나가기 전에 속도에 대해 이야기해요. 그리고 움직임을 통해 몸의 상태를 확인하고, 이 치료는 그들의 인생에서 무슨 일이 벌어졌는지 이해하는 것에 의미가 있다고 말해요. 환자들이 더 늦은 속도에 대해 불만을 품는다면, 왜 그런지 또 조사를 하죠."

나가기 전에 사례미와 환자들은 또한 함께 있다가 환자의 지인을 만나면 어떻게 할 것인지 하는 비밀유지 문제에 대해서도 의논한다. 그리고 산책로로 나갔다 들어온다. 사례미는 반환점을 표시하기 위해 타이머를 설정한다.

"사무실에서 하는 것과 똑같이 해요. 인생에서 무슨 일이 벌어지는지에 대해 내게 이야기하는 거예요."

사례미는 진료실에서 메모를 하지 않는다. 따라서 달리는 동안 메모를 하지 못한다는 것이 방해가 되지 않는다. 사례미의 환자 중에는 사업가와 다른 의욕 넘치는 전문가들이 많다. 그녀는 그런 환자들일수록 걷거나 달리는 치료법을 그야말로 가치 있게 생각한다고 말했다. 운동과 치료를 결합하는 것이 시간활용에 더 효율적이라고 생각하기 때문이다. 그 외의 사람들은 그저 치료에 효과를 더하기 위해 몸을 움직인다.

"때로는 그 자체로 치료가 가능해지긴 해요. 달리기를 하면 기분이 좋아진다는 걸, 아니면 그저 밖에 나와 있는 것만으로도 기분이 변한다는 걸 깨닫게 되니까요. 뻔한 일인 것 같은데 우울이나 불안의 극심한 고통을 겪고 있을 때면 환경을 바꾸거나 몸의 움직임을 바꾼다고 해서 기분이 바뀔 수 있다는 걸 믿기가 진짜 어렵거든요."

사레미는 원래 진료실에서 이뤄지는 일들을 야외로 가져왔다.

"우울증이 정말 심하고 진짜 부정적인 자기대화에 빠져 있는 환자들이 있어요. 그러면 저는 '지금 정말 안 맞는 장소에 있어요. 제 생각에 우리는 밖으로 나가야 해요. 걷는 게 도움이 될 거예요.'라고 말해요. 그러면 생각의 패턴이 바뀌게 돼요. 움직임과 풍광이 부정적인 기류를 방해하거든요."

프레덴덜 역시 이와 유사하게 필요한 경우에 이동치료를 진행한다.

"저는 진료실에 늘 운동화를 놔둬요. 어떤 환자들에게는 '우리 산책 나가요.'라고 말하거든요. 우리는 뒷문으로 나가 한참을 돌아다니죠. 그렇게 환자들이 입을 열기 시작해요."

때로 프레덴덜은 여러 활동을 진료실로 끌고 들어오기도 한다.

"우울증과 싸우는 10대 환자가 하나 있었어요. 우리는 맥박을 재고는 자리에서 일어나 팔을 앞뒤로 흔들었어요. 30초 간 가짜로 달리기를 한 거예요. 거기서 게임을 만들어내서 계속 했죠. 그녀는 치료가 끝날 무렵 드디어 웃었어요. 진짜로 우울한 사람에게 어떤 행동활성화는 마음을 여는 열쇠가 될 수 있어요."

'달리기 친구'와의 수다 혹은 만담치료

"어떤 사람에게는 달리기가 인간관계를 맺는 방식이 돼요"

사레미는 이미 러너인 환자들에 대해 이렇게 말했다. 이 사람들은 사레미에게 마음을 여는 행위가 "달리기를 통해 안전함을 느끼는" 것이다. 불안장애를 지닌 헤더 존슨은 이 문제에 대해 사레미의 말을 반복했다.

"달리기 친구들을 달리기할 때만 본다고 해도 그 친구들이랑 있을 때 가장 마음이 편해. 안전하게 느껴져."

소중한 활동을 함께 한다는 유대감과 달리며 자연스레 나누게 되는 수다를 결합시킨다면 비공식 대화치료 시간을 위한 완벽한 세팅을 하는 셈이다.

"친구들과 함께 달리는 데에서 가치를 발견하게 된다면, 이는 당신을 위한 가치가 되는 거예요. 이건 치료는 아니에요. 하지만 분명 치유가 되죠."

프레덴딜 역시 달리기에 대해 결론을 내려버린 비치료적 전문가들을 좋아한다.

"1950년대 여성들은 일주일에 한 번 미용실에 갔어요. 서로 대화를 나눌 수 있는 데서 도움을 얻었어요. 친구와 달리면 함께 이야기하면서 기분이 좋아지는 보너스를 얻게 돼요. 그리고 그렇게 달리기와 즐거운 일을 연관 짓기 시작해요. 정말로 우울할 때면 그러한 사교적인 측면이 당신을 달리게 만들고, 기분이 더 좋아지게 만드는 열쇠가 될 거예요."

대대수의 우리에게 대화는 달릴 때 가장 자연스럽게 느껴진다. 어느 정도는, 아무 말도 오가지 않는 대화가 자연스럽기 때문이다. 달릴 때는 침묵이 길어져도 훨씬 편하게 느껴진다. 동일한 사람과 앉아서, 심지어는 통화를 하며 대화할 때와 비교해서 말이다.

나는 1981년 좋아하던 친구와 18킬로미터를 달렸던 즐거운 기억이 떠오른다. 걔가 "괜찮아."라고 말할 때는 찻길을 건너도 괜찮다는 뜻이었다. 그리고 그 말은 75분 동안 걔랑 했던 유일한 말이기도 했다.

물론 다른 사람과 함께 세 걸음쯤 뛰었을 때 시작한 대화가 서로 헤어질 때쯤에야 끝나버리는 경우가 더 흔하긴 하다. 첫 20분 간 대화는 날씨, 어제 했던 템포런, 넷플릭스 추천영화, 죽음의 공포부터 낙엽 청소기가 여기저기 뒹구는 것, 신발 추천, 배우자 문제, 레스토랑까지 모두 훑게 되고, 이 대화는 누군가가 잠깐 쉬려고 걸음을 멈춰서(보통은 내가 그런다.) 맥을 끊을 때까지 계속된다.

다른 사람들과 규칙적으로 달리기를 해왔다면 이 무차별적인 수다는 달리기 자체에 흥미를 가질 때보다는 달리기를 그만두고 싶어지는 마음이 커지는 시기에 도움이 될 것이다. 우울증이나 불안장애를 앓는 러너들에게 이러한 만담은 가끔 우리 머릿속을 휘저어놓는 좀 더 걱정스러운 주제들로부터 벗어날 수 있는 반가운 휴식이 될 것이다.

우리 대부분이 특히나 치유가 된다고 느끼는 대화는, 사레미와 프레덴딜 같은 전문가들이 제시할 효과들을 가벼운 수준에서 얻게 되는 심층적인 대화다. 치료사를 만나는 것과 마찬가지로, 자기 문제를 묘사하기 위해 단어를 떠올리다 보면 정확히 자신을 괴롭히는 것이 무엇인지 좀 더 잘 정의내릴 수 있게 된다.

그리고 때로는 그게 당신에게 필요한 혹은 당신이 원하는 전부일 수도 있다. 마음속 이야기를 내뱉을 기회, 뭐 때문에 짜증나는지 명확히 묘사하는 것, 누군가가 당신을 이해해준다고 느끼는 것. 그것이 바로 내가 이 진득한 내 러닝파트너들로부터 얻는 가장 큰 혜택이다.

보통 나는 가족과 사이가 멀어진다는 것, 앞으로 10년 내로 반려동물이 죽게 되리라는 사실을 안다는 내재적 슬픔 또는 창작할 때 이상과 현실 간의 불만족스러운 간극 같은 문제들에 대해 이들이 해결책을 내어주길 바라지 않는다. 나는 그저 오밤중에 불쑥불쑥 떠올라 내 마음을 괴롭히는 생각들을 소리 내어 표현하고 싶을 뿐이다.

다른 때엔 대답을 구하고 싶을 수도 있다. 적어도 다른 사람들은 그 상황에 어떻게 접근하는지 알고 싶을 수도 있다. 내 러닝파트너 메러디스는 다른 사람들과 함께 달릴 때 불안이 줄어든다고 말했다. 다른 사람들의 관점에 대해 이야기를 들을 수 있기 때문이다.

"사람들은 나한테 질문을 던져. 아니면 내가 보는 것과는 다른 관점으로 세상을 봐. 모든 걸 통제불능으로 만드는 경향이 있는 날 현실로 끌어당기는 것 같아. 그리고 '아, 평범한 사람들은 이걸 이렇게 보는구나.'라고 생각해."

나는 이동 대화요법이 1~3명 사이의 사람들과 함께 뛸 때 가장 효과를 발휘한다는 것을 깨달았다. 더 큰 집단에서 달리기를 할 때, 작은 무리가 형성되고 그 무리가 달리기 내내 바뀌는 것은 자연스러운 일이다. 따라서 동일한 사람이나 사람들과 내내 대화를 유지할 수 없을 가능성이 높다. 달리기를 하는 사람들이 많아질수록 처음에 주제를 제시한 사람은 편안하게 느낄 친목의 무리에서 또 다른 누군가가 소외될 가능성이 높아진다. 가까운 친구 몇 명하고만 달리기를 할 때면 어디까지가 내 무리인지를 파악하고 더 공개적으로 이야기를 나눌 수 있게 된다.

이 두 유형의 달리기는 퇴근하고 술집에서 동료들과 합석하는 것과 두 친한 친구와 커피를 마시는 것 같은 차이를 지닌다.

다른 사람들과 수다 달리기를 하면서 효과를 보는 것에는 일종의 자기효능감도 작용한다. 나는 규칙적으로 치료를 받으러 다니면서 진료시간을 고대한다. 매주 똑같은 이야기를 반복한다 해도 내 상황에 대해 뭔가 조치를 취하는 느낌이기 때문이다.

한편, 나는 정신적으로 힘든 날들을 보낼 때 좋아하는 친구들과 달리는 시간에 대해서도 동일한 기대를 한다. 내 비참함으로 그 시간을 모두 채우려는 계획을 품고선 달리기를 하러 가는 것이 아니라, 뛰다 보면 나도 잠깐 '스콧은 인생이 괴롭대.'를 주제로 이야기를 나눌 수 있을 것이라 기대하며 가는 것이다. 그렇게 되리라고 안다는 것만으로도 상황은 나아진다.

내 달리기 인생 초반에 이러한 대화는 거의 내 또래의 남성들과 이뤄졌다. 10킬로미터를 31분대로 달리게 됐을 때 함께 훈련하는 사람들은 모두 젊은 남성이었다. 점점 나이가 들고 속도가 느려지면서 느끼게 되는 대단한 즐거움 가운데 하나는(아니, 그냥 유일한 즐거움이라고 치자.) 잠재적인 러닝파트너 풀이 커진다는 것이다. 지난 10년 간 나는 거의 여자하고만 달리기를 하는 사람으로 변해갔다. 또한 일종의 대화요법으로서 다른 사람들과 함께 달리는 것에 점차 더 많이 기대고 있다. 다음은 첫 번째 발전이 두 번째 발전의 효과를 더욱 크게 강화시켜주는 이유다.

데보라 태넌은 아마도 《그래도 당신을 이해하고 싶다You just don't understand: Women and Men in Conversation》로 잘 알려진 언어학자다. (25년 전에 처음 읽은) 이 책에서 내가 얻은 최고의 교훈은 남성과 여성은 대화를 나눌 때 근본적으로 다른 목표를 가진다는 것이었다. 태넌에 따르면 남성들은 정보교환을 노리며 대화에 접근한다. 따라서 남성들이 대화를 나눌 때면 서열을 매기기 위한 경쟁이 이면에 존재하기도 한다.

반면에 여성들은 대화를 유대를 맺을 기회로 보는 경향이 더 많다. 일반적으로 그 기저에 깔린 정신은 한 발 앞서려는 다툼이 아닌 공감이다. 이러한 서로 다른 접근법은 고전적인 남녀 간의 오해로 이어질 수 있다.

예를 들어 태넌은 한 여성이 직장에서의 문제를 남편에게 이야기할 때, 남편은 해결책을 제시하려고 할 가능성이 높다고 말한다. 그러면 그 여성은 남편이 자기 이야기에 진심으로 귀 기울이지 않는다고 생각할 수 있다. 그가 경솔하게 던진 조언은 그녀의 문제가 쉽게 해결된다는 것을 암시하지만, 반면에 이 여성이 대화로부터 정말로 얻기를 원한 것은 공감적인 지지이기 때문이다.

태넌에 의하면, 정반대로 남성이 직장에서의 문제를 아내에게 털어놨을 경우 그녀는 이에 대한 반응으로 자신이 겪었던 비슷한 문제를 이야기한다. 그러면 이 남성은 화가 난다! 왜냐하면 그가 원하는 것은 해결책인데 (그가 생각하길) 아내는 또 대화를 자기 쪽으로 끌어가고 있기 때문이다.

(덧붙임: 태넌은 한 무리의 소년들이 대화를 나눌 때는 나란히 서서 앞을 바라보고 있지만 반대로 소녀들이 대화를 나눌 때는 보통 서로를 바라보고 있는 영상을 보여준다. 소년들에게는 이렇게 하는 게 서로를 바라보고 있을 때보다 좀 더 표현을 잘 할 수 있는 방식이라는 의미다. 그렇다면 이는 우리가 달리기를 할 때 시선이 주로 앞쪽을 향하기 때문에 서로에게 좀 더 마음을 열 수도 있다는 사례미의 주장을 뒷받침한다.)

요점은 여성들과 달리기를 할 때 남성들과 달릴 때보다 우울증을 다스리기에 훨씬 더 도움이 됐다는 것이다. 나는 지금 평균적인 이야기를 하고 있는 것이다. 오랫동안 이처럼 이야기를 나눠왔던 남자 달리기 동지도 몇 있다. 그러나 우리는 1년에 한두 번 만날 뿐이다. 아내가 "당신의 여자친구들"이라고 부르는 여성동지들과 나누는 대화는 내가 수많은 힘겨운 날을 견딜 수 있도록 힘을 준다. 이들은 또한 달리기를 하지 않는 시간에도 이어지는 강한 우정의 기반이 됐다. 내 인생은 이러한 관계들로 풍부해졌다. 내가 고된 운동을 견딜 수 있도록 도와주는 훈련 동료들을 가장 소중히 여겼던 때와는 다르다.

운 좋게도 당신에게 나와 같은 러닝파트너가 있다면 아마도 이들이 당신의 우울증이나 불안장애에 필요한 모든 대화치료를 제공하고 있을 수도 있다. 설사 당신에게 전문적인 도움이 필요하다 해도 이들과의 관계가 타격을 입지는 않을 것이다.

사레미가 말했다.

"치료는 매우 특별한 종류의 관계예요. 치료사는 그 시간에 자신의 욕구를 채우려 하지 않죠. 치료사가 아닌 누군가와 함께 있을 때는 그런 관계를 기대해서는 안 돼요. 좀 더 상호적인 관계니까요. 바라건대 차례차례 이야기를 털어놓게 될 거예요. 치료사들은 자신이 염두에 두고 있는 특정한 책임과 개입을 할 거고 달리기 동지가 하지 않는 일을 해요."

프레덴딜 역시 동의했다.

"우리 인생에서 벌어지고 있는 일들에 대해 다른 사람과 대화를 나누는 건 대단히 중요해요. 하지만 때로는 객관적인 관찰자가 이야기해주는 게 필요해요. '아직도 기분이 안 좋아요? 운동을 충분히 하지 못하고 있나요?' 그러한 치료는 러닝파트너들과 대화를 나누며 얻을 수 있는 것들에 뭔가를 더해줄 수 있어요."

"저는 사람들이 '달리기는 나의 힘'이라고 말해도 괜찮아요. 그러나 뭔가 심각한 증상이 있다면 치료사도 함께 구해야 할 거라고 생각해요. 분명 말하기는 큰 도움이 돼요. 러닝파트너들과 대화를 하면서 효과를 보고 있다면, 전문가들과도 시험해보는 건 어떨까요? 더 큰 효과를 얻을 수도 있어요."

전문가를 만났을 때 시험해보도록 권장받는 요법 가운데 하나는 바로 인지행동치료요법이다. 또한 다음 장의 주제이기도 하다.

부정적인 생각을
밀어내는
내적 대화

'이게 바로 나야. 난 아무것도 바꿀 수 없어.'
달리기를 하면서 당신은 이미 그렇지 않다는 걸 알았어요.
이 부정적인 생각에 어떻게 딴죽을 걸지 알고 있어요.

5킬로미터 달리기에서 마지막 1킬로미터를 달리고 있다고 상상해보자. 당신은 지난 몇 분 간 최대유산소 능력을 발휘하고 있다. 한 발, 한 발 내디딜 때마다 멋지고 재빠른 발걸음을 유지하는 것이 점차 어려워진다. 마치 묵직한 궤짝이 가슴을 서서히 압박하는 것처럼 느껴진다.

그러다 누군가가 당신을 앞질러 나간다. 바람처럼 스쳐 지나가는 게 아니라 점차 조금씩 멀어져간다. 이 경기를 TV로 보고 있었다면 '추월당한 저 남자는 저 여자 뒤에 바짝 붙어서 속도를 더 높여야 해.'라고 생각했을 것이다. 그러나 당신은 경기를 관람하는 것이 아니라 달리고 있기 때문에 이렇게 생각할 것이다.

'난 이미 한도초과야. 저 여자분은 나보다 빨리 가겠지. 난 계속할 수 없어. 그냥 저분을 보내드리자.'

그러다가 즉각적으로 방금 떠올린 그 생각에 대해 생각하게 될 것이다. 이미 모든 힘을 쥐어짜버렸고 킬로미터당 2초라도 빠르게 달릴 수 없는 게 사실인가? 운동을 하면서 마지막에 스스로를 밀어붙인 덕에 더 빠르게 달릴 수 있었던 그 수많은 시간은 무엇이 되는가? 왜 지금 해보려 하지 않는가? 저 여자분의 흐름에 동참해 얼마나 더 오랫동안 속도를 유지할 수 있는지 보는 건 어떨까? 적어도 노력했다는 점에서 더 행복해지지 않을까? 몇 초 더 빠르게 경기를 끝내지 않을 거야?

그 1초 동안 당신은 당신의 첫 생각이 타당하지 않았다고 결론 내리고는 다른 선수와 함께 뛰게 된다. 고통도 참을 수 없을 정도로 올라가지 않는다. 결국 여자선수의 바로 뒤에서 결승선에 들어오면서 5킬로미터 달리기에서 올해의 개인최고기록을 세우게 된다.

부지불식간에 방금 당신은 인지행동치료Cognitive Behavioral Therapy, CBT를 적용했다. 이는 정신치료사들이 우울증과 불안장애를 지닌 사람들을 돕기 위해 사용하는 일반적인 기술로, 환자들의 내적 대화와 그 결과로 비롯된 행동들을 관리하는 치료법이다. 우리는 거의 모두, 특히나 스스로를 휘몰아치며 달리기를 할 때면 자신의 목표에 어긋나는 부정적인 생각들을 떠올리게 된다. 그러나 시간이 흐르고 나면 단순히 이런 생각을 했다고 해서 그 생각들이 타당하다고 받아들일 필요가 없음을 깨닫게 된다. 따라서 그 생각들을 인식하고 따져보며 그 생각의 결과들에 대해 고려해본다. 그러면 보통 우리는 그 생각들을 곁에 미뤄두고 그 도전과제에 임하게 된다. 왜냐하면 나중에는 상황을 꿰뚫어본 스스로에게 더 만족스럽고 행복해질 것임을 알고 있기 때문이다.

따라서 우울증이나 불안장애를 지닌 러너인 우리는 치료사가 인지행동치료CBT를 추천할 때 이미 몇 걸음 앞서 있는 셈이 된다. 우리에겐 또 다른 유리한 부분이 있다. 러너로서 본능적으로 실행하고 있는 이 인지행동치료 덕에 우리는 고통 내성과 회복탄력성을 크게 키웠고, 이는 비非달리기적인 힘겨운 상황에서 의지할 수 있다는 점이다.

인지행동치료란 무엇인가?

인지행동치료는 1960년대 처음 만들어졌고 1970년대에 공식화됐다. 인지행동치료는 개인의 기분에 초점을 맞춘 전통적인 심리치료와 개인의 행동에 초점을 맞춘 행동치료를 결합한 것이다. 생각(즉, 인지행동치료의 '인지적' 측면)이 느낌으로 어떻게 이어지고, 또 이 느낌은 행동으로 어떻게 이어지는지를 강조한다는 점이 바로 심리치료와 행동치료가 연결되는 부분이다. 앞서 이야기했던 달리기의 예에서, '나는 한도초과야. 방금 날 지나쳐 간 저분하고 속도를 맞출 수 없어.'라는 초기의 생각은 패배한 기분으로 이어지고, 이는 다른 러너들의 속도에 맞추려는 노력을 포기하는 결과를 낳을 수 있다.

'한번 열심히 해보자. 그리고 얼마나 끌고 갈 수 있는지 봐야지.'라고 생각하는 두 번째 단계는 유능하고 새로이 분발할 수 있는 기분으로 이어진다. 그 기분을 바탕으로 당신은 다른 러너들과 보폭을 맞추고 결국 속도를 끌어올릴 수 있게 된다.

인지행동치료의 목표는 문제를 악화시키는 것이 아니라 감소시킬 행동을 만들어 기분을 좋게 만드는 것이다. 인지행동치료가 핵심적으로 짚어낸 통찰 가운데 하나는 자멸적인 행동이 가끔은 마음속에 절로 떠오르는 부정적인 생각에서 비롯된다는 것이다.

예를 들어 직장에서 힘겨운 오후를 보냈을 때 알코올의존증을 지닌 사람들은 곧장 "이렇게 끔찍한 하루를 보냈으니 와인 한 병쯤은 마실 자격이 있지."라고 생각할 수 있다. 인지행동치료는 그런 사람들에게 그러한 생각(불합리한 업무량, 못된 상사 등) 뒤에 숨겨진 이면은 무엇인지를 밝혀내는 한편 그 생각의 타당성과 해결방법에 의구심을 제기하게 도와준다. 또한 알코올의존증을 지닌 사람에게 설사 업무량과 상사에게 문제가 있다는 것이 사실이라고 하더라도 술로는 문제들을 해결할 수 없고 또 다른 문제를 만들어낼 뿐임을 깨닫게 해주는 역할을 한다.

이러한 상황에서 음주가 아닌 더 좋은 선택은 자기 자신에 대해 더 좋은 감정을 가질 수 있는 행동을 하는 것이다. 이는 명상이나 친구에게 전화하는 것 같은 대안적인 행동들로 이어지고, 그 행동들은 차분함과 유대감 같은 긍정적인 기분을 자아내게 된다.

이렇게 상황적 활용을 할 때 인지행동치료는 단기적 성과에 초점을 맞춘다. 치료사들은 환자들이 바람직하지 않은 감정과 이후의 행동들-"오늘 출근 못 해. 뭔가 끔찍한 일이 벌어질 거야.""내가 하는 일은 별거 아니야. 그러니 뭐 하러 귀찮게 이불 밖으로 나가겠어?"-로 이어지는 자동적인 사고패턴을 깨닫도록 도와준다. 그 후에는 대안석인 선략을 고안해내고 연습함으로써 더 나은 행동으로 이어지고 결국 기분이 좋아지도록 도움을 준다.

동시에 인지행동치료는 일단 어떻게 활용하는지 배우고 나면 앞으로 살아가면서 어떠한 힘겨운 상황에서도 활용할 수 있는 장기적인 기술이 된다. 치료실 밖에서 활용이 가능하다는 점에서 인지행동치료는 우울증과 불안장애를 지닌 사람들이 증상을 완화할 수 있는 가장 효과적인 도구 가운데 하나로 꼽힌다. 어떤 연구는 인지행동치료가 경도에서 중간 정도의 우울증을 치료할 때 항우울제만큼이나 효과적임을 밝혀냈다. 또한 항우울제 대신 인지행동치료를 사용하는 사람들은 새로운 우울삽화를 경험할 가능성이 훨씬 낮다는 것을 밝혀내기도 했다.

물론, 여기에는 당신이 받는 치료의 질이라는 변수가 작용한다. 홀륭한 치료사는 당신이 인지행동치료를 성공적으로 연습할 수 있도록 잘 가르쳐줄 수 있다. 반면 항우울제는 어떤 약국에서 받아왔던 상관없이 비슷한 효과를 내게 마련이다.

프랭크 브룩스 박사는 사회복지학 교수이자 인지행동치료의 열렬한 신봉자다. 그는 인지행동치료를 통해 일어나는 특정한 생각의 변화는 뇌에 지속적인 영향을 미친다고 믿는다.

"강박장애를 예로 들어봅시다. 때로는 약물이 성공적인 치료법이 될 수 있어요. 어쩌면 강박장애를 통제하는 뇌부위에서 신경전달물질이 증가하면서 벌어지는 일일 수도 있으니까요. 그러나 사람들은 인지행동치료 혹은 신경전달물질은 건드리지 않는 다른 개입을 통해 최악의 증상들을 극복해왔어요. 그렇다면, 어떻게 그렇게 되는 걸까요? 인지행동치료와 다른 인지적 개입이 뇌를 재구성하기 때문일까요? 그게 사실이라는 증거가 나오기 시작했습니다."

예를 들어, 한 연구분석은 신경촬영법neuroimaging이 보여주듯 불안장애를 지닌 사람들의 뇌가 인지행동치료를 활용하기 시작한 이후 변화하기 시작했는지 살펴보았다. 실제로 뇌에서의 구조적 변화가 관찰됐으며. 특히나 인지행동치료는 "부정적 감정의 통제와 공포의 소거에 관여하는 신경회로를 수정"하는 것으로 밝혀졌다. 이러한 근본적인 변화들은 상대적으로 신속하게 벌어졌다.

한 스웨덴의 연구는 사회불안장애를 지닌 사람들을 대상으로 단 9주 간 인터넷 기반의 인지행동치료를 실시한 후 편도체amygdala라고 알려진 뇌부위가 줄어들었다는 것을 밝혀냈다. 편도체의 활동은 사이즈와 함께 감소됐다. 이 경우 뇌의 크기가 축소되는 것은 좋은 일이다. 편도체는 우리가 감정, 그중에서도 공포에 어떻게 반응하고 기억하는지를 조절하는 핵심이기 때문이다. 이러한 변화는 사회불안장애 증상의 유의미한 개선을 보고한 사람들의 경우와 일치했다.

인지행동치료와 인지행동치료가 유도해내는 구조적 변화는, 신경전달물질 순환의 증가와 같이 운동에 의한 뇌변화와 결합될 때 훨씬 더 효과적이 된다. 이러한 '1 더하기 1은 3' 효과 때문에 우울증과 불안장애를 지닌 사람들은 인지행동치료와 운동의 결합을 언제나 도움 받을 수 있는 치료법으로 여기게 됐다. 여기서 그만큼 인정받지 못한 사실이 있다면, 러너가 됨으로써 어떻게 인지행동치료를 성공적으로 활용하기 위한 준비를 할 수 있는가다.

인지행동치료에 유리한 러너들

나는 환자일 때 브룩스를 만났다. 첫 진료시간에 그가 인지행동치료에 대한 설명을 시작하는 동안 내 머릿속은 달리기를 향해 내달렸다. 브룩스가 내 우울증과 관련 문제들에 대해 초석이 될 것이라고 추천한 그 치료법은 곧장 친밀하게 느껴졌다. 내가 지난 30년 간 "결승점까지 이 속도를 끌고 갈 수 없겠어."라든가 "지금 다섯 번째 돌고 있는 게 그전보다 더 힘들게 느껴지는데. 세 번 더 뛰는 건 무리야." 라던가 "한 시간을 더 뛰라고? 불가능한 거 같은데." 같은 생각이 떠오를 때마다 취했던 것과 동일한 인지과정이었기 때문이다.

몇 년 후 나는 브룩스에게 우리가 치료의 목적을 달성할 수 있었던 이유를 털어놓았다. 이미 나는 달리기를 통해 인지행동치료를 실행하는 방식을 알고 있다고 남몰래 생각하고 있었기 때문이다. 그러자 그는 "정말 현명해요."라고 말했다(바라던 대로 그는 매우 든든하게 나를 지지해주는 사람이었다).

"인지행동치료는 사람들에게 자동적 사고automatic thought에 의심을 품도록 가르쳐줘요. 달리기를 할 때 '더 이상 못 하겠어.'라고 생각할 수 있어요. 그리고 그 생각이 맞는지 확인할 증거들을 재빨리 찾아내게 돼요. 그래요, 당신이 고통스럽다는 신체적 증거들을 찾아낼 수도 있어요. 하지만 그러다가 '이렇게 괴롭긴 하지만 지난번에도 그랬잖아. 이겨냈어. 그러니까 지금 괴로워도 계속 달릴 수 있어.'라는 생각을 떠올리는 거예요."

브룩스가 지적하듯 우리가 보통 달리기를 하면서 사용하게 되는 사고의 유형은 "고통은 순간이지만 명예는 영원하다."라든지 "포기는 배추를 셀 때나 쓰는 말이다." 같은 진부한 만트라진언眞言를 반복하는 것보다 좀 더 세련된 형태다. 이는 쓸모없는 생각들을 인지하고 이러한 생각들이 타당하지 않은 이유를 떠올리는 과정이다.

브룩스는 정신건강 문제를 극복하기 위해 인지행동치료를 사용하는 러너들은 유리한 입장에 있다는 것에 동의했다.

"인지행동치료를 통해 사람들이 배우는 건 자동적으로 떠오르는 부정적 생각들에 효과적으로 이의를 제기할 수 있다는 점이죠. 대부분의 사람은 언제 자신이 인지행동치료를 적용하기 시작하는지 알지 못해요. 사람들은 생각이 곧 현실이라 생각하고, 생각이 곧 우리가 누구이고 무엇인지 하는 존재이며, 또 생각은 통제할 수 없는 존재라고 여겨요. 높은 불안감과 깊은 우울증에 시달리는 사람들은 그 사고패턴이 절대 변하지 않아요. '이게 바로 나야. 난 아무것도 바꿀 수 없어.' 달리기를 하면서 당신은 이미 그렇지 않다는 걸 알았어요. 이러한 부정적인 생각들에 어떻게 딴죽을 걸지 알고 있어요."

내 러닝파트너 크리스틴은 달리기를 통해 규칙적으로 인지행동치료를 실행할 때 그 효과가 우울증을 관리하는 데까지 이어진다고 말했다.

"달리기를 하면서 나는 부정적인 생각을 인지하고 재구성할 수 있게 됐어."

크리스틴은 두 번이나 올림픽 마라톤 예선을 통과한 실력자다.

"잘 달리고 있으면서도 자괴감이 들 때, 그 생각을 깨닫고 재빨리 떨쳐내. 내가 왜 X라는 일을 할 준비가 됐는지에 대해 미리 생각해둔 걸 떠올리면서."

우울증을 촉진하거나 악화시킬 수 있는 자동적 사고를 다스리는 경우에 대해 그녀는 "비슷한 일을 다르게 적용하는 것뿐이야."라고 말했다.

또 다른 러닝파트너인 헤더 존슨은 특히나 달리기를 통해 인지행동치료를 실시하고 이를 통해 불안을 관리한다. 그녀는 말했다.

"훈련과 결합한 템포런, 인터벌훈련, 다른 고된 운동들은 부정적인 자기대화와 싸우면서 불편함을 받아들이고 이겨내기 위한 훌륭한 방법이야."

달리기를 하면서 인지행동치료를 규칙적으로 활용할 때 어려운 상황을 처리하는 능력이 영원히 증대되는 긍정적인 회로가 만들어진다.

러너들은 터프해

우리가 스스로에 대해 믿고 싶은 부분이 사실임을 뒷받침해주는 연구가 있다. 러너들과 기타 지구력이 강한 운동선수들은 비활동적인 사람들보다 더 강인하다는 점이다. 연구들은 우리가 고통을 참고 관리하는 것에 더 능하다는 것을 밝혀냈다. 전문가들은 이러한 속성은 타고난 것이 아니라 훈련과 경기의 결과라고 믿는다.

우선 다음의 전문용어들을 살펴보자. 통증에 관한 연구들은 통증역치Pain Threshold와 통증내성Pain Tolerance을 구분한다. 통증역치란 당신이 처음으로 그 상황을 고통스럽다고 표현한 시점이다. 통증내성이란 포기하기 전에 그 고통스러운 상황을 얼마나 오래 견디는가다(인생이 연구 같기만 하다면야… 통증연구에서 피실험자들은 원하는 시점에서 얼마든지 통증자극을 중단할 수 있다). 우리 러너들이 강점을 발휘하는 부분은 바로 통증내성이다.

예를 들어 이스라엘 연구자들은 통증역치(열이 고통스럽게 느껴지는 시점)와 통증내성(열이 고통스럽다고 느끼게 된 후부터 얼마나 견딜 수 있는가)을 측정하기 위해 피실험자의 팔에 열을 가한 적이 있다. 피실험자들은 19명의 철인3종경기 선수와 17명의 일반인으로 구성되어 있었다. 이 실험에서의 결론은 철인3종경기 선수들은 통증내성이 훨씬 더 강하다는 것이었다. 이들은 통증에 대해 더 약하게 묘사했으며 정적인 피실험자들만큼 통증을 두려워하지도 않았다.

이와 비슷하게, 독일의 한 연구는 울트라마라토너들과 비활동적인 사람들에게 얼음물이 가득 담긴 양동이 속에 3분 동안 손을 담그고 있도록 했다. 총 11명의 마라토너들은 고통스러워하면서도 정해진 시간 동안 손을 담그고 있었다(평균적으로 이들의 고통점수는 10점 만점 중

6점이었다). 울트라마라토너가 아닐 뿐이지 다른 특성에서는 유사하게 구성된 11명의 통제집단은 성적이 더 좋지 않았다. 세 명만 3분 동안 양동이에 손을 넣고 있었고 그 외에는 평균적으로 96초 간 버텼다. 손을 담그고 있어야 하는 시간의 절반을 겨우 넘긴 셈이었다. 점차 상황이 어려워지자 비활동적인 사람들은 고통을 피하는 방향을 택했다.

그러나 이러한 발견은 닭이 먼저냐, 달걀이 먼저냐의 질문을 떠올리게 만든다. 운동선수들이 잘 견딜 수 있는 것은 이들이 선천적으로 더 뛰어난 통증내성을 지니고 있어서인가 아니면 운동선수가 되면 통증내성이 강해지는 것인가?

호주의 한 연구는 비운동선수 집단에서 통증역치와 통증내성을 측정한 후 이들 중 절반을 운동선수로 선발했다. 그리고 6주간의 훈련 후 통증역치와 통증내성을 다시 측정함으로써 이 질문에서 빗겨갔다. 결과는, 한 실험에서 훈련받은 사람들의 통증내성은 20퍼센트 증가했으나 통증역치는 변화하지 않았다. 이들은 주어진 자극을 전과 동일하게 고통스럽다고 느꼈으나 현저히 오랫동안 그 불편 정도를 조절할 있게 됐다. 비선수들은 실험 첫 회에서 상대적으로 약하거나 곤란한 모습을 드러냈다.

통증내성에서 극적인 변화를 일으키기 위해 엄청난 훈련이 필요했던 것은 아니었다. 운동을 하도록 선발된 사람들은 일주일에 세 번, 실내용 자전거를 중간 강도로 30분씩 탔다. 여기서 주목할 점은 피실험자들이 유산소운동을 했다는 것이다. 철인3종경기 선수들을 조사한 이스라엘의 연구팀은 웨이트트레이닝 같은 무산소운동을 하는 선수들의 통증민감도에 대해서도 실험을 해보았다. 그 결과, 이들의 점수는 비활동적인 사람들과 대략적으로 비슷하다는 것이 밝혀졌다.

일부 통증내성실험은 피실험자들의 팔에 이뤄졌다는 점 역시 눈여겨 볼 가치가 있다. 문제의 통증내성실험은 혈류를 감소시키고 통증을 강화하기 위해 감아놓은 지혈대가 주는 통증을 견디도록 구성됐다. 자전거는 특별히 팔근육을 쓰는 운동은 아니다. 따라서 통증내성이 높아진 것은 운동하는 사람의 팔근육이 그 불편함에 익숙해졌기 때문일 수가 없었다.

"이러한 결과는 높아진 통증내성을 주로 조절하는 중심메커니즘이 존재한다는 증거를 제공하는 한편 훈련에 대한 새로운 심리적 응용방안을 제안하고 있다." 연구팀은 이렇게 기록했다.

새로 운동을 하게 된 사람들은 중간 강도로 자전거를 탔어도 초보자로서 일주일에 세 번 30분 간 자전거를 타는 일이 힘들다고 느꼈을 수도 있다. 규칙적으로 달리기를 하는 러너들의 경우 힘든 운동을 통해 얻게 되는 이득은 경기를 준비하는 훈련을 통해 얻게 되는 이득과 유사하다. 즉, 마일리지를 축적해나가는 기본적인 훈련을 통해 멀리 달릴 수 있게 되지만 강도를 더할 때 더 멀리 달릴 수 있게 된다. 한 영국의 연구팀은 6주 간 고강도 사이클운동을 한 사람들은 연구 막바지에 그냥 중간 강도의 사이클운동을 한 사람보다 통증내성이 높아짐을 입증했다.

"힘든 운동을 할 때마다 뇌는 이득을 보죠."

임상심리학자 로라 프레덴덜은 이렇게 말했다.

건강해질 때 당신은 더 강인해지고, 더 강인해질 때 당신은 더 건강해질 수 있다고 연구자들은 추측한다. 즉, "운동훈련은 뇌기능이 쉽게 빌달할 수 있도록 만들어 이러한 신호와 관련 감각들의 내성을 강화한다. 그리고 내성의 강화는 지구력 수행능력의 향상을 가져오는" 것이다.

내가 이러한 '운동선수는 더 터프해' 식의 연구들을 브룩스에게 설명하자 그는 전문가적인 관점에서도 이해가 된다고 말했다.

"그러한 연구결과가 나온 이유는 당신의 인지가 처음 떠오르는 자동적 사고인 '난 이런 거 못 해.'에 이의를 제기할 수 있기 때문이에요. 일상적으로 그러한 생각들에 저항하면서 당연히 타당하다고 받아들이지 않는 경험을 하니까요."

강인함을 활용하라

지구력을 요하는 운동을 하는 선수들의 강인함에 찬사를 보내는 연구들에는 다음과 같은 경고가 뒤따른다. 급격한 심리적 스트레스를 받을 경우 다른 사람들과 마찬가지로 허약해진다는 것이다.

후속연구에서 본래의 '철인3종경기 선수들은 더 터프한가?'를 연구한 연구팀들은 다시 어느 철인3종경기 선수 집단 내에서 통증역치와 통증내성을 측정했다. 이 집단에는 단순히 나이 많은 선수들 외에도 일주일에 평균 16시간을 훈련하고 1년에 12회가량 시합에 나가는 엄청난 야망가들도 있었다. 선수들은 훈련과 경기 중간에 높은 수준의 신체적·정신적 스트레스를 자주 경험한다고 연구팀에 말했다. 운동의 추구를 통해 현실생활의 회복탄력성을 얻은 누군가를 찾아야 한다면 이 선수들이 좋은 후보가 될 것이었다.

이번에 선수들은 스트레스를 유발하도록 설계된 일반적인 심리실험을 받기 전과 받는 도중에 통증테스트를 받았다. 연구팀은 스트레스에 관한 선수들의 주관적 보고를 수집했을 뿐 아니라 선수들의 타액에서 스트레스 호르몬인 코티솔의 농도를 측정했다.

MIST Montreal Imaging Stress Task 라는 심리실험은 다소 비열하게 설계된 실험이다. 8분 동안 선수들은 컴퓨터 화면에 뜬 산수문제를 풀어야 한다. 문제 하나를 풀 때마다 화면에는 그 답이 정답인지 여부가 뜨고 그 시험에 대한 평균결과와 비교해 어떤지를 실시간으로 계산해 보여준다. 실험 전에 선수들은 일반적인 사람들은 80~90퍼센트의 정답률을 보인다는 이야기를 듣는다. 이 정도로도 충분히 스트레스지만 결정적인 함정은 따로 있다.

이 실험은 피실험자가 어떻게 대답했든 간에 화면에는 언제나 정답률이 25~45퍼센트라고 뜬다. 더 심각한 것은, 첫 번째 실험이 끝나고 나면 피실험자들은 성적이 형편없다는 이야기와 함께 재시험을 봐야 한다는 이야기를 듣는다. 두 번째 실험이 끝난 후 피실험자들은 다시 한 번 자신들이 평균 이하라는 이야기를 듣는다.

주요한 발견은 다음과 같다. 급성으로 심리적 스트레스를 받는 동안(이 경우에는 압박적인 시험에서 실패했다는 사실을 보고 듣는 동안) 선수들의 통증역치는 확연히 감소했다. 사실상 선수들의 통증민감도는 근본적으로 이전 연구의 비활동적 피실험자들과 비슷한 수준이 됐다. 연구자 가운데 한 명인 루스 데프린Ruth Defrin 텔아비브대학 박사는 예측불가능하고 통제에서 벗어난 모든 사건들은 그녀의 연구에서 발견된 효과를 발휘할 수 있을 만큼 스트레스를 준다고 말했다.

철인3종경기 선수들이 차별화를 유지할 수 있는, 즉 강한 스트레스를 받는 상황에서 끝까지 밀고 나갈 수 있는 중요한 이유 하나가 있다. 연구자들은 스트레스성 통증민감도를 강화한 것이 여러 실험들로 유발된 결과이기는 하지만 "선수들은 그 과정에서 상당한 고통과 스트레스를 받더라도 극도의 노력으로 끈기 있게 버텼다."고 썼다. 달리기는 우리가 인생의 다른 측면에도 적용할 수 있는 회복탄력성을 준다. 어느 정도는 달리기를 통해 자연스레 인지행동치료를 할 수 있기 때문일 것이다. 우리는 우울증이나 불안장애로 방해받고 발목 잡혀도 어떻게 견뎌야 하는지를 알고 있다.

"우울이나 불안 관련 문제에 있어서 운동이 인내심을 키워준다는 의견이 있어요."

메릴랜드대학의 뇌과학자인 J. 카슨 스미스 박사가 이렇게 말했다. 철인3종경기 선수들에 대한 연구 등에서 보듯, 우리 운동선수들은 순간의 스트레스에 더욱 잘 대처할 수 있다.

스미스에 의하면 정기적으로 불쾌한 상황을 경험할 때 이에 대처할 수 있는 기본적인 능력은 향상된다. 규칙적으로 장거리달리기를 할 때 그 어떤 장거리달리기에서도 스트레스를 덜 받게 되는 것과 마찬가지다.

"스트레스 요인으로서의 신체적 활동에 적응하게 된다면 인생 전반에 있어서도 생리적 스트레스 요인들뿐 아니라 심리적 스트레스 요인들을 받아들이는 데에 도움이 됩니다." 스미스 박사는 말했다.

나는 데프린에게, 그녀가 실험을 통해 만들어낸 스트레스 환경과 같은 상황 속에서 러너들이 어렵게 얻은 강인함을 어떻게 유지할 수 있을지 물었다.

"마음챙김mindfulness이나 인지행동치료, 사회적 지지social support처럼 스트레스를 줄이기 위한 기술에는 통증조절기능을 향상시킬 잠재력이 있죠." 그녀가 말했다.

인지행동치료가 바로 그 예가 될 것이다. 〈8~9지점〉에서는 마음챙김과 공고한 사회적 유대social connections를 달리기의 일부로 통합시킴으로써 우울증이나 불안장애를 관리하며 달리는 방법을 살펴볼 예정이다.

달리는
명상

"달리기를 할 때 무슨 생각을 하세요?"

"아무 생각이나 해요."

줄리아 루카스는 템포런을 그다지 좋아하지 않았다. 한때 프로 육상선수였던 루카스는 캘리포니아의 맘모스트랙클럽이라는 달리기 모임에 참여하게 되면서 다른 팀원들이 그러하듯 매주 템포런을 연습했다. 루카스는 5,000미터 달리기 전문이었다. 45분 간 길 위를 힘들게 달리는 것보다는 트랙 위에서 800미터 달리기를 반복해서 뛰는 것에 더 익숙했다. 언젠가 템포런이 유난히 힘들게 느껴지던 날, 그녀는 몇 번이고 시계를 들여다봤다. 주로 무슨 생각이 머릿속을 꽉 채웠는지는 뻔하다.

'와, 진짜 28분을 더 뛰어야 한다고?'

그녀의 코치인 테런스 마혼Terrence Mahon 역시 루카스의 템포런이 마음에 들지 않았다. 그녀와는 다른 이유에서였다. 루카스가 너무 자주 시간을 확인하자 마혼은 차를 옆에 세우더니 소리를 질렀다.

"그 빌어먹을 시계는 그만 보고 좀 뛰어!"

마혼이 한 말과 말투는 동네 명상센터에 가서는 들을 리 없는 것이었다. 그러나 전체적인 메시지는 명상센터에서 듣게 되는 이야기와 그다지 멀지 않을 것이다. 마혼은 루카스가 현재에 집중하길 원했고, 그녀가 존재하는 그 순간에 몰입할 수 있길 바랐다. 그는 그녀가 과거에 대한 후회(어젯밤에 야식을 먹어서 기분이 안 좋은 건가?)나 미래에 대한 걱정(20분을 어떻게 더 뛰지? 게다가 저 앞에 가파른 언덕까지 있는데!), 현재에 대한 평가(최악이야!)를 모두 떨쳐버리길 바랐다. 그는 그녀가 그냥 달리길, 달리기에 마음을 쏟길 바랐다.

달리기와 마음챙김Mindfulness은 여러 면에서 통한다. 마혼이 루카스에게 바랐던 것처럼, 현재를 누리고 평가를 내려놓는 마음가짐은 더 나은 수행능력으로 이어진다. 또한 더 나은 자아의식과 스트레스 완화를 가져오며 단순히 달리기의 즐거움을 누릴 수 있도록 도와준다. 건강하거나 정적인 사람들에게도 마찬가지로 마음챙김은 우울과 불안에 도움이 되는 것으로 나타났다. 같은 조건을 지닌 우리 러너들은 때론 달리기를 통한 마음챙김으로 우리의 정신건강을 호전시킬 수 있다. 따라서 달리기로부터 더 많은 정신건강적 이득을 얻기 위해서는 마음을 담은 달리기 실력을 갈고 닦을 필요가 있다.

마음챙김이란?

인기 있는 존재는 그만큼 그에 대한 반발도 함께 안고 가야 하기 마련이다. 마음챙김 역시 그러한 석연치 않은 영예를 얻고 있다.《마음놓침: 나르시시즘의 문화 속 마음챙김의 몰락Mindlessness: The Corruption of Mindfulness in a Culture of Narcissism》같은 책이나 워싱턴포스트의 "마음챙김은 도움이 된다. 아니, 자기중심적이지만 않을 수 있었다면 말이다." 같은 기사가 전하는 길고 긴 한탄에서 여실히 드러난다. 이러한 비판은 대중적으로 인기를 얻고 있는 마음챙김이 진정한 마음챙김의 의미를 잘못 전달하고 있다는 것을 골자로 하고 있다. 위의 기사에서는 "이러한 가짜 마음챙김은 유아론(唯我論, 오직 자기 자신만이 존재하고 타인과 기타 다른 존재물은 자신의 의식 속에 있다고 생각하는 학설)의 매개체이자 제멋대로 구는 방종의 핑계가 된다. 그리고 싸구려 최신유행에 영합하면서 자화자찬하는 한편 건강의 보장과 영적인 순수함 등을 자랑스레 떠들어댄다." 라고 지적한다. 이러한 비판들은 마음챙김이 또 다른 '세상의 중심은 나'라는 현상이면서도 미덕의 탈을 쓰고 있기에 더 문제라고 말한다.

우울증과 불안장애, 달리기에 관한 맥락에서 마음챙김은 1970년대 존 카밧진Jon Kabat-Zinn 박사가 개발한 표현들을 통해 가장 잘 이해할 수 있다. 불교명상 수행자인 카밧진은 스트레스와 불안을 감소시키는 명상의 효과를 강조하기 위해 동양의 존재론ontology을 한 꺼풀 벗겨냈다. 그는 1994년에 쓴 책《나는 지금 어디에 있는가: 참된 자아를 만나는 바라보기 명상법Wherever you go, there you are: Mindfulness meditation in Everyday life》에서 마음챙김에 대해 "바로 지금, 순간순간 펼

쳐지는 경험들에 무비판적이고 의도적으로 집중할 때 생겨나는 각성"이라고 정의했다.

카밧진은 자신의 이러한 접근법을 '마음챙김에 기반한 스트레스 완화Mindfulness-Based Stress Reduction, MBSR'로 알려진 8주 프로그램으로 체계화시켰다. MBSR과 기타 유사한 프로그램들은 두 가지 요소로 구성된다. 하나는 당신에게서 생겨나는 생각과 느낌 그리고 신체감각을 의도적으로 관찰하는 것이다. 다른 하나는 현재의 경험을 비판하기보다 수용하면서 당신을 맞춰가는 것이다.

앞 장의 주제였던 인지행동치료에서와 마찬가지로 수련자들은 생각이 자신들을 규정하지 않도록 하는 법을 배운다. 인지행동치료의 목표 중 하나는 원치 않은 행동으로 이어질 수 있는 생각의 타당성에 이의를 제기하는 것이다. 반면에 마음챙김은 당신이 비판 없이 생각을 관찰할 수 있도록, 생각을 의심하기보다 받아들이도록 권한다. 그리고 이러한 다른 식의 접근법이 점차 임상에서 지평을 넓혀가고 있다. 임상사회복지사인 프랭크 브룩스 박사는 마음챙김이 결합된 수용-전념치료Acceptance and Commitment Therapy, ACT를 임상에서 점차 자주 활용하고 있다고 말했다.

"ACT는 환자들에게 현재 자신의 위치를 그대로 받아들이기 위해 마음챙김과 명상기술을 사용하도록 가르치는 게 핵심이에요. 전념이란 기분을 향상시키기 위해 사고패턴을 바꾸는 거지요. 인지행동치료는 인지적이에요. 인지가 기분으로, 기분이 행동으로 이어집니다. 반면에 ACT는 기분과 당신의 몸에 일어나고 있는 일들에 좀 더 관심을 기울여야 한다고 강조해요. 그리고 이는 생각에도 영향을 미치죠."

　카밧진이 제안하는 마음챙김 수련이 우울증이나 불안장애를 지닌 사람들에게 도움이 된다는 확실한 증거가 있다. 네덜란드에서 이뤄진 한 연구는 평생 우울증에 시달린 사람들이 마음챙김을 기반으로 한 인지행동치료를 받을 경우 순간의 기쁨을 좀 더 느끼게 되며 일상생활에서 즐거움을 더 많이 찾을 수 있게 된다는 점을 밝혀냈다. 마음챙김의 장기적 효과를 관찰한 한 연구분석은 마음챙김은 불안과 우울을 치료하기 위해 실천할 수 있는 방법이라고 결론 내렸다. 이란의 연구자들은 마음챙김을 기반으로 한 인지행동치료의 경우 기존의 인지행동치료만큼 우울증상 감소에 효과적임을 발견했다. 옥스퍼드대학에서는 2년 간의 연구를 거쳐 마음챙김을 수련한 사람들이 항우울제를 복용한 사람들보다 우울증상이 재발할 가능성이 적은 것을 발견했다.

　다른 치료법과 마찬가지로 마음챙김과 규칙적인 운동을 결합했을 때 그 결과는 훨씬 더 효과적일 수 있다. 럿거스대학에서 이뤄진 한 소규모 연구는 우울증을 앓는 사람들과 그렇지 않은 사람들을 대상으로 마음챙김 수련과 운동이 결합된 8주 프로그램을 진행했다. 일주일에 두 번, 참가자들은 2분 간 자리에 앉아 20분 동안 마음챙김 명상을 하면서 호흡에 완전히 집중하도록 지시받는다. 과거나 미래에 대한 생각에 빠지는 경우 참가자들은 이러한 생각의 변화를 인정하고 다시 호흡에 집중한다. 그 후 10분 간 천천히 걸으며 명상을 이어간다. 이 과정은 30분 간 달리기나 자전거 타기를 하기 위한 워밍업으로도 쓰인다.

결과적으로 연구에 참여한 두 집단 모두 우울증상이 줄어들었다고 보고했다. 평균적으로 우울증을 앓는 피실험자들은 40퍼센트의 증상완화를 경험했다. 또한 이 집단은 틀에 박힌 사고의 악순환을 끊기 위해 마음챙김을 활용하는 법을 배우면서 반추적 사고를 덜 하게 됐다고 보고했다. 그리고 신경영상촬영 결과 인지조절과 갈등감시에 관련한 뇌부위에서 기능이 향상됐음이 밝혀졌다.

종합하자면, 이러한 연구들은 우울증이나 불안장애를 지닌 러너들이 다양한 마음챙김 프로그램들을 시도하도록 지지한다. 이를 시도해본 러너들은 마음챙김 수련이 생각만큼 이색적이지 않다고 깨달을 수도 있다. 자연스레 일상에서 마음챙김을 경험하기 때문이다.

달리기와 마음놓침 사이

"달리기를 할 때 무슨 생각을 하세요?"

인터넷에서 '달리기를 하지 않는 사람이 달리기를 하는 사람과 대화를 시작하는 법'을 검색해보자. 분명 "무릎이 걱정되지는 않아요?"라는 문장과 함께 위의 질문이 가장 먼저 검색될 것이다.

나는 이런 질문에 보통 "아무 생각이나 해요."라고 대답한다. 퉁명스럽게 굴려는 게 아니라 축약해서 답하려는 것뿐이다. 그러나 한 시간 동안 아무 생각 없이 세상을 누빌 만큼 건강해지는 기쁨을 가져본 적 없는 비러너에게는 황당한 대답일 수도 있겠다.

사람들은 우리가 달릴 때 마음속에 무슨 일이 벌어지는지에 관해 오랫동안 관심을 가져왔다. "달리기를 할 때 무슨 생각을 하세요?"라는 질문의 이면에는 달리기가 본질적으로 정신력의 싸움이라는 믿음 그리고 끊임없는 자기 동기부여와 머리를 식히기 위한 치밀한 계획을 가지고 계속 움직이도록 의지를 발휘하는 과정이라는 믿음이 숨어 있다.

이러한 믿음은 1983년에 발표된 논문 〈장거리달리기 주자의 자기최면〉 등과 같이 다양한 연구들에 반영되어 있다. 저자인 케네스 캘런Kenneth Callen 의학박사는 400명 이상의 러너들을 대상으로 달리기를 할 때 무슨 생각을 하는지 조사했다. 캘런은 이렇게 보고했다.

"응답자의 절반 이상이 황홀경에 가까운 상태에 빠졌으나 그 정도는 매우 다양했다. 또한 내면에서 일어나는 일에 대한 수용성 증가, 도취, 강렬한 시각심상 등 자기최면에 관련한 모든 특징이 이에 수반됐다."

캘런의 발견은 그 결론이 그럴듯하게 들리는 반면 그만큼 유의미하지는 않다. 우선 그는 이 '황홀경에 가까운 상태'에 대한 묘사를 응답자들에게 먼저 제공한 후 달리기 도중 이를 경험한 적 있는지를 물었다. "가끔 달리는 동안 정신적 그림mental picture을 떠올린다."와 "달리는 동안 더 창의적이 된다." 등이 그 예다. 오랫동안 달리기를 해온 사람에게는 이러한 일들을 신비스럽게 보인다거나, 캘런의 말을 빌리자면 "아무런 보조수단 없이 자발적으로 일어나는 최면상태"처럼 느껴지는 경우가 거의 없다. 캘런의 기준 가운데 하나는 "달리기를 끝내고 달리기를 하는 도중 일어났던 일들을 아무것도 떠올릴 수 없다."다. 그러한 기준을 적용하자면 나는 마트에 가거나 면도를 할 때 '자기최면'에 빠지는 셈이다.

달리기 붐이 처음 일어난 그 시절의 선의의 연구자를 비난하자는 것이 아니다. 이 책의 대부분은 우리가 달릴 때 어떻게 다르게 생각하는지를 다루고 있다. 그러나 달리기가 지닌 가장 큰 매력 가운데 하나는 의식적으로 인지과정을 일으킬 필요가 없다는 것이다. 그냥 벌어지는 일이니까.

적당한 속도로 1킬로미터 정도를 달리고 있자면 호흡은 자연스레 박자를 타게 된다. 발을 내딛을 때마다 즐겁게 반복되는 박자는 머릿속까지 느껴진다(J. 카슨 스미스가 〈4지점〉에서 발과 뇌 사이의 신경연결에 대해 이야기했던 말들을 떠올려보자). 점차 달리기가 안정됨에 따라 우리는 예측 가능한 발걸음 타이밍에 맞춰 숨을 내쉬게 된다. 신경활동의 증가는 자유연상 사고과정의 유발을 도와준다. 우리 러너들은 그다지 많은 노력을 쏟지 않고도 달리기를 통해 마음챙김의 길에 접어들 수 있게 되는 것이다.

"달리기를 할 때 무슨 생각을 하세요?"라는 질문에 대한 "아무 생각이나 해요."라는 대답으로 돌아가보자. 이 대답은 가벼운 달리기를 하는 동안 일어나는 일에 대해 가장 정확하게 묘사한 것이다. 가벼운 달리기를 하는 동안 생각들은 아무도 알 수 없는 곳에서 들고 날 뿐이다. '이 날씨는 언제까지 계속될까?', 거의 10년은 잊어버리고 있던 노래, 오른쪽 무릎, 처음 길렀던 반려동물, 내일 회의, 작년 휴가, '내가 친구 생일을 잊어먹었던가?', 왼쪽 인대, 오른쪽 어깨, 바짝 붙어 지나가던 차, '현관문은 제대로 닫고 나왔겠지?', 기타 등등. 이 모든 생각이 첫 1킬로미터 안에 일어난다.

"마음 가는 대로 흘러가요."가 "아무 생각이나 해요."보다는 좀 더 예의바른 대답일 수 있겠다. 다시 한 번 말하지만 중요한 것은, 이렇게 현재 지향적인 방식으로 우리의 몸과 마음, 환경을 관찰하는 일은 실질적인 노력 없이 일어난다는 것이다. 단지 이 현상이 마음챙김으로 발전하기 위해서는 이 생각들에 대해 무비판적인 태도를 갖추어야 한다. 내 경험상 이런 일은 가만히 앉아 있을 때보다 몸을 움직일 때 훨씬 쉬워진다. 그리고 달리기를 통해 마음챙김을 연습할 때 그 외의 시간에도 성공하기가 더욱 쉬워진다.

그 과정에서 당신의 사고의 흐름을 무비판적으로 보는 것이 버겁다면, 스스로를 다시 이끌 집중 분야를 선택하는 것도 하나의 방법이 되겠다. 이 방법은 당신을 다시 집중하게 만들어줄 경구나 만트라를 반복하는 형태로 행해질 수도 있다. 곧 살펴보겠지만, 달리기 자세 가운데 중요한 부분이나 호흡 등에 초점을 맞추는 것도 도움이 된다. 유명한 물리치료사인 필 와튼Phil Wharton은 자기 같으면 초록색 같은 개념을 떠올리며 자신을 이끌어주는 길잡이로 삼을 것이라고 내게 말했다. 이 모든 기술은 케케묵은 성가가 우리의 신실함을 불러일으키듯 동일한 목적을 달성하는 것에 도움이 된다.

내 경험을 일반화하고 있는 것인지도 모르지만 개인최고기록을 달성한 적 있는 러너들이라면 누구나 달리기를 통해 쉽게 마음챙김을 수련할 수 있을 것이다. 우리는 비판 없이 바로 이 순간의 달리기 현실을 받아들이는 연습을 충분히 해왔다(어쨌든 우리는 받아들여야 한다. 앞으로 얼마가 됐든 몇십 년을 더 달리는 와중에 정신건강적인 이득을 온전히 즐기고 싶지 않은 것이 아니라면). 현재 내가 템포런을 위해 빠르게 달리는 속도가 이전에는 기본 훈련속도였다. 이러한 변화를 받아들이는 것은 마음챙김을 위해 필요한 마음가짐을 기르는 데에 도움이 된다.

현재 달리기 인생에서 어느 위치에 있는지와는 상관없이 끊임없이 구간별 기록을 재고 싶은 유혹은 마음챙김에 대한 모욕이라 할 수 있다. 내 전성기 시절의 훈련파트너가 한 번은 10킬로미터 경기를 치른 후 정리운동을 하면서 구간별로 기록을 재자고 제안했던 적이 있었다! 당연하게도 그는 달리기용 GPS시계를 초창기에 구입한 얼리어답터였다. 아마도 이제 내가 청력을 잃어서 누리는 유일한 이득이 있다면 1마일마다 내 러닝파트너들의 시계가 울리는 소리를 듣지 못한다는 것이다. 파트너들이 움찔하며 재빨리 손목을 내려다 보는 모습을 보건대 아무런 비판 없이 지금 이 순간을 보내고 있는 것 같지는 않지만 말이다. 물론 일반적인 의미에서 기록을 재는 것은 건강에 도움이 된다. 그러나 달릴 때마다 매 거리를 잰다고? 그 정보로 무엇을 할 텐가? 테런스 마혼이 말했듯, 우리는 그 빌어먹을 시계는 고만 들여다보고 좀 뛰어야 한다.

그렇다고 마음챙김을 위한 달리기가 그저 "나는 느려. 그래도 괜찮아."라고 생각하는 것임을 의미하지는 않는다. 앞서 묘사했듯 마음챙김 수련은 직접적이든 간접적이든 간에 향상된 수행능력과 관련이 있다. 예를 들어 운동선수들을 대상으로 한, 두 가지 소규모 연구에서 마음챙김 수련을 단기적으로(4~8주) 수행했을 때 선수들은 이후 마음챙김을 측정하는 실험에서 더 높은 점수를 기록했다. 이는 4주 동안 규칙적으로 십자말풀이를 연습했을 때 실력이 좋아졌다고 말하는 것처럼 들릴 수 있다. 그러나 현재의 과업에 초점을 맞추거나 신체감각에 대해 걱정하기보다는 받아들이는 등 일부 마음챙김의 특성은 수행능력을 높일 수 있다. 이러한 발견들을 아무런 근거 없이 완전히 일축할 수는 없다.

우리를 더욱 감질나게 만드는 것은, 방금 이야기한 두 연구 가운데 하나에 대한 후속연구다. 원 연구에서 카톨릭대학의 연구자들은 4주 간의 마음챙김 수련을 받았을 때 스물다섯 명의 러너들이 통제집단의 러너들에 비해 마음챙김의 정도가 향상됐다는 것이다. 그러나 동시에 "실제 달리기 수행능력에서는 아무런 개선점도 발견되지 않았다."라고 보고했다. 그러나 1년 후 사정은 달라졌다.

"장거리달리기주자들은 사전검사와 후속연구 사이에서 단위거리당 기록이 확연히 향상됐음을 보여줬다. 또한 피실험자의 수행능력 변화와 특성변수 간에는 유의미한 상관관계가 관찰됐다."

학자들은 이렇게 썼다. 즉, 러너들은 학자들이 '과업과 무관한 생각'이라고 부르는 것들을 머릿속에 떠올리지 않는 등 마음챙김의 특성을 많이 드러낼수록 실력은 1년 간 더 많이 향상됐다.

물론 모든 요인들이 운동에 작용할 수 있다. 우리야 알 수 없지만, 그 1년 간 마음챙김 수련을 한 러너들은 더 잘 먹었을 수도 있고 더 잘 잤을 수도 있으며, 아니면 회사를 그만두고 오직 명상과 훈련만 했을 수도 있다. 그래도 어떤 러너가 훈련을 받으면서 뭔가를 추가했고 그 부분을 추가하지 않은 다른 러너들보다 실력이 향상됐다는데, 한 번쯤 그 부분을 살펴볼 만하지 않은가?

경기 중 명상에 빠지는 방법

마음챙김 혹은 적어도 마음챙김의 어떤 측면 덕에 더욱 빠르게 달릴 다른 방법이 있다. 나는 이를 만트라가 변형되어 만들어진 형태의 신호라고 생각한다. 이는 주의초점 혹은 사람들이 달리기를 하면서 집중하는 대상에 관한 연구에서 깨닫게 된 요점이다.

몇 년 간 러너들은 경기의 고통에 대응할 수 있는 전략에는 두 가지가 있다는 이야기를 들어왔다. 하나는 연합聯合이고 하나는 해리解離다. 사회적 통념에 따르면 연합, 즉 당신이 처해 있는 스트레스에 대한 신체반응에 집중하는 것은 가장 뛰어난 러너의 방식이다. 반면에 해리, 즉 당신의 고통에 마음을 쓰지 않기 위해 다른 것들을 생각하는 것은 느린 러너들이 하는 방식이다. 여기서 교훈을 찾자면, 운동능력이 중요한 당신은 경기 동안 몸이 보내는 피드백을 지속적으로 관찰해야 한다.

아일랜드의 연구자들은 그렇게 단순한 문제가 아님을 보여줬다. 테런스 마혼이 줄리아 루카스에게 개입한 것과 동일한 선상에서 이들은 '기분이 어떤지에 대해 지나치게 생각할 때 달리기가 느려질 수 있다'는 것을 발견했다.

이 연구의 세부사항들은 복잡하지만 파고들 만한 가치가 있다. 첫 단계에서 20명의 숙련된 러너들은 러닝머신에서 저마다의 속도에 맞춰 3킬로미터를 뛰는 타임트라이얼을 실시했다. 즉, 러너들은 러닝머신의 속도를 조절할 수 있으며 가능한 한 빨리 3킬로미터를 뛰는 것을 목표로 삼았다. 400미터마다 러너들은 운동자각도Rate of Perceived Exertion, RPE를 기록했다. 러너들의 구간당 기록과 심장박동수 역시 실험이 진행되는 동안 기록됐다.

러너들은 러닝머신에서 3킬로미터 타임트라이얼을 두 번 더 실시했다. 한 번은 연구자들의 신호에 따라 러너들은 자기속도조절 타임트라이얼self-paced time trial에서 규칙적인 간격으로 보고한 RPE를 그대로 반복하려고 노력했다. 러너들은 이 실험 동안 러닝머신의 속도를 조절할 수 있었다(러닝머신의 속도는 러너들이 보지 못하게 가려져 있었다. 러너들은 러닝머신이 더 빠르거나 더 느리게 가도록 조절할 수만 있었다).

다른 후속실험에서 연구자들은 러닝머신의 속도를 통제할 수 있었고, 이전의 자기속도조절 트라이얼에서 규칙적인 간격을 두고 수집됐던 러너들의 속도에 맞춰 이를 조절했다. 다시 말해, 러너들은 이 실험에서 자기속도조절 실험과 동일한 구간별 속도로 달렸지만 그 속도는 외부에서 통제한 것이다.

이 모든 타임트라이얼이 끝난 후 연구자들은 러너들이 달리는 동안 무슨 생각을 했는지 인터뷰했다. 세 번의 타임트라이얼 환경에서 측정된 일부 변수들은 중요한 차이점을 지녔다.

한 가지 중요한 결과는 운동자각을 바탕으로 속도조절을 한 트라이얼에서 러너들의 3킬로미터 기록은 평균적으로 10퍼센트가 낮았다는 것이다. 5킬로미터를 25분에 주파하는 러너의 경우 10퍼센트 느리게 뛰었다는 것은 그 기록이 27분 30초가 됐다는 의미다. 그리고 이 선수는 이 경기가 매우 형편없다고 생각할 가능성이 높다. 러너들은 느리게 달린 트라이얼도 빠르게 달린 트라이얼(자기속도조절 트라이얼과 외부속도조절 트라이얼)만큼 힘들다고 느꼈음에도 큰 차이가 발생했다.

왜 이런 결과가 벌어졌을까? 그 답은 아마도 세 번의 타임트라이얼 동안 러너들이 무엇을 생각했는지의 차이에서 찾아볼 수 있을 것이다.

운동자각 트라이얼 동안 러너들은 다른 트라이얼 시와 비교해 속도, 폼 교정, 적절한 리듬 유지 등 달리기의 특정한 측면에 대해 훨씬 '덜' 생각했다. 대신 자기속도조절 트라이얼과 외부속도조절 트라이얼 시보다 '노력, 느낌'이라는 일반적인 개념에 대해 더 많이 생각했다.

하지만 여기서 잠깐. 우리는 달릴 때 결승선까지 유지할 정도의 노력수준에서 달리는지 확인하기 위해 경기 내내 스스로를 모니터링해야 하는 것 아니던가? 이것이 연합·해리 모델에서 엘리트 선수들이 한다고 말하는 행동 아니었던가?

"스스로가 어떻게 느끼는지에 지나치게 초점을 맞추면 우리는 운동에 이득이 되는 다른 주의전략을 희생하게 됩니다."

선임연구원 노엘 브릭 박사가 이메일을 통해 이렇게 밝혔다.

"박자, 긴장 완화, 기술 등에 초점을 맞춘 정신적 전략은 스스로 노력한다는 느낌을 강조하지 않으면서 속도를 높일 수 있습니다. 그러고 나서 정기적으로 스스로를 확인하고 몸 구석구석을 확인하며 모든 게 어떻게 느껴지는지 확인하는 겁니다. 괜찮게 느껴진다면 앞에서 언급한, 최고속도로 달릴 수 있게 도와주는 정신적 전략에 다시 초점을 맞추면 됩니다."

브릭의 조언은 최고의 달리기 선수들이 경기 동안에 무엇을 생각하는지 밝힌 이야기들과 일치한다. 2014년 보스턴 마라톤에서 아무도 예상치 못했던 우승을 차지한 멥 케플레지기Meb Keflezighi는 마지막 1.6킬로미터 구간에서 지칠 대로 지치고 2위와의 격차가 6초로 줄어들었을 때 스스로에게 이렇게 말했다고 내게 털어놨다.

"기술이야, 기술, 기술이라고."

경기를 하며 케플레지기는 의도적으로 "발은 빨리." 또는 "어깨 긴장은 풀어."같이 열심히 연습한 자세에 대한 신호를 반복했다. 그렇게 함으로써 현재를 인식하면서 전반적인 피로보다는 좀 더 구체적인 대상에 생각을 집중할 수 있었고, 경기 초반의 결정을 후회하거나 남아 있는 거리에 대해 걱정하지 않을 수 있었다. 브릭은 이를 '과업에 적합한 주의초점'이라고 표현했다.

이러한 일종의 주문(만트라)이 된 자세교정 신호를 보내는 기술은 또 다른 큰 효과를 낳는다. 달리기의 효율을 높이고 운동자각을 강화하지 않고도 더 빨리 달릴 수 있게 해주는 직접적인 결과를 가져오기 때문이다. 이러한 접근법은 브릭의 연구에서 제시하는 또 다른 중요한 발견과 닮아 있다. 연구자들이 러닝머신의 속도를 통제했을 때 러너들의 심장 박동수는 평균적으로 2퍼센트 낮게 나타났다.

다시 한 번 이야기하자면, 연구자들은 러닝머신의 속도를 러너들이 자기속도조절 타임트라이얼에서 선택했던 설정에 맞췄다. 따라서 러너들은 두 실험 모두에서 동일한 시간 동안 3킬로미터를 뛰었으며 구간별 속도 역시 같았다. 그러나 외부적으로 속도를 통제한 경우 그 속도가 이전 실험에서 자신이 설정했던 것과 같다고 하더라도 러너들은 이전 실험들보다 약간 낮은 심장박동수를 기록하며 타임트라이얼을 마쳤다.

이러한 발견은, 예를 들어 연구자들이 마지막 400미터에서 러너들에게 속도조절을 할 수 있도록 했다면 러너들이 타임트라이얼을 더 빨리 끝낼 수도 있었다는 의미가 된다. 이론적으로, 동일한 속도에서 심장이 느리게 뛴다는 것은 더 빠른 속도로 경기를 마무리할 수 있는 여지가 있었다는 의미다.

브릭이 말했다.

"외부적으로 속도를 조절한 실험에서 심장박동수가 2퍼센트 감소한 결과가 나오리라고는 예상치 못했습니다. 하지만 러너들이 무엇에 집중했는지 분석해보자, 이해할 수 있었어요. 이들은 긴장을 풀고 달리기 행위를 최적화하자는 데에 초점을 맞췄죠. 우리는 정신적 전략의 선택이 움직임의 경제movement economy를 향상시키는 데에 도움이 된다고 느껴요. 이는 심장박동수가 2퍼센트 감소했다는 것에 여실히 반영됐어요."

브릭은 이러한 발견을 토대로 중요한 응용을 할 수 있다고 말했다. 연구자들이 속도를 통제했을 때 러너들은 지나치게 빨리 뛰거나 느리게 뛸까 봐 걱정할 필요가 없었다. 자세교정의 신호를 통해 이들은 주어진 속도에 맞춰 최대한 효율적으로 달리는 것에 집중했다.

"외부적으로 통제된 조건은 페이스메이커pace maker와 함께 뛰는 것에 비유할 수 있어요. 만약 페이스메이커와 함께 경기를 뛴다면 이를 활용해야 해요. 그들이 속도와 관련된 모든 결정을 내리면 됩니다. 대신 당신이 어떻게 느끼는지를 정기적으로 체크하고 긴장을 풀고 효율적으로 달리는 데 초점을 맞춰야 해요. 페이스메이커가 없다면 비슷한 능력을 지닌 러너들과 함께 뛰세요. 이 무리에게 속도를 맡기고 당신은 긴장을 풀고 효율적으로 뛰는 것에만 집중하는 거죠."

나는 'GPS 극혐파'라는 인상을 주고 싶지는 않지만 외부적인 페이스메이커를 따라 뛰는 것은 시계가 할 역할을 설정하는 것과는 다름을 여기서 강조해야겠다. 브릭과 다른 연구자들은 끊임없이 이러한 장치들을 모니터링 하는 것은 좋지 못한 '주의전략'이라고 믿는다.

영국 켄트대학의 크리스토퍼 풀턴 박사는 심리학과 속도 간의 교집합을 연구하고 있다.《러너들을 위한 스포츠 심리학과 영양학 가이드A runner's guide to sports psychology and nutrition》에서 그는 "GPS시계를 차고 혼자 달리는 것은 현실에 맞지 않을 수도 있다는 점에서 불필요한 불안을 조장한다. 예를 들어 날씨가 바뀔 수도 있는데 미리 설정된 속도를 신처럼 떠받들 수는 없는 것이다. 오히려 경기초반에 사람들 사이에 끼어들거나 또는 무리 지어 달리는 것은, 실제로 당신이 달리려는 속도를 유지하기 위해 필요한 노력을 인지하는 정도를 줄여주는 효과적인 전략이 될 수 있다."라고 썼다.

브릭은 다음과 같이 말하며 이 의견에 동의했다.

"우리 데이터가 이를 뒷받침해요. 러너들은 운동능력을 최적화하는 전략에 집중하고 주기적으로 자기가 어떻게 느끼는지를 체크하는 게 더 나아요. GPS장치로 계속 속도를 확인한다면 이러한 과정에 집중하지 못하게 될 거라고 생각합니다."

결국 브릭의 연구와 케플레지기 같은 엘리트 선수들이 사용하는 전략인 긴장된 신체부위 풀어주기와 좋은 자세에 집중하기 등은 좀 더 효율적으로 달리게 해준다. 손목을 뚫어져라 쳐다보며 마지막 10분의 1 구간을 너무 느리게 뛰고 있다고 스트레스 받는 것과는 반대다.

마음챙김의 달리기는 운동능력 향상으로도 이어진다. 단, 여기서의 운동능력이란 더 빠른 속도가 아닌, 우리가 모두 꿈꿔왔던 달리기를 한다는 것과 관련이 있다.

몰입에 몸을 맡기며

이 책의 핵심 가운데 하나는 정신건강을 위해서는 어떻게 달려도 아예 안 달리는 것보다는 낫다는 것이다. 모든 달리기가 동등하다는 뜻이 아니다. 우리 모두는 누구나 가장 소중한 달리기의 추억을 안고 있다. 모든 것이 딱딱 떨어지는 그날, 러너로서의 당신과 달리기 사이의 장벽이 무너지고 스스로가 만족스럽고 유능하게 느껴지며 그 외 아무것도 하고 싶지 않은 그날. 케네스 캘런은 이를 '자기최면'이라고 부를 것이다. 미할리 칙센트미하리Mihapy Csikzentimihalyi는 이러한 상태를 유명한 표현으로 더 정확하게 표현했다. 바로 '몰입flow'이다.

헝가리의 심리학자 칙센트미하리는 1970년 몰입의 개념을 소개했다. 사람들은 몰입을 경험할 때 가장 행복하다는 믿음을 바탕으로 칙센트미하리는 이 개념을 대중화하기 위해 노력하고 있다. 몰입은 '무아지경'이라는 말과 가끔 동일시된다. 무아지경이라는 표현은 즉각적인 이해에는 도움이 되나 칙센트미하리가 의미하는 바를 모두 담아 내지는 못한다. 다음은 칙센트미하리 자신이 2017년 저서《달리기의 몰입Running Flow》에서 쓴 내용이다.

일반적으로 몰입은 당신이 어려운 상황을 극복하기 위해 필요한 기술을 가졌다고 믿을 때 생겨난다. 주의가 눈앞의 과제로 국한되어 모이면서 시간관념은 어그러진다. 주의가 아주 확실하게 과제에 집중되면 관련 없는 생각들과 불안들은 모두 사라진다. 분명한 목표는 당신의 행동을 이끌고, 모든 내·외부적 피드백은 이 목표가 달성 가능하다는 점을 확인시켜준다. 불가항력적이라고 느끼면서도 자의식이 저 멀리로 사라지면, 다른 사람들이 당신에 대해 어떻게 생각하는지에 무심해진다. 중요한 것은 오직 이 순간을 장악하는 것이다.

몰입과 마음챙김에는 공통점이 많다. 현재에 의도적으로 초점을 맞추고 마음과 몸, 환경에 관심을 둔다. 그리고 과거에 대한 후회와 미래에 대한 걱정에서 한 발짝 물러선다. 이러한 특성들은 우울증이나 불안장애를 겪는 러너들이 매우 효율적인 성과를 거둘 수 있게 해준다. 여기에서 오는 우월한 감정과 목적지향적인 특성을 통해 몰입은 강력한 자기효능감을 자아낸다.

2011년 운동선수들을 대상으로 한 소규모 연구에서 또 다른 연결고리가 발견됐다. 피실험자의 일부는 6주 간 일주일에 두 번씩 마음챙김 수련을 받았고, 일부는 받지 않았다. 연구 마지막에 마음챙김 수련을 받은 집단은 실험 초와 비교해 몰입을 경험하는 빈도가 유의미하게 증가했다. 반면에 통제그룹의 빈도는 변하지 않았다.

어쩌면 당신은 운이 좋아 달리는 동안 몰입을 경험했을 수도 있다. 좀 더 빈번하게는 몰입은 일상적인 달리기에서 많이 일어난다. 트랙운동이나 가벼운 트레일 런 또는 중간 속도의 로드레이스Road Race 등도 마찬가지다. 칙센트미하리는 자연환경에서 달리기를 할 때 몰입 가능성이 높아진다고 말했다. 이 의견은 우리가 〈4지점〉에서 다뤘던 바와 맞물린다. 즉, 동일한 행동을 인위적인 환경이 아니라 자연에서 했을 때 기분은 더 많이 좋아지고 필요한 뇌 화학물질이 더 많이 분비된다는 것이다.

나는 달리기에 주의를 집중할 때 한 달에도 여러 차례 몰입을 경험한다. 몰입은 나뭇가지가 지붕처럼 드리워진 트레일 위를 뛸 때 가장 빈번히 일어난다. 이때 나는 발을 딛기에 좋은 곳을 찾아내는 것에 열중하되 압도당하지는 않는다. 나의 말초신경은 자연의 아름다움을 종합적으로 감상한다. 그리고 나는 이 트레일의 일부이기라도 하듯 구불구불한 길과 돌아가는 길, 오르내리는 길을 탐험하며 이 숲속에 영원히 머물러 있으면 좋겠다고 생각한다. 아침 햇살이 나뭇잎 사이로 쏟아져 내 주변에 점점이 그 존재감을 드러낼 때 나는 "오!"라는 짤막한 말로 가장 잘 표현되는 그 감정에 사로잡힌다.

지금 이 순간에 오, 남은 하루 동안 비축될 뭔가에 오, 인생 그 자체에 오.

그 감정을 병에 담아 오롯이 간직할 수만 있다면 나는 우울하다는 것이 어떤 것이었는지 끝끝내 잊게 되리라.

곁에서
함께 뛰는 친구가
생길 것이다

"지난번 운동은 어땠어요? 다리가 괜찮아졌나요?
이번 주말에도 오래 뛰어볼까요? 오늘 아침은 말도 안 되게 춥지 않았어요?"

《장거리 주자의 고독The Loneliness of the Long-Distance Runner》
같은 책은 없다면 좋았으련만. 〈영국 중부지방 노동자계급의 냉혹한 생활과
분노, 절망을 생동감 있게 담아낸 앨런 씰리토의 소설이다.〉 그 소설이 마음에
안 들어서가 아니다. 나야 모르지. 읽어보지도 않았으니까.

거슬리는 것은 바로 제목이다. 이 소설은 러너의 숙명에 대한 적절
한 표현인 양 대중문화에 등장했다. 러너들 중 일부는 우리의 순교자
와 같은 달리기를 떠올리며 이 제목에 애착을 느끼기도 한다.

그러나 문제의 일부는 단어의 함축적 의미에서 비롯된다. 외로운
러너에 대한 유명한 이미지는 이들이 동지가 없는 외로움에 시달린
다고 상정한다. 그러나 이는 외로운 것과 혼자인 것을 혼동한 것이다.

어쩌면 당신은 헨리 데이비드 소로우Henry David Thoreau가 "나는 고독만큼 다정한 동반자를 본 적이 없다."라는 명언에 동의할는지 모른다. 나는 때론 군중 속에서 가장 외로움을 느낀다. 허세가 만들어낸 소외감, 그 상황이 절대 허용해주지 않을 깊은 대화에 대한 갈망 탓이다.

더 큰 문제는 러너가 된다는 것은 외로움보다는 동지애를 의미하는 경우가 많다는 것이다. 단체로 하는 트랙운동, 친구들과의 장거리 달리기, 경기 후 경쟁자와 함께 하는 정리운동… 이 모든 것들과 그 외 유대를 만들어내는 요소들은 모두 달리기를 구성하는 일부가 된다. 혼자 달리기를 할 때조차 우리는 우리가 전 세계에 퍼져 있는 달리기 동지들의 일부라는 것을 알고 있다.

외롭고 싶다고? 깨어 있는 시간의 대부분을 SNS피드를 들여다보며 보내면 된다. 서로 소소한 대화도 하지 않은 채 직장에서 일하면 된다. 그리고 달리기와 같이 의미 있는 연대를 구성하는 취미를 거부하면 된다.

우울증이나 불안장애를 가진 러너들에게 스포츠의 사회적 측면은 그다지 중요한 매력포인트가 아닐지도 모른다. 우리 중 다수는 내성적인 사람이고 대부분의 거리를 홀로 뛰어도 상관없는 사람들이다. 그러나 다른 사람과 연결되어 있다는 그 느낌은 때로는 양보다 질이 중요하다.

우리가 러너라서 다행이다. 정신을 건강하게 해줄 연대를 구축하는 방법이 이미 내재돼 있으니까.

"너무 외로워서 울 거 같아."

외로움과 정신건강, 특히나 우울증 간의 관계는 확고부동하다. 미국심리학회American Psychology Association는 우울증을 일으킬 수 있는 위험요소 가운데 하나로 사회적 고립을 꼽고 있다. 외로움과 우울증은 서로 상승작용을 일으킨다. 사회활동에 대한 에너지나 흥미 부족은 당신을 집 안에 틀어박히게 만들기 때문이다. 핑계를 대고 사교적인 자리에서 빠지는 것이 속으로는 절망으로 가득 찬 채로 겉으로는 웃고 떠들 힘을 짜내는 것보다 쉬우니까.

이러한 느낌은 나이가 들면서 더욱 악화된다. 오랜 친구들은 뿔뿔이 흩어지고 스케줄을 맞추기는 더욱 어려워진다. 새로운 친구를 만들 기회는 더욱 좁아진다. 대부분의 시간은 회사에 왔다 갔다 하며 일하는 데 쓰게 되니까. 새로운 관계들은 젊었을 적의 깊이가 결여된 것 같다(때로는 친구가 아닌 지인이 생겼을 뿐이라는 느낌도 든다). 60세 이상의 사람들을 대상으로 2년 간 진행된 한 네덜란드의 연구는 외롭다고 말했던 피실험자들은 연구가 끝날 무렵 우울증상이 심화되었음을 발견했다.

동물실험은 사회적 고립과 그다지 도움이 되지 않는 뇌 화학물질 간의 직접적인 관계를 밝혀내기도 했다. 매사추세츠 공과대학 연구팀은 쥐의 뇌부위인 배측봉선핵(Dorsal Raphe Nucleus, DRN, 등쪽 솔기핵으로도 불린다)에서 쾌락과 보상에 연관된 뇌 화학물질인 도파민의 농도를 측정했다. 배측봉선핵은 학습과 기억, 감정, 또는 자극(분노나 행복감)에 대한 감정적 반응과 같은 생리적 기능에 관여한다. 그리고 이곳에서 가장 많이 분비되는 뇌 화학물질은 세로토닌이다. 그렇기 때문에 연구팀은 이 부위가 어느 정도 우울증과 연관이 있는 것으로 생각하게 됐다. 연구에서 쥐들은 분리됐다가 다시 합쳐졌다. 고작 20시간 동안의 고립에도 쥐들이 재결합했을 때 배측봉선핵에서 도파민과 관련한 뉴런의 활동이 확연하게 늘어났다. 외로움을 자극함으로써 연구자들은 사회적 연대와 함께 뇌건강이 어떻게 증진되는지를 보여줬다.

물론 우리 다수는 사람들과의 관계를 유지할 수 있는 SNS와 다른 디지털방식 덕에 그 어느 때보다 서로 연결되어 있다고 느낀다. 그러나 이러한 관계가 개인적 상호작용을 대체할 수 없다는 증거가 점차 늘어나고 있다.

이제는 유명해진 어느 연구에 따르면, 2주 동안 사람들이 페이스북을 많이 사용할수록 이후의 기분은 나빠지고 삶에 대한 만족도는 시간이 지남에 따라 감소하는 것으로 나타났다. 이러한 결과는 피실험자의 직접적인 사회적 상호작용에 관련해서는 발견되지 않았다. 피츠버그대학 연구팀은 젊은이들 중 SNS에 대부분의 시간을 보내는 사람일수록 우울할 가능성이 확연히 높다는 점을 발견했다. 동일한 연구팀은 하루에 2시간 이상을 SNS에서 보내는 사람은 하루 30분 이하로 보내는 사람보다 사회적으로 고립되어 있다는 느낌을 받을 가능성이 2배 이상 높음을 밝혀내기도 했다.

인간은 사회적 존재로 진화한다. 신체적 친밀감과 만족스러운 대인관계는 옥시토신의 농도를 높인다. 옥시토신은 연대와 관련해 따스한 위로를 느끼게 해주는 신경전달물질이다. 아무리 내성적인 사람일지라도 정기적으로 다른 사람들과 만나야 한다. 내성적인 사람들은 외향적인 사람들과 비교해 가까운 동료들로 맺어진 더 작은 모임에서 유익한 유대를 느끼는 경향이 있을 뿐이다.

달리기로 맺어진 인연

달리기를 시작하자. 다시 한 번 말하지만, 달리기에는 정신건강을 증진할 수 있는 인간관계를 만들고 강화할 기능이 있다. 나처럼 학교 운동팀에 속해 운동을 해왔다면, 당신의 달리기 인생은 처음부터 다른 팀원과 규칙적으로 훈련을 함께 하도록 짜여 있었을 것이다. 성인이 된 후 달리기를 시작했다 하더라도, 특히나 힘들거나 더 긴 운동을 할 때면 가끔은 함께하는 동료가 도움이 됨을 깨달았을 것이다. 언제든 다른 사람들과 함께 달리는 일은 기분을 좋게 한다.

"달리기는 내가 가장 좋아하는 사교시간이야."

내 훈련 파트너인 헤더 존슨이 말했다. 그녀는 불안을 관리하기 위해 달리기를 한다.

또 다른 러닝파트너이자 우울증을 앓고 있는 크리스틴 배리는 "달리기를 하면서 친구들과 어울릴 때 마음이 통하고 더 행복하다는 느낌이 들어."라고 말했다(나보다 더 재미있는 사람과 달리기를 하게 됐다고 생각해보면 된다!).

우리는 〈6지점〉에서 함께 훈련을 받을 때 가만히 앉아 있을 때보다 좀 더 마음을 열고 실질적인 대화를 나누게 된다는 사실을 살펴봤다. 헤더는 말했다.

"다른 사람과 함께 달린다는 건 대안적인 시각을 얻기 위해 혼자만의 괴로움과 성과를 나누는 방식이야. 몇 년 동안 친목을 위해 단체로 달리기를 하면서 아이 키우는 법, 다른 이들과 함께 일하는 법, 더 나은 사람이 되는 법을 새롭게 배울 수 있었어."

여기서의 핵심은 이런 친밀한 대화가, 그 자체로 연대를 만들어내는 어떤 행동을 하는 동안 일어난다는 것이다. 러너들은 6개월 간 책상에 나란히 앉아 있는 것보다 15킬로미터 달리기를 몇 번 함께 뛸 때 그 사람에 대해 더 많이 알 수 있다는 점을 알고 있다. 트랙훈련이나 장거리달리기를 함께 할 때, 책모임이나 요리수업을 함께 들을 때보다 더 강한 유대감을 쌓을 수 있다. 수다와 운동을 조합해보자. 놀랍도록 짧은 시간 내에 깊은 우정을 나누게 될 것이다.

달리기가 새로운 친구를 정기적으로 선사하는 메커니즘은 정신건강에 도움이 될 만큼 충분히 심오하다. 내 연령대의 사람들은 사교 모임의 폭이 자꾸 줄어드는 반면 내게는 인간관계를 지속적으로 넓힐 수 있는 손쉬운 방법이 있다. 어떤 러닝파트너들은 주로 러닝파트너로만 남는다.

그러다 우연히 소위 '문명세계'에서 서로 마주칠 때면 일상복을 입은 상대의 모습에 익숙지가 않아 다시 한 번 아래위로 훑어보기도 한다(나는 가끔 상대방을 알아보기 전에 '와, 저 사람 진짜 날씬하네.'라고 생각하기도 한다.) 또 어떤 러닝파트너들과는 일생의 친구로 발전하면서 달리기에 대해서는 거의 이야기하지 않고 함께 어울리기도 한다.

그러나 숫자보다 더 중요한 것이 있다. 헤더는 "달리기는 다양한 사람들과 더 많이 관계 맺을 기회를 줘."라고 말한다. 지난 몇 년 간 나는 20대, 70대, 그 사이 모든 연령대의 사람들과 달려왔다. 어떤 사람들은 여성, 어떤 사람들은 남성이었다. 어떤 사람들은 결혼했고 어떤 사람들은 자녀가 없었으며 어떤 사람들에게는 아기가 있었다. 우리는 다른 시대, 다른 장소에서 자라났고 서로 다른 일을 하며 시간을 보낸다. 인생은 달리기를 통해 끊임없이 발전된 다양한 우정 덕에 더 풍요로워진다. 그렇지 않았더라면 내 10년 된 베프가 두 아이의 엄마일 수 있겠는가? 그 아이들은 내가 달리기를 시작할 쯤에는 태어나지도 않았고 말이다. 우울증에 시달리는 내 연령대의 남성 가운데 몇 명이나 일주일에 1~2시간 안에 그토록 풍부한 인간관계를 맺을 수 있겠는가?

이 엄청나게 간략히 이뤄지는 사람 대 사람의 만남은 외부와 단절된 채로는 생겨날 수 없다. 그리고 우리가 떨어져 있을 때도 그 관계를 발전시켜줄 행동과 생각을 촉발한다. 당신이 나와 같다면, 아마 당신은 러닝파트너와 끊임없이 확인할 것이다.

"지난번 운동은 어땠어요? 다리는 괜찮아졌나요? 이번 주말에도 오래 뛰어볼까요? 오늘 아침은 말도 안 되게 춥지 않았어요? 어때요?"

달리기는 정기적으로 연락을 유지하게 되는 손쉽고도 명백한 이유가 된다. 달리다 보면 기본적인 질문들은 자연스레 달리기와는 상관없는 일상의 이야기로 흐르게 되고, 둘의 관계는 더욱 공고해진다. 다른 이들과 달리기를 하려는 가장 기본적인 계획을 세우는 것만으로도 도움이 된다. 토요일 아침에 90분 간 누군가와 함께하는 자리가 있다는 것을 수요일에 알고 있다면 그 한 주가 조금은 기뻐질 것이다. 나는 예전에 경기목표를 달성하는 방도로 다른 사람과의 훈련계획을 세우곤 했다. 이제는? 만남 그 자체가 보람 있는 목표다.

친구를 찾아서

다른 이들과 달리기 약속을 하라는 것은 꾸준히 운동하는 것을 힘들어하는 사람들에게 흔하게 주어지는 조언이다. 친구가 아침 일찍 일어나 당신을 기다릴 것임을 안다면 당신 역시 꾸준히 달리기를 할 수밖에 없을 것이다. 이런 상투적인 요령이 우울증을 앓는 러너들에게는 특히나 적절하게 맞아떨어질 수도 있다. 우리가 〈2지점〉에서 보았듯 우울증상을 감소시킬 수 있는 핵심적인 방법은 행동활성화 혹은 즐거운 행동에 참여하는 것이다. 그렇게 함으로써 허탈감, 고립, 무기력함으로 빠져드는 침체주기를 깨뜨릴 수 있다. 일주일에 한두 번 달리기 위해 누군가를 만나기로 약속한다는 것은 당신이 적어도 그 이틀만큼은 문 밖으로 나설 가능성을 높여주고 그날의 외출은 더 많은 활동과 더 나아진 기분으로 이어지는 긍정적 피드백회로를 형성해줄 것이다.

그런 사람들은 어떻게 해야 잘 찾을 수 있을까? 새로운 달리기 파트너들은 조직적으로 나타나기 마련이다. 당신은 한 친구와 달리기를 하고, 그 친구는 다른 친구를 또 데려오고, 어떤 사람과는 마음이 잘 통해 달리기 약속을 하기 시작하고… 좀 더 형식적으로는 달리기 동호회나 상점 또는 다른 모임에서 정기적인 달리기 상대를 찾을 수 있을 것이다.

사교적인 사람이라면 지역 달리기대회에서 당신과 비슷하게 결승선에 들어온 사람들과 이야기를 나눠보는 것도 좋다. 아마도 훈련속도의 관점에서 잘 맞는 사람일 가능성이 높으니, 지리적으로나 동선상 조정이 가능하다면 약속을 잡을 수 있을 것이다. 경기 후 정리운동을 함께 하자고 제안하며 대화를 시작해보자. 나는 25년 전 16킬로미터 달리기대회에서 나보다 1순위 먼저 들어온 남자에게 "조깅 같이 할래요?"라고 물었고 지금 그는 내 베프 가운데 한 명이다.

잠깐 흥미로운 이야기를 덧붙여볼까? 사람들과 함께 하는 정리운동이라는 달리기의 전통은 경주나 힘든 운동 후 당신이 더 빠르게 회복하도록 도와줄 수 있다.

이 생각은 휴스턴대학의 코치 스티브 매그니스Steve Magness에 의해 대중화됐다. 그는 자기 선수들에게 고된 훈련 후에 함께 조깅을 하도록 독려했다. 럭비 선수들을 대상으로 하는 연구 등을 포함해 매그니스가 인용한 연구들은 선수들이 시합이 끝난 후 홀로 고립되기보다는 다른 이들과 어울릴 때 테스토스테론 농도가 증가한다는 것을 밝혀냈다. 달리기로 땀을 뺀 직후에 함께 식사를 하거나 커피를 마시는 것 역시 함께 보내는 시간에 포함된다. 테스토스테론은 회복을 촉진하는 호르몬 가운데 하나이기 때문에, 이 호르몬 농도의 상승은 이론상 도움이 된다. 테스토스테론이 좀 더 분비되면 트랙훈련이나 경기, 장거리달리기로부터 더 빠르게 회복할 수 있게 된다.

달리기를 몇 번 함께 하고 나면 그 사람과 친구가 될 수 있을지, 그저 지인으로 남게 될지 알게 된다. 우리는 모두 다양한 기준과 욕구를 가졌다. 많은 사람들에게 일주일에 이틀씩 만날 사람이 있다는 것 자체로 큰 도움이 된다. 그러니 그 사람과 세 번째로 함께 달리기를 하고 난 후, 달리기가 오늘의 하이라이트이고 기분은 엄청나게 좋아졌으며 빨리 다음 번 달리기 약속을 잡고 싶어졌다는 사실을 깨닫는다면 그건 정말 대단한 일이 아닐까?

유익하고 다양한 달리기모임

가끔 내가 반反SNS에 관한 이야기를 늘어놓긴 하지만 그렇다고 해서 온라인 달리기 모임에 아무런 가치가 없는 것은 아니다. 온라인 모임은 현실의 인간관계를 대체하기보다는 보충하는 역할을 할 때 가장 도움이 된다.

파티 하즈는 유산으로 인한 우울증에서 벗어나기 위해 뉴욕시 마라톤대회를 준비하고 있었다. 그녀는 주최 측인 뉴욕로드러너스New York Road Runners가 제공하는 프로그램을 활용했다(다음 장에서는 그녀가 마라톤훈련을 통해 어떻게 정신적 위기를 극복했는지를 다루려 한다). 하즈는 훈련프로그램 외에도 추가적인 지원을 통해 도움을 받을 수 있을 것이라 느꼈다. 그녀의 인생은 홀로 뛰는 달리기로 짜여 있었다. 따라서 그녀는 달리기 동지들과 이어질 또 다른 방법을 발견한 것이다. 그녀는 동일한 프로그램에 참여하는 사람들로 구성된 페이스북 모임에 가입했다.

"실생활에서는 모르는 사람들이었어요. 하지만 우리 모두 똑같은 목표를 가졌죠."

그녀는 이 모임에 대해 책임감을 느꼈다. 이는 의욕이 없을 때도 도움이 됐다.

"우리는 각자 어떤 훈련을 하고 있는지 공유해야 했어요. 그러니 뭔가를 해야 한다고 느꼈죠. 특히나 일요일이면 다른 사람들이 모두 장거리달리기를 했다고 글을 올리니까요. 저는 제가 장거리 뛰는 모습이 좀 멋지게 담긴 사진을 올리고 싶었어요. 그러니까 동네에서 평소처럼 뛰는 거 말고, 좀 멀리 나가서 프린스턴에서 뛰는 모습이요. 일상과는 조금 다르게 예쁜 모습을 만드는 것 자체가 도움이 됐죠."

마라톤 준비를 하면서 하즈는 달라진 풍광만큼이나 달라진 사회적 인맥이 우울증에 도움이 된다는 것을 깨달았다.

"(유산 전에 만나던) 똑같은 사람들과 또 얽히는 대신 저와 동일한 목표를 지닌 사람들과 다른 종류의 인맥을 만들 핑계가 됐어요. 그 가운데 몇몇은 절친이 됐답니다."

또 다른 페이스북 모임은 똑같은 경기를 위해 훈련하는 러너들이 아닌, 우울증과 싸우는 러너들이 모인다는 모임규칙을 지킨다. 2017

년에 캘리포니아 주 오렌지카운티 출신 애덤 웨이츠Adam Weitz는 동일한 이름을 가진 자신의 웹사이트를 보완하기 위해 '새드 러너Sad Runner'라는 모임을 만들었다. 웨이츠에게 '새드 러너'는 우울증에 파묻혀 있겠다는 의미가 아니다. 우울증을 다스리기 위해 (달리기와 인생에서 모두) 언덕을 피하기보다는 주파하고 전진할 방법을 찾는 마음가짐을 지닌다는 의미다.

웨이츠는 말한다.

"페이스북 모임은 보통 긍정성과 행동에 초점을 맞춰요. 많은 우울증 모임이 자신의 상태에 대해 불만을 늘어놓는 장소가 돼버리죠. 반면 우리 모임은 우울증을 앓고 있어도 앞으로 나아갈 수 있도록 서로에게 동기를 부여하는 데 초점을 맞춰요. 우리 모임에서는 단 한 명의 희생자도 없어요. 우리는 우울증이 어떤 공격을 퍼붓든 인생을 살아내는 전사가 될 수 있도록 서로에게 영감을 줘요."

내가 찾아낸 색다른 모임 가운데 눈에 띄는 하나는 12~19세 사이의 소녀들이 달리기를 통해 정신건강 문제에 대해 배우고 대처할 수 있도록 돕는 어느 캐나다의 프로그램이다.

2015년 시작된 '런포잇Run for It'은 이제 캐나다 내 17개 도시에서 접할 수 있다. 참가자들은 6주 간 일주일에 두 번씩 만난다. 각 모임은 훈련세션과 정신건강공부 세션으로 구성된다. 이 프로그램은 참가자들이 캐나다의 '런포우먼Run for Women'이라는 단체에서 주최하는 5킬로미터 달리기에 참여하면서 마무리된다. (런포잇은 미국의 '걸즈온더런Girl on the Run'과는 다르다. '걸즈온더런'은 소녀들의 자존감을 높이는 한편 좋은 인간관계 맺기와 같은 삶의 기술을 배우기 위해 5킬로미터 달리기를 준비하는 프로그램이다.)

토론토여자대학병원의 수석정신과의사인 발레리 테일러 박사는 다른 캐나다 정신건강 전문가들과 협의해 정신건강 커리큘럼을 구성했다. 캐나다에서 가장 큰 육상용품판매 프랜차이즈 기업인 러닝룸Running Room은 훈련 프로그램을 개발했고 또 다른 유명기업인 쇼퍼스드럭마트Shoppers Drug Mart가 후원을 맡았다. 또한 지역 고등학교와 경찰의 협조를 얻었다.

테일러는 이 프로그램이 남녀 모두에게 적합하도록 발전할 예정이며 그 이후로는 소년들까지 참여할 수 있도록 확장할 계획이라고 말했다. 테일러는 '런포잇'의 목표가 정신건강 이슈와 관련해 의식을 높이고 오명을 불식시키는 것이라고 설명했다.

"우리는 소녀들에게 자신의 건강과 관련해 능동적으로 대비하는 법, 신체적 활동에 참가하는 법, 약물복용을 늘리거나 약물의존도를 줄이는 법 등을 가르치고 싶습니다. 우리가 의식을 높이려고 하는 대상 가운데 하나는 경도에서 중간 정도 우울증상에는 반드시 약이 필요한 건 아니라는 점입니다. 아니면 과거에 좀 더 심각한 정도의 우울증을 앓았고 여전히 기분이 좋지 않을 때 운동은 자신이 원하는 수준의 기능으로 돌아가기 위한 한 방편이 될 수 있다는 점입니다."

소녀들은 달리기가 정신건강을 증진시켜주는 방법, 정신건강의 경고 신호, 어려운 주제(예를 들어 정신건강)에 대해 대화하는 방법, 좋은 스트레스와 나쁜 스트레스 구분하기와 같은 주제에 대해 교육받는다. 짧은 시간 이뤄지는 정신건강 수업은 훈련세션 동안 소녀들이 용기 있게 털어놓은 여러 문제에 대해 토론하며 마무리된다. 그 뒤 훈련세션이 이어진다.

런포잇의 창립자들은 어느 정도는, 달리기가 접근이 쉬운 운동이면서 아주 적은 시간을 투자하는 것만으로도 정신건강 문제에 효과적이라고 알려져 있기 때문에 달리기를 기반으로 삼은 것이었다.

"운동효과에 대한 잘못된 정보가 수없이 많아요."

테일러가 설명했다.

"사람들은 가끔 어처구니없는 일을 하라는 이야기를 듣게 됩니다. 이를테면 '도전! 팻 제로〈미국 다이어트 서바이벌 프로그램으로, 최종적으로 체중을 가장 많이 줄인 사람이 우승한다〉' 식으로요. 운동을 시작한다면 필사의 노력을 쏟지 않으면 아무 효과가 없다는 거예요. 제게 달리기는 가장 편안한 활동이에요. 체육관에 갈 필요도 없고 돈이나 장비가 많이 필요하다든가, 팀에 들어가야 할 필요도 없죠. 대부분의 사람에게 열려 있는 운동이에요. 그저 똑 떨어진 프로그램을 따라가기만 하면 되죠."

이 프로그램의 집단적 측면은 그 메시지를 강화해주는 핵심이다.

"소녀들은 함께 달려요. 소녀들이 입을 여는 데에 도움이 됩니다. 그 도움은 낙인을 없애고 꽤나 어려운 주제에 대해 대화를 나눌 수 있도록 낙인을 없애고 마음을 열게 해줘요. 저는 달리며 대화하는 사람들이 치유받는 모습을 보아왔어요. 달리지 않았더라면 가능하지 않았을 부분입니다."

프로그램의 마지막을 장식하는 5킬로미터 경기 대신 1킬로미터 걷기를 선택할 수도 있지만 테일러는 거의 모든 참가자들이 좀 더 야심 찬 달리기 유형을 노린다고 말했다.

"어린 소녀들은 스스로에 대한 도전으로 5킬로미터 달리기에 나가기 위해 열심히 하고 싶어 해요. 적절한 목표설정은 정말 중요해요. 소녀들이 심각한 부상을 당하지 않는 한 누구든 5킬로미터 달리는 법을 배울 수 있다고 굳게 믿어요. 적절하고 안전하게 훈련을 받는다면 몇 달 안에 가능한 법이에요."

목표설정이 인생 첫 5킬로미터 달리기를 하는 소녀에게만 중요한 것은 아니다. 이는 한 사람의 정신건강을 관리하기 위한 달리기 활용의 핵심이기도 하다. 이것이 다음 장의 주제다.

목표부여와
의미추구는
어떻게 하면 될까?

사람들은 당신이 러너임을 알게 되는 순간 처음에 꼭 이렇게 묻는다.
"하루에 얼마나 뛰어요?"

사람들은 당신이 러너임을 알게 되는 순간 처음에 꼭 이렇게 묻는다.

"하루에 얼마나 뛰어요?"

이 질문은 우리가 매일매일 밖에 나가 똑같이 달리고 또 달린다고 가정하고서 하는 질문이다. 이런 질문은 맛없는 피마자유를 건강을 위해 억지로 섭취한다던지 잠자리에 들기 전에 이를 닦는 것처럼, 달리기를 하고 싶어서 하는 것이 아닌 "해야만 해서" 하는 일처럼 보는 인식에서 나온다.

물론 러너 대부분은 자연스레 모든 요소들을 섞어버린다. 매번 다른 코스를 다른 속도로 달린다. 이는 가능한 시간, 에너지 레벨, 전날의 운동, 날씨 그리고 변덕 같은 변수에 따라 달라진다. 나 같은 사람들은 이 아무런 악의 없는 질문자에게 원래 질문에서 살짝 벗어난 대답을 한다.

"일주일에 한 100킬로미터쯤 뛰어요."

이런 대답은 때로 다음과 같은 반응을 끌어낸다.

"그럼 하루에 12킬로미터씩 뛰는 거잖아요?"

질문을 던진 사람이 얼마나 끈덕진지 또 내가 얼마나 현학적인 척하고 싶은지에 따라 나는 이렇게 말하기도 한다.

"글쎄, 그때그때 달라요. 더 길게 달릴 때도 있고 더 짧게 달릴 때도 있고."

나는 이제 달리기에 대해 물어볼 만큼 친절한 사람들에게 간단한 답을 주고 그냥 넘어갈 방법을 알아내야 한다. 그런데 또다시 질문이 쏟아지기 시작한다! 나는 달리기를 경험하는 방식을 내보여야 하는 끝없는 임무를 안고 있다.

한편으로 나는 오해받기보다는 차라리 무시당하고 싶은 사람이고, 한편으로는 사람들에게 달리기가 훌륭한 운동일 수 있는 다양한 이유를 알림으로써 더 많은 사람들을 달리기의 세계로 끌어 오고 싶다. 달리기는 인생에서 개인적으로 의미 있는 방식, 즉 거의 모든 성과가 당신에게 달려 있는 방식을 통해 뭔가를 위해 노력하고 기대할 수 있도록 해주는 몇 안 되는 존재임을 상대방에게 납득시키고 싶다.

저명한 생물학자이자 전 울트라마라톤 우승자인 베른트 하인리히Bernd Heinrich는 자신의 책《우리는 왜 달리는가Why we run》에서 이렇게 썼다.

"우리는 장기적인 목표를 추구하도록 심리적으로 진화하고 있다. 수백만 년 동안 먹이를 구하기 위해 해야만 했던 일이 바로 그것이기 때문이다."

하인리히에 따르면 수렵채집인들은 먹이가 때로는 손이 닿지 않을 듯 보이는 곳에 있을지라도 추격게임을 계속해야만 했다. 성공이 보장되거나 당장 달성할 수 없는 상황에서 도전적인 목표를 향해 노력하던 선사시대의 경험은 인간의 심리를 영구적으로 바꿔버렸다는 것이 하인리히의 생각이다.

이러한 관점에서 온전한 인간이 된다는 것은 그러한 계속되는 탐색을 수반한다. 현대와 같이 즉각적인 만족을 추구하는 시대에조차, 아니 그러한 시대이기 때문에 더욱 그렇다. 내가 메인 주 서부에 있는 하인리히의 집을 방문했을 때 그는 현대적 삶에서는 추격게임의 '대안책'이 필요하다고 말했다. 그는 의미 있는 일이나 기타 프로젝트들이 정신건강을 유지하기 위해서는 필수적이라고 믿는다. 특히나 우울증과 불안장애를 지닌 우리, 절망과 낙담만이 눈에 보이는 나날들이 영원히 이어질 것만 같은 사람들에게는 더욱 그렇다. 다행히도 우리 러너들은 추격게임의 대안책을 만들어낼 내재적 방식이 있다.

시간에 의미를 부여하자

불만스러운 현재가 영원히 내 운명이 될 것만 같은 감각은 힘겨운 시기에 매우 흔하게 느껴진다. 그리고 우리는 "나는 기대할 게 아무 것도 없어." 혹은 "내가 하는 건 아무 의미 없어." "맨날 이런 식이겠지." 같은 생각들에 빠져들게 된다. 괴로움에 몸부림치는 당신은 전반적인 인생과 정신건강 모두에 관해 그런 식으로 생각할 것이며, 후자의 생각은 전자의 생각을 더욱 악화시키게 된다.

하인리히가 말하는 대안책, 좀 더 평범하게 말해서 '좋은 목표'를 설정해보자. 그 목표를 통해 당신은 고대할 만한 뭔가를 가지게 될 것이다. 그리고 당신이 어떻게 하든 세상은 언제나 지금과 같을 것이라는 생각을 직접적으로 부정당하게 될 것이다.

잠깐. 내가 "좋은 목표"라고 쓴 것에 주목하라. 우리의 목적에 따르면 좋은 목표란 다음과 같은 요소들을 가져야 한다.

좋은 목표는 추적 가능하다

이러한 목표의 특성은 당신에게 그 목표를 달성했는지 여부를 객관적으로 알 수 있는 고유의 방식을 제시한다. 이는 보통 궁극적인 목표를 향해 노력하는 과정에서 당신이 손쉽게 중간목표를 설정할 수 있음을 의미한다. 따라서 예를 들어 "21킬로미터를 뛰는 하프마라톤을 완주하겠다."라는 목표는 이러한 기준에 부합하며, 그 목표를 향해 노력하게 하는 이정표를 제시할 것이다. 예: 16킬로미터를 달릴 수 있게 되기!

좋은 목표에는 데드라인이 있다

목표를 달성하길 원하는 날짜가 있어야 한다. 그 날짜는 당신이 목표를 (어느 정도 초과해서) 달성하기 위해 필요한 노력을 기울일 만큼 충분히 멀면서도 긴급하게 노력해야 한다는 느낌을 가져올 정도로 가까워야 한다. 좋은 목표에 대한 내 예를 들자면, 지금까지 달린 가장 긴 거리가 10킬로미터라면 "지금부터 3개월 후에 하프마라톤을 완주하겠어."라는 목표는 이 기준에 맞는다. 장거리 실력을 차곡차곡 늘려 나갈 여유는 있으면서도, 두 달 동안 달리기를 놓고 있어도 괜찮을 만큼 여유가 있지는 않다.

좋은 목표는 (온당한 범위 내에서) 스스로를 채찍질한다

매주 토요일마다 19킬로미터를 달리는 사람에게 "3개월 후에 하프마라톤을 완주하겠어."라는 목표는 무의미하다. 그 목표는 내일 당장이라도 달성할 수 있으니까.

좋은 목표는 자신의 현재 위치를 고려해 스스로의 능력을 확장시키기 위한 정기적인 노력을 쏟도록 만들어야 한다.

하인리히가 말했다.

"재미있게도, 도전적인 목표를 세우기란 쉽지 않아요."

동시에 그 목표는 지나치게 야심차서도 안 된다. 10킬로미터 달리기에서 시작해 3개월 내에 하프마라톤을 완주하겠다는 목표는 도전적이지만 성실하기만 하다면 그 목표는 달성 가능하다. 대신 "3개월

안에 하프마라톤에서 우승하겠어."라는 목표를 세웠다면 망상에 빠진 것이다. 좋은 목표는 당신이 현실을 바꾸도록 돕지만 현실로부터 완전히 단절시키지는 않는다.

좋은 목표는 개인적으로 의미가 있다

이 마지막 포인트는 특히나 좋은 목표를 세우려는 목표가 정신건강일 경우 중요하다. 좋은 목표는 자신에게 울림을 주어야 한다. 좋은 목표는 노력하는 과정이 힘겨울 때조차 내면 깊은 곳에서 이를 달성하고 싶기 때문에 계속 노력할 수 있도록 만든다. 좋은 목표는 인생을 좀 더 흥미롭고, 즐겁고 혹은 의미 있게 만들기 위해 당신이 정말로 하고 싶은 어떤 대상이다. 미래의 하프마라토너인 당신이 만약 그 목표를 "해야만 해서" 세웠다면('진짜 러너'로 인정받으려고, 다른 사람은 다 하는 것 같아서 등등) 다른 누군가가 목표를 대신 세워준 셈이다.

내가 이렇게 좋은 목표요소들을 묘사하며 달리기 경기를 예로 든 것은 우연이 아니다. 목표를 찾아 헤매는 자들에게 달리기는 위의 요소들을 모두 지녔기에, 가장 명백하고도 다가서기 쉬운 대상이 된다. 과거의 당신보다 더 빨리, 더 멀리 달리는 것은 마약과도 같은 감정 가운데 하나다. 집중이 필요한 경기들이 꾸준히 이어질 때 나같이 우울증을 앓거나 불안장애를 가진 러너들은 진창에서 빠져나올 힘을 얻는다.

달리기 경기가 러너들에게 유일하게 허용된 '추격게임의 대안책'

은 아니다. 2000년 봄, 마라톤에서의 개인최고기록을 세우려는 목표를 두 번이나 실패한 나는 일주일 안에 메릴랜드의 체서피크-오하이오운하를 따라 약 300킬로미터를 걷겠다는 비경쟁적 목표를 세웠다. 그 목표를 위해서는, 평균적으로 매일 마라톤을 한 번씩 7일 내내 뛰는 한편 그제껏 한 주에 뛰던 마일리지보다 50퍼센트 이상 더 많이 뛰어야 했다. 그 숫자는 동기를 부여하되 공포에 질리게 하진 않았다. 나는 따분함을 느끼기 위해서가 아니라 즐기기 위해 운하길을 달리고 싶었다. 내가 매일 반복되는 장거리달리기를 다스릴 수 있을 만큼 건강해야만 했고, 달리기와 달리기 사이에 모든 회복의 비결을 활용해 다음날 아침 다시 달릴 수 있을 정도로 잘 훈련받아야 했다. 모두 효과가 있었다. 2000년 11월 바로 그 주에 나는 "그냥 그렇게 해야겠다." 정도의 좋은 이유로만 자연을 누볐고 그 시간은 여전히 인생의 하이라이트로 남아 있다.

그렇다고 비경쟁적 목표를 지나치게 극단적으로 세울 필요는 없다. 아마도 한 달 아니면 한 계절 동안 매일 달리기를 하겠다고 해볼 수도 있고, 당신이 가장 좋아하는 코스를 달릴 때 킬로미터당 개인 최고기록을 5초 앞당기려고 노력할 수도 있다. 여기서 핵심은 그 목표는 앞서 설명한 요소들을 지녀야 한다는 점이다. 이러한 종류의 추격은 나날에 의미를 부여해줄 것이다. 그리고 영원한 지금에 갇혀 있지 않은 스스로의 모습을 보며 인생의 다른 영역에서도 발전을 이룰 수 있게 해줄 것이다.

마음회복을 도와주는 달리기

파티 하즈는 달리기 목표를 달성려는 노력이 정신건강의 위기를 극복하는 촉매가 될 수 있음을 증명하는 훌륭한 사례다. 2015년 뉴저지 켄덜파크에서 온 이 금융 전문가는 임신 2개월 차에 유산을 하고 말았다. 그녀는 심각하게 우울증에 빠졌고 결근하기 시작했다.

"침대 밖으로 나가고 싶지 않았어요. 집을 벗어나고 싶지 않았고요. 계속 살 이유가 없다는 느낌이었어요. 아이들을 돌보는 것 외에는 전혀 의욕도 없었어요. 그것도 하고 싶어서가 아니라 의무 같은 거였죠."

죄책감은 우울증이 되었고 상황을 더 악화시켰다.

"최악의 엄마가 된 것 같았어요."

몇 주 후 하즈는 자신이 달라져야 한다는 것을 깨달았다.

"제가 아니라면 저희 아이들을 위해서라도요."

그녀는 상담을 받기 시작했다. 상담사는 그녀에게 유산 전에 즐기던 취미나 일 외의 활동이 있었는지 물었다.

"상담사는 제게 '하고 싶지 않아도 그런 일들을 계속 해야 해요.'라고 말하더군요."

하즈는 예전에 어렵사리 가을에 열리는 뉴욕시 마라톤에 출전하려 했다. 장거리를 뛰는 것은 처음이었다. 하지만 임신하게 되자 마라톤은 포기해야 한다고 생각했다. 유산과 잇달아 생긴 우울증 때문에 그 마라톤을 뛰지 않을 거라는 생각에 갇혀 있었다고 했다. 상담사는 다른 말로 그녀를 설득했다.

"상담사는 아주 잠깐만 뛰어도 좋다고 했어요. 이런 목표를 가지고 스스로를 채찍질하는 것은 도움이 될 거라고 하더군요."

하즈는 주최자인 뉴욕 로드러너스가 제공하는 가상 훈련 프로그램에 등록했다.

"무엇부터 해야 할지 정확히 알려줄 사람이 필요했어요. 혼자서는 움직일 수 없을 것 같았어요. 얼마나 뛰어야 하는지 이야기해주는 이메일을 매일 받았어요. 그냥 하라는 대로 하는 게 훨씬 쉬웠죠. 아침에 일어나고 싶지 않은 생각이 아주 자주 들곤 했어요. 하지만 핸드폰에서 이메일을 체크하면 '오늘은 어느 시간 안에 6킬로미터를 뛰어야 합니다.'라고 써 있는 거예요. 그것 때문에 침대에서 일어나 달리러 나갔어요."

일단 거리에 서자 하즈는 우리가 지금까지 이 책에서 살펴봤던, 움직임에서 오는 생각의 변화를 즐겼다.

"부정적인 생각을 몽땅 안고 달리기를 시작하지만 1~2킬로미터쯤 뛰고 나면 다른 것들에 대해 생각할 수 있었어요. 달리는 속도, 얼마나 더 뛰어야 하는지… 그런 것들."

그녀는 자신을 계속 우울하게 하는 생각들도 자주 재구성하기 시작했다.

"운전을 하거나 걷거나 한밤중에 일어나서 저를 슬프게 하는 것들에 대해 생각하면 모든 게 더 악화됐어요. 마치 소용돌이가 이는 것처럼 빠져 나갈 구멍이 없었어요. 달릴 때도 똑같은 생각을 하기도 했어요. 하지만 뭔가 다르게 그 생각들을 정리할 수 있었어요. 그래서 이런 생각들을 떠올리기에 가장 좋은 때는 달릴 때라는 걸 깨달았죠."

첫 마라톤에 대한 그녀의 야심찬 계획은 그녀가 엄청난 자기효능감을 얻는 것으로 마무리됐다.

"달리기를 위해 달렸다면 아마 10킬로미터쯤 뛰고 말았을 거예요. 28, 29, 30킬로미터는 시도도 하지 않았을 거고요. 저는 한 번도 해보지 않은 일들을 해내고 있었어요. 한 번도 20킬로미터 이상 뛰어본 적 없는데 갑자기 주말마다 최소 20킬로미터는 뛰게 됐으니까요. 스스로를 채찍질하고 계속 더 멀리 뛸 수 있다는 걸 보면서 다른 영역에서도 만족을 느끼게 됐어요. 그러한 부분들이 제가 회복될 수 있도록 도와줬다고 확신해요."

하즈는 6시간 38분으로 마라톤을 완주했다. 고작 몇 달 전만 해도 침대에 파묻혀 있던 사람으로서는 엄청난 성과였다.

"달리기를 위한 달리기도 분명 도움이 된다고 생각해요. 하지만 이런 큰 목표가 있었기에 더 큰 도움을 얻을 수 있었어요. 상담사에게 이런 농담까지 했죠. '선생님이 환자들한테 가장 처음 해야 할 말은 나가서 마라톤훈련 좀 받으라는 거예요.'"

러너들이여, 우리는 닮았다

이렇게 생각할 수도 있겠다. 롭 크라는 경기를 잘 뛰는 것에 인생이 달린 엘리트 선수니까 하즈처럼 어떤 발전을 통해 힘을 얻기는 어려울 거라고. 하지만 롭 크라도 마찬가지다. 자신의 우울증을 관리하기 위해 달리기가 중심적인 역할을 한다고 여긴다.

"일이 잘 풀릴 때 좋은 방향으로 작용하는 시너지 같은 게 있어요."

웨스턴 스테이트 울트라마라톤에서 두 번이나 우승한 크라는 이렇게 말했다. 캘리포니아에서 열리는 웨스턴스테이트 울트라마라톤은 약 160킬로미터를 달려야 하는 미국에서 가장 권위 있는 울트라마라톤으로 꼽힌다.

"우연히 그런 건지 아니면 내면 깊은 곳 어딘가에서 큰 대회의 중요성을 깨달을 수 있었던 건지 모르겠어요."

크라는 정상적인 생활을 할 수 없을 정도의 우울삽화에 시달리곤 하지만, 중요한 대회 직전에 그 증상이 발현된 적은 거의 없다.

"그 전 연습이 경기로 이어지는 추진력이나 경기에 대한 흥분 때문인 거 같아요. 무너지는 일 없이 경기 한두 주 전까지 그 상태를 만들어놓을 수 있다면, 그 에너지와 기대가 경기 내내 나를 충분히 이끌어갈 수 있어요."

물론 크라가 정신적인 문제가 겪지 않았더라면 더 좋았을 것이다. 그러나 자신이 뒤늦게 울트라마라톤에 참가하는 용기를 낼 수 있었던 것은 우울증을 앓은 덕분이라는 흥미로운 의견을 내놓았다. 그는 정말로 우울증 때문에 힘들 때면 가끔 운동화를 신은 채 문가에 앉는다.

"정말 아무런 힘이 없다고 느껴요. 말 그대로 달리기 하러 문 밖에 나설 수 없을 정도로요. 울트라마라톤 경기를 뛰면 80, 100, 110킬로미터를 통과하면서 고통이 점차 커져요. 그리고 '와, 50킬로미터를 더 뛰어야 하다니. 아니, 어떻게 50킬로를 더 뛰지?'라고 생각하는 시점이 옵니다."

그러나 집에서 보내는 힘든 날들과는 달리 그는 생각을 고쳐먹는다. "(울트라마라톤의 마지막 구간은) 정말로 길고 어려운 투쟁이에요. 우울증으로 고통받는 최악의 날들과는 달리, 경기 중에는 그 고통과 괴로움을 어느 순간 멈출 수 있어요. 그 고통들을 깨닫고 노력하다 보면 괜찮아지는 겁니다. 정말 암흑의 시간을 보내면서도 이를 통제할 수 있는 특이한 시간이에요. 위안이 되기도 하고요. 그렇기 때문에 저는 다시 울트라마라톤을 뜁니다. 그러한 경험을 하고 평소보다 더 큰 통제력을 발휘하려고요."

뛰어난 러너가 된다는 것에 수반되는 목표 설정과 그 과정은 평생 우울증으로 힘겨운 씨름해온 리치 하프스에게도 큰 도움이 됐다. "일관된 목표를 세우는 것은 두 가지 의미에서 치유의 성격을 지닙니다. 첫째로, 엔도르핀이 직접적으로 흘러나와 뭔가를 해내면서 어려움을 극복할 수 있도록 해줍니다. 둘째로, 훈련 스케줄을 짜고 여러 차례 수정하기, 경기에 참여할 계획 세우기 또는 달리기 관련 책을 읽거나 공부하기 같은 체계적인 접근법이 제 정신건강에 도움을 줄 만한 뭔가를 위해 제가 계속 에너지를 쏟게끔 만듭니다."

50대 중반의 하프스는 여전히 마라톤 최고기록을 3시간 이내로 줄이려고 노력하고 있다. 또한 자신의 운동능력을 기록할 다양한 방식을 찾고 있다. 지역경기에 참여해서 자신의 연령대에서 뛰어난 성적을 유지한다든지, 동일한 거리를 뛰는 데에 걸리는 시간을 연령별로 비교하기 위해 만들어진 기록표를 보며 자신이 어느 정도 위치에 있는지를 살펴보는 것 같은 일들이다. (그는 또한 당연하게도 "담배를 피우러 가려고 해도 엘리베이터를 타야 하는 직장동료들과의 평범한 비교"에서도 의미를 끌어냈다).

경기목표는 하프스가 더 많이, 더 열심히 달릴 수 있도록 밀어붙이는 힘이 된다. 그렇지 않았더라면 지금만큼 달리지 못했을 것이다. 그리고 이 추가적인 연습량과 강도 역시 정신건강을 증진시키는 역할을 한다.

"결과를 측정할 수 있다는 것도 크게 의욕을 향상시킵니다. 그냥 건강해지고 싶을 뿐이라면 뭐하러 달리겠어요? 다음 주 일요일에 달리든 안 달리든 결과에는 그다지 큰 차이가 없을 텐데요. 경기목표가 없었다면 또 다른 목표를 찾아내려 했겠죠. 하지만 경기라는 것은 그 부분을 꽤 분명하게 정리해줘요."

롭 크라는 커다란 목표를 달성한 후 가끔은 괴로워한다.

"많은 사람이 그러듯 저 역시 경기가 끝나고 나면 경기 후유증에 시달려요. 그토록 오랫동안 뭔가에 크게 집중한다는 건 특별한 일이에요. (경기에서) 최선을 다할수록 경기가 끝난 후 기분이 더 가라앉아버려요."

크라의 경험은 우리에게 달리기 버전의 산후우울증이 존재할 수 있음을 염두에 두어야 한다고 경고한다. 현재의 목표를 완수하기 전에, 그다음으로 집중할 수 있는 후보를 한두 개 미리 준비해두자. 현재의 목표만큼 야심찰 필요는 없다. 그리고 질적으로 차이가 날 수도 있고 어쩌면 달리기가 아닌 다른 영역에서 찾게 될 수도 있다. 그러나 먼젓번 목표를 달성한 후 그 잔광이 서서히 흐려져가는 모습을 보게 될 때, 당신이 몰두하며 새로운 의미를 찾아낼 수 있는 목표를 설정해야 한다.

달리기에도 다양한 종류가 있다

하즈, 하프스, 크라 세 사람은 개인적으로 의미 있는 경기에 집중하는 것이 우울증이나 불안장애를 완화하는 과정을 여실히 보여준다. 그러나 경기를 준비하는 과정에서 우리에게 잘 알려지지 않은 여러 측면 역시 도움이 될 수 있다. 그리고 지금 당장 경기목표를 가지고 있지 않더라도 실천할 가치가 있을 만큼 효과는 확실하다.

이 장의 시작에서 "하루에 몇 킬로미터나 뛰세요?"라고 물었던 사람을 다시 떠올려보자. 당신이 경기에 대비해 훈련을 하고 있었다면, 그 질문에 대한 온전한 대답을 하기 위해서는 매일 여러 길이의 구간을 뛸 뿐 아니라 다양한 종류의 운동을 하고 있다는 점을 담아야 할 것이다. 하프마라톤을 준비하고 있다고 치자. 보통 당신의 한 주는 주말 장거리달리기, 평일 중 하루는 템포런이나 긴 인터벌훈련, 또 다른 하루는 짧고 빠른 반복달리기, 꾸준한 장거리달리기, 두어 번의 느리고 짧은 회복달리기 정도로 구성될 것이다. 이런 훈련 가운데 일부는 혼자 할 것이고, 어떤 경우는 한 명이나 그 이상의 훈련 파트너와 함께 할 때도 있을 것이다. 또한 짧고 빠른 반복달리기는 트랙 위에서, 장거리달리기는 트레일 위에서, 회복달리기는 동네 어귀에서 훈련할 것이다.

이러한 스케줄을 소화하며 당신은 경기준비를 착실히 하게 된다. 그리고 경기에 대한 기대는 달리기에 있어서 깊이 생각할 것도 없는, 베른트 하인리히가 말하는 추격게임의 대안책이 된다. 훈련 스케줄은 왜 내 하루는 왜 늘 고만고만한가 하는 자괴감을 없애는 일상의 해결사가 된다. 경기를 위해 훈련할 때 달리기에는 그날의 목표가 있다. 의미 있는 목표를 지닌 사람이 장기적으로 그 목표에 집중한다면, 매일의 목표는 그러한 집중의 단기적 형태라 할 수 있다.

어쩌면 당신은 앞으로의 남은 삶이 벗어나려 할수록 깊이 빠져드는 진흙탕 위의 바퀴처럼 느껴질 수도 있다. 그러나 어제의 인터벌훈련에서 회복하기 위해 오늘은 짧게 천천히 달리고 내일은 8킬로미터를 안정된 속도로 뛰기로 했다면, 또한 친구들과 장거리를 달리기로 한 주말이 기다리고 있다면, 당신의 달리기는 절대 그렇게 느껴지지 않을 것이다. 이러한 훈련구조를 통해 매일의 목표가 생기고 내일은 또 다른 하루가 된다는 기대가 생긴다.

경기대비 훈련은 또한 매일 동일한 형태의 달리기를 할 때보다 기분을 더 좋게 해준다(물론 매일 똑같이 달리는 것이 잘못됐다는 소리는 아니지만). 우리는 〈4지점〉에서 많은 러너들이 가장 고되고 긴 운동을 끝마쳤을 때 가장 큰 행복감을 느낀다는 사실을 알게 됐다. 회사에 가기 전에 훌륭하게 템포런을 마쳤을 때, 토요일 아침 그 어느 때보다 멀리까지 달렸다면 거기서 오는 성취감은 하루 종일 당신과 함께 머무를 것이다. 무력감을 극복하고 이런 어려운 일을 해내는 자기 자신의 모습을 보면 현실에 안주하지 않고 또다시 도전할 수 있다는 용기가 생긴다. 부정적인 생각에 꽉 막혀 있을 때 격한 운동과 긴 달리기가 줄 수 있는 정신적인 휴식을 무시해선 안 된다.

메러디스는 일시적인 불안완화와 관련해 이렇게 말했다.

"오래 달리는 게 특히나 나한테는 도움이 되는 것 같아. 오래달리기를 하느라 너무 지쳐서, 날 괴롭게 만드는 게 뭐든 생각할 여유나 능력이 없어져버리니까."

내 경우 템포런이나 5킬로미터 달리기 속도로 하는 인터벌훈련, 1.6킬로미터 달리기 평균속도로 연습하는 반복달리기 등 어려운 훈련을 하는 것은 내가 현실의 부족함을 되새기지 않도록 생각을 바꿔주는 최고의 방법이다. 구간별 기록, 노력의 정도, 뛰는 폼, 호흡과 같은 것에 집중할 때 그 외의 것을 신경 쓸 여지는 줄어든다. 물론 어찌 보면 그 치열한 30분 동안 주의를 딴 데로 돌린다고 해서 운동 전에 끌려다니던 문제가 해결되지는 않는다. 그래도 외로움을 예전보다 덜 느끼게 된다. 또 어찌 보면 그런 부정적인 생각이 가장 큰 문제라면 운동을 통해 이를 멀리 밀쳐내면서 문제는 해결된 셈이다.

내 친구 하나는 아내에게 일주일에 130킬로미터를 달리는 것이 80킬로미터를 달리는 것보다 더 쉽다고 이야기하곤 했다. 언뜻 이해가 되지 않는 이야기다. 이에 대해 그는, 하루에 평균 18킬로미터 이상 달릴 수 있을 만큼 체력이 좋아졌다는 것은 웬만큼 달려서는 상대적으로 지치지 않기 때문에 80킬로미터를 뛸 체력을 가졌을 때보다 쉬워졌다는 의미라고 설명했다. 그는 매일 아주 열심히 운동을 하면서도 아주 빨리 회복했고, 그다음 날에는 더 적은 거리를 뛸 때보다 더 쉽게 뛸 수 있다.

이제부터 일주일에 130킬로미터씩 뛰자는 이야기가 아니다. 한 주 동안 다양한 강도로 다양한 거리를 뛸 때 경주대비 훈련은 체력에 특별한 활력을 더해준다는 것이다. 그리고 이렇게 됐을 때 기분개선 효과를 가장 잘 유발시키는 강도로 일관되게 뛸 수 있는 자동주행상태에 더 자주 도달하게 된다.

2017년 봄, 나는 트레일 울트라마라톤을 준비했고, 규칙적으로 3시간 이상 달리는 것이 지난겨울에 90분 동안 달리는 것보다 힘겹지 않은 상태에 이르렀다. 체력이 한 단계 도약하자 그 어떤 달리기를 할 때도 능력이 향상됐다는 느낌을 받았다. 몇 년 간 달리기를 해오며 경험한 가장 행복한 발전이었다.

보통사람을 위한 훈련법

어떤 경우든 간에, 나는 우울증이나 불안장애를 지닌 러너들에게 다음과 같은 제안을 하고 싶다.

경기를 위해 훈련하듯 뛰어라. 경기에 나가지 않더라도 말이다.

내 훈련 파트너인 크리스틴은 법조계 커리어에 집중하기 위해 일시적으로 경기참가를 중단한 적 있다. 그러나 두 번의 올림픽마라톤예선에 통과하는 게 도움이 됐던 훈련구조는 유지했다. 그녀의 남편은 왜 아직도 출근 전 아침 일찍 트랙을 도느냐고 물었다. 그녀는 대답했다.

"25년 동안 내가 해온 일이니까. 아는 달리기 방법이 그거밖에 없거든."

크리스틴과 나는 달리기를 하며 이 주제에 대해 이야기를 나눴다. (정확히 하자면 우리는 가볍게 달리고 있었다. 예정된 경기는 없었지만 전날 둘 다 강도 높은 훈련을 했다.) 우리는 경기를 준비하듯 훈련할 때 우울증을 지닌 사람으로서 납득이 가는 모델이 된다는 것에 동의했다. 우리는 경기에 자주 출전하는 사람들과 동일한, 매일의 신체적·정신적 변화를 겪는다. 한 주간 다양한 종류의 달리기를 경험하는 것은 우울한 생각을 촉발하거나 악화시키는 '내 인생은 매일이 거기서 거기인' 현상에서 시간을 차별화하는 데 도움이 된다. 물론 경기에 나가려고 훈련하는 것이 아니라는 점은 큰 차이점이다. 잠시 경쟁에서 한 발 물러나 있는 동안, 크리스틴은 커리어를 쌓고 나는 책을 쓰기로 한 것처럼 반드시 대안책을 포함시켰다.

크리스틴과 나는 어쨌든 규칙적으로 달리기를 할 것이었다. 매일 그렇게 달리는 것이 우리에겐 더 쉽고 즐거우며, 더 이롭기 때문이다. 그리고 그 매일은 각기 구분된 하루인 동시에 다른 날들과 연결되어 있다.

달리기에 대한 이러한 기본적인 접근법은 여러 훈련 프로그램들을 경험해봤다면 익숙하게 느껴질 것이다. 월요일, 화요일 같은 주 초에 나는 하프마라톤이나 더 긴 인터벌훈련(5킬로미터 달리기나 10킬로미터 달리기를 하는 강도로 3~5분 정도의 달리기를 4~6차례 반복하는 것) 정도의 강도로 20~35분 간 템포런을 한다. 주 후반에는 더 짧은 반복달리기(1.6킬로미터를 뛰는 강도로 3초에서 1분을 뛰는 것)를 한다. 주말에는 가장 먼 거리를 뛴다. 보통 90분에서 2시간가량이다. 다른 요일에는 전날 했던 훈련과 다음날 훈련으로 계획한 것들을 고려해 기분이 가장 좋아지는 만큼 멀고 빠르게(라고 쓰고 '느리게'라고 읽는다) 달린다. (내가 하는 강도 높은 운동이란 속도가 아닌 노력을 기준으로 삼는다. 그러나 나는 빠르게 달리기를 연습할 때 주로 길 위에서 시간에 맞춰 뛴다. 정확성이 높을수록 행복해지는 사람이라면, 그에 맞춰 800미터 반복달리기나 6킬로미터 템포런 등을 트랙이나 구간길이가 표시된 코스에서 연습하면 된다.)

경기에 나가지 않을 때조차 경기를 준비하듯 달리라는 이야기가 이상하게 들릴 수도 있다. 내가 일주일에 100킬로미터를 달리고 힘들게 근육운동을 하지만, 10킬로미터를 얼마나 빠르게 달리는지에는 관심이 없다는 것은 일부 달리기 동지에게는 당황스러운 이야기일 것이다. 이들은 내가 주로 정신건강을 위해 달린다고 하면 더 이해해줄 수도 있다.

10대에 달리기를 시작하면서 가장 매력 있게 느꼈던 부분 가운데 하나는 달리기가 내 인생을 체계화했다는 점이다. 매일 한두 차례 달리는 동안 나머지 시간에 내가 한 일과 하지 않은 일들을 확인할 수 있었다. 얼마나 멀리, 빨리, 자주 달릴 것인지는 내 목표에 따라 결정된다. 매일, 매주, 매달 내 활동은 더 나은 미래를 위해 차곡차곡 블록을 쌓듯 긴밀히 엮여져갔다.

어느 순간 나는 이런 식의 생각에 대해 고민하기 시작했다. 더 중요한 것들을 보지 못한 채 산만하게 살고 있는 건 아닐까? 이 세상 그 누가 내 달리기에 대해 상관하겠는가? 내 달리기가 어떻게 이 세상을 발전시킬 것인가? 시계에 나타나는 시간 말고 달리기는 나를 어떻게 발전시켜주는가? 다른 사람들이 시간을 보내는 방식은 쉽게 비웃으면서 정작 나는 왜 달리기에 그토록 많은 의미를 부여하고 에너지를 쏟는가?

이제 중년이 된 나는, 10대 시절의 관점으로 거의 되돌아간 자신을 발견한다. 가장 큰 차이는 내가 꽤나 어려운 훈련을 소화해낸다는 인상을 주는 것과는 달리, 큰 경주를 그다지 염두에 두지 않는다는 것이다. 나는 이제 '달리기에 모든 것을 바치는 것이 오락이 아니라는 생각'을 완전히 받아들인다.

오락이 아니다. 인생이다. 그렇게 나는 무엇보다 중요한, 우울증에서 멀리 도망가기 위한 대안책을 구성할 수 있었다.

달리기와
건강한 라이프스타일
만들기

"이상하게 들리겠지만 달리기는 어쩌면
그 무엇보다도 불안감을 자극하는 환경에 날 밀어넣어.
끝까지 밀고 나가면서 미지의 것을 받아들이는 끊임없는 연습.
난 달리기가 인생의 다른 영역에도 직감적으로 적용되는
새로운 신경회로를 만들어줬을 거라 확신해."

정신건강을 위한 '생활습관 교정lifestyle intervention'에 대해 이야기할 때면 흔히 운동을 먼저 손꼽는다. 따라서 우리 러너들은 이미 중요한 습관을 제대로 갖춘 행운아인 셈이다.

러너로서 우리는 마일리지를 쌓는 것이 핵심이란 점을 잘 알고 있다. 그러나 달리지 않는 동안 하는 일 역시 중요하다. 엘리트 선수들은 훈련과 경기에 효과를 더하기 위해 '소소한 것들', 즉 스트레칭과 근력 강화, 자세 교정, 다이어트, 회복 등이 필요하다고 한다. 우울과 불안을 관리하기 위해 달리는 우리 같은 사람들에게도 이러한 원칙은 적용된다. 또 다른 생활습관의 선택은 달리기와 정신건강 모두에 지대한 영향을 미칠 수 있다. 이 장에서 우리는 건강한 라이프스타일의 다양한 측면을 살펴보고, 생활습관이 정신건강을 어떻게 도와줄 수 있는지 그리고 러너가 된다는 것이 생활습관을 성공적으로 실천할 가능성을 어떻게 높이는지 알아볼 것이다.

이러한 요소들을 실행에 옮긴 후 달리기나 정신건강이 개선됐다면 이는 자기효능감을 바탕으로 한 플라시보 효과일 수도 있다.

하지만 그게 뭐 어때서? 기분이 좋다면 그건 기분이 좋다는 뜻이다. 잘 먹고 푹 자기 등을 실천한 결과가 그렇다면, 적어도 당신의 달리기 마일리지나 마음과는 별개로 건강 전반이 좋아진 것이다.

기분도 우울한데 다이어트를 하라고?

러너들과 논쟁을 벌일 가장 빠른 길을 알고 싶다면, 훈련방식이나 자선 마라톤대회에 대해서는 묻지 말자. 최고의 미끼는 다이어트다.

선수의 몸은 신성한 사원과도 같으니 모든 음식은 먹기 전에 조각조각 괴로울 정도로 분석해야 한다는 대답부터, 달리기는 그 습관에도 당신의 죄를 사하여 주리니 자해에 가깝도록 태연하게 막 살아도 괜찮다는 대답까지 온갖 답이 쏟아져 나올 것이다.

주류 다이어터들은 "러너들에게 좋은 다이어트는 모든 사람에게 좋은 다이어트"라고 한다. 즉, 신선한 농산물과 기름기 없는 살코기 단백질, 통곡식 가운데 한 종류는 많이, 불포화지방은 적당히, 가공식품이나 기름기 많은 고기와 설탕이 함유된 음식은 적게 먹으라는 것이다. 오랫동안 많은 러너들은 이러한 일반적인 다이어트를 선호

해왔다. 적절한 훈련에 필요한 에너지 수준과 건강에 도움이 되면서도 위장문제를 적게 일으키는 한편, 발음조차 힘든 이름이 붙은 패스트푸드와 가공식품보다 체중관리를 수월하게 만들어주기 때문이다. 그리고 러너인 당신이 선호하는 기본 다이어트가 우울증에 도움이 된다는 증거가 나타났다. 호주와 뉴질랜드의 연구자들은 2017년 연구에서 이렇게 밝혔다.

"다양한 국가와 문화에서 많은 종류의 '건강한 다이어트'가 존재하지만, 여러 관찰연구에 따르면 채소와 과일, 콩 같은 식물성식품과 통곡식, 생선을 포함한 살코기 단백질 등을 많이 섭취하면 우울증 발병 위험이 줄어든다고 나타났다. 반면 가공식품과 설탕첨가식품을 많이 섭취하는 식습관은 발병 위험을 높이는 것으로 나타났다."

물론 누구에게나 소울푸드라는 게 있다. 특히나 우울증이나 불안증이 특히나 심할 때는 더욱. 내 소울푸드는 방금 병에서 커다란 숟가락으로 푹 떠낸 크런치 피넛버터다. 나는 기쁨을 부정하려는 것이 아니다. 이미 나 같은 사람들이 세상에 많다고 생각하니까. 나는 피넛버터를 탐닉하되 다음과 같은 기준을 적용하려고 노력한다.

'어느 정도 먹어야 우울함에 빠져 있는 시간을 전체적으로 줄일 수 있을까?'

피넛버터를 너무 조금 먹으면 아니 먹으니만 못하다. 나는 잠깐의 위안을 기대하며 스스로를 괴롭히지만 아무 소득이 없다. 너무 많이 먹는 것은 조금만 먹거나 아예 안 먹는 것보다 나쁘다. 하루 종일 속이 더부룩하고 무기력하기 때문이다. 심지어 달릴 때도 그렇다. 그리고 이 과정이 반복되다 보면 아내에게 살쪘다고 불평을 늘어놓게 될 것이다. (그럼에도 나를 행복하게 하는 '적당한 양'은 대부분의 사람이 너무 많다고 생각할 양이다.)

좋은 다이어트는 보조식품보다 진짜 음식을 우선시한다. 다만 우울한 사람들에게는 예외가 있을 수 있으니, 바로 겨울철 비타민 D다. 겨울철에는 자외선B가 부족하기 때문에 햇빛을 통해 필요량을 채우는 것이 어렵기 때문이다. 비타민D 결핍은 우울증이 증가하는 위험성과 관련이 있다. 아무리 강화식품을 먹는다 하더라도 비타민D의 규정된 일일섭취량인 1,000IU International Unit를 식사를 통해서만 섭취하는 것은 어렵다. 예를 들어, 가장 뛰어난 비타민D 식품군 가운데 하나인 연어스테이크 170그램에는 약 425IU의 비타민D가 함유되어 있다. 또 다른 우수 비타민D 식품인 큰 삶은 달걀 하나에는 약 260IU가 들어 있다. 내가 복용하는 보조식품은 1,000IU짜리 비타민D뿐이다. 겨울이면 비타민 D3라 불리는 이 알약을 매일 한 알씩 먹는다. 우리는 이 장 후반부에서 겨울철과 비타민D의 다른 면에 대해 살펴볼 것이다.

커피, 계속 드셔도 됩니다

러너들은 커피를 사랑한다. 그 적절한 이유로서 한 연구는 카페인이 운동자각도를 낮춰줌을 보여주고 있다. 즉, 카페인 자체가 빠르게 달리게 해주진 않지만 그 속도로 달리는 게 더 쉽게 느껴지게 해준다. 따라서 실질적으로 그 달리기 속도를 더 오래 유지할 가능성을 높이는 것이다.

마라톤과 같은 장거리 경기에서 커피는 연료로 쓰이는 유리지방산free fatty acid의 혈중농도를 높여 근육 내 글리코겐muscle glycogen, 저장된 탄수화물의 체내 형태의 일부를 저장할 수 있게 도움을 준다. 이러한 소소한 트릭은 그 유명한 마라톤의 벽(Marathon's Wall, 일반적으로 마라토너들은 30~35킬로미터 지점에서 근육 내 글리코겐의 80퍼센트가 소모되는데, 그 다음 연료인 지방으로의 전환이 순조롭지 않아 의식이 흐려지고 다리가 휘청거리는 현상이 일어난다. 이를 소위 '35킬로미터의 벽'이라 부른다)이 나타나는 일을 결승선 가까이까지 미뤄둘 수 있게 된다.

평일에 좀 더 달리고 싶다면 커피는 달리기 전에 정신을 차리게 해준다는 점에서 가치를 인정받는다. 새벽 5시나 기나긴 업무에서 퇴근한 후 커피 한 잔은 언제나 고마울 따름이다. 그리고 위장관을 따라 소화를 돕는 역할도 한다. (언젠가 어느 전문 마라토너가 말했다. "커피를 마실 만큼 마실 때까지 전 집에서 나오지도 않아요.")

달리기 외에도 커피는 건강에 이로운 역할을 한다고 보인다. 커피를 마시는 사람들과 마시지 않는 사람들을 비교한 연구에서 커피를 마시는 사람들은 2형당뇨병, 알츠하이머병, 파킨스씨병, 일부 암 등의 질병에 걸릴 위험이 낮은 것으로 나타났다.

따라서 당신이 커피를 마시는 이유를 내게 설득할 필요는 없다. 이 책에서 우리의 목적을 위해서라면, 우울증을 지닌 러너들은 규칙적으로 커피를 마실 때 정신건강에 도움을 받을 수 있다고 말하는 게 낫겠다. 어느 연구는 하루에 400밀리리터까지 커피를 섭취할 때 우울증 발병 가능성이 낮아진다고 결론 내렸다. 또 다른 연구는 우울증 발병 위험은 커피 섭취가 하루 1잔씩 늘어날 때마다 8퍼센트씩 감소한다는 것을 발견했다. 후자의 연구는 커피 양이 아닌 카페인이 함유된 밀리그램에 따른 최고의 효과를 표현했다. 연구팀은 "우울증 발병위험은 빠르게 감소한다. 그리고 그 연관성은 카페인 섭취가 하루 68밀리그램 이상 509밀리그램 미만일 때 유의미해진다."라고 썼다. 비교하자면, 453그램짜리 스타벅스 파이크플레이스로스트Pike Place Roast 원두 한 봉지에는 310밀리그램의 카페인이 함유되어 있다.

커피와 건강에 관한 많은 연구에서 보이듯 우울증에 대한 효과는 그냥 카페인이 아니라 구체적으로 커피에서 나오는 것으로 보인다. 위에서 다룬 첫 번째 연구는 차와 카페인 섭취에 대해서도 조사했고 그 결과 커피와 우울증발병위험 감소의 상관관계가 가장 크다는 것을 발견했다. 여기에서 가능한 설명은 이렇다. 일부 연구는 우울증을 앓는 사람들의 염증수치가 더 높다는 것을 발견했다. 커피(다시 말하지만 '카페인 알약'이 아니다)는 일부 염증 형태를 가라앉혀 주는 것으로 생각되는 항산화물질을 함유하고 있다.

연구에서 인용된 수치는 적절한 섭취를 의미한다는 것을 주목하자. 커피를 많이 마셔도 당신이 달릴 때보다 정신건강에 더 도움이 되지는 않는다. 오히려 조금만 마시거나 과하게 마신다면, 달리기로 개선되면서 정신건강도 증진될 수 있는 또 다른 생활습관 요소를 방해할 수 있다. 바로 '잠'이다.

질 좋은 잠을 자게 될 거예요

설문조사에 따르면 우울증이 있는 사람들의 90퍼센트가 수면문제에 시달린다. 이러한 문제들은, 충분치 못하고 질 낮은 수면(잠들기가 어렵다든지 밤에 여러 번 깨는 것, 원하는 시간보다 일찍 깨는 것 등)과 관련 있는 경우가 많다. 주요 우울삽화를 겪는 사람들의 약 15퍼센트는 과면증hypersomnia을 가지고 있는 것으로 보고됐다. 평소보다 지나치게 오래 자고, 깨어 있을 때도 대부분의 시간 졸리다고 느끼는 것이다.

나쁜 수면과 우울증은 양방향적인 관계로 알려져 있다. 즉, 우울증은 수면의 질을 저해하고 질 나쁜 수면은 우울증을 악화시킨다. 사람들이 우울삽화를 겪기 전에 질 낮은 수면을 취했다는 보고는 후자의 주장을 지지한다.

심리적 측면은 질 낮은 수면의 영향을 악화시킨다. 정신이 말똥말똥 깨어 있는 상태에서 "좋았어, 내일은 진짜 지쳐서 곯아 떨어지겠구먼." 하고 생각하는 것의 자기 충족적 절망을 잘 알고 있을 것이다. 더욱 해로운 것은 우울하거나 불안한 사람들이 자주 갖게 되는 '영혼의 어두운 밤'이다. 인생에서 꼬여버린 모든 것은 새벽 3시에 한층 더 잘못된 것처럼 느껴진다. 동이 틀 무렵 어쩌면 당신은 달리기를 하면서 그 모든 것들이 보기만큼 암울하지는 않음을 깨달을지 모른다. 그러나 이런 경험들은 우리를 지치게 한다(나는 가끔 '이런 오밤중에 떠오르는 생각들은 왜 항상 끔찍할까?' 궁금해진다. 왜 우리는 문득 잠에서 깨어 모든 것들이 얼마나 경이로운지 생각하며 누워 있다가 태양이 떠오르면 그 생각이 과하게 장밋빛이라는 것을 깨달을 수는 없을까?).

세실리아 비드웰은 달리기가 병행하는 충분한 수면이야말로 불안을 관리하는 핵심이라고 생각한다.

"저는 하루에 8~9시간씩 자는 사람이에요. 여기 플로리다에서는 여름에 진짜 일찍 뛰어야 해요. 더위 때문에요. 화요일에 함께 트랙 연습을 하는 모임은 새벽 다섯 시에 만나요. 그러니 그런 날에는 충분히 못 자게 돼요. 하지만 저는 일찍 잠자리에 들어야 한다고 거의 종교처럼 믿어요. 조금이라도 잠이 부족하면 우울증을 일으키는 가장 큰 요인이 되거든요."

러너가 됨으로써 비드웰과 우리 러너들은 좋은 수면을 취할 가능성이 높아진다. 운동은 더 높은 질의 수면(뇌가 쉴 수 있는 서파수면slow-wave sleep에 더 오래 머무르는 수면)을 더 길게 취하게 해준다.

다음을 확인해보자. 규칙적인 운동은 수면의 질을 향상시킨다. 불면증을 가진 사람들이 운동 프로그램을 시작한 사례에 대한 한 연구는 규칙적인 운동으로 질 좋은 수면효과를 일으키기 위해서는 서너 달이 필요하다는 것을 발견했다. 아마도 당신은 달리기가 잠을 방해하는 급작스러운 경험을 하기도 했을 것이다. 30킬로미터를 뛴 후 다리가 아직도 경련한다던지, 저녁 트랙연습 후 신경계가 여전히 활성화되어 있을 수도 있다. 이런 날들은 예외로 하자. 규칙적인 러너가 된다는 것은 분명 더 나은 잠과 우울증이나 불안장애의 완화를 의미할 것이다.

계절성 우울증이라면 빛을 쬐어야 한다

우울증이 있다면 연중행사 같은 우울증, 즉 계절성 정서장애Seasonal Affective Disorder, SAD가 발병할 또 하나의 위험요인을 가진 셈이다. SAD는 가장 흔하게는 겨울에 나타난다. 마치 겨울잠이라도 자듯, 기운이 없고 지나치게 많이 먹고 오래 자며 사회생활을 거의 하지 않는 것이 특징이다.

물론 계절성 정서장애 증상과, 5월이나 8월에 우울증 환자가 겪는 증상을 구분 짓기란 쉽지 않을 수 있다. 나는 달리기 일지를 기록하는 덕에 1년 간 계절이 바뀔 때마다 내 패턴이 어떻게 바뀌는지를 추적할 수 있다. 내가 사는 지역은 12월이 되면 오후 4시가 지나자마자 해가 진다. 12월 초반은 그 어느 달보다 '한 대 맞은 것 같은' '틀에 갇힌' '단체로 뛰는데 다 늘어져서' '정력이 하나도 없는' 또는 '뚱뚱하게 느껴지는' 같은 표현들로 빼곡할 가능성이 높다. 그리고 내가 라이트박스light box를 사용하기 시작하자 미세한 변화가 일어나기 시작했다는 것이 눈에 띄었다.

라이트박스는 1년 중 햇빛이 아쉬워지는 시기에 인공적인 형태로 이를 공급함으로써 도움을 주는 기구다. 이 기구는 딱히 야단스럽지 않다. 초가을부터 나는 아침에 일어나면 거의 바로 그 빛 옆에 앉는다. 커피를 마시고 이메일을 체크하며 아내와 수다를 떤다. 그리고 포유류 가운데서 우울증 발병률이 가장 낮은 동물에 속하는 우리 강아지에게 자리 좀 비켜달라고 쿡 찌르기도 한다. 이런 시간은 하루 20~30분이면 충분하다.

라이트박스는 태양이 제공하는 비타민D의 원천인 자외선B를 내뿜지는 않는다. 따라서 겨울철에는 변화된 생체리듬이 계기가 될 뿐 아니라 비타민D 수준이 확연히 낮아지면서 우울증이 더 심해질 수 있다. 여름철에 북위 30도에서 60도 사이에 있는 지역, 이를테면 휴스턴부터 알래스카 앵커리지 남부 사이에서는 한낮에 단 15분만 햇볕을 쪼여도, 비타민D 하루 권장 섭취량의 80퍼센트를 채울 수 있다. 겨울에는 일광량이 훨씬 줄어들 뿐 아니라 무시해도 될 수준의 자외선 B가 피부에 전달된다. 게다가 사람들은 낮 시간 대부분을 실내에서 지낸다.

우리 러너들은 그 자외선B 광선을 쐴 수 있는 정기적인 기회를 누리고 있다. 물론 1년 가운데 낮이 가장 짧아지는 시기에 평소처럼 평일 스케줄에 달리기를 끼워넣으면 어둠 속에서 달리기를 시작하고 끝내게 된다. 따라서 가능하다면 적어도 주말에는 해가 있는 시간대에 달리기를 계획하자. 나는 겨울이면 아침 달리기를 더 많이 하려고 노력한다. 달리기를 하지 않았을 때 오후 2시의 괴로움은 6월보다 1월에 더 심해지기 때문이다. 다른 사람들과 함께 달리는 것은 억지로라도 집 밖으로 나가 사람들과 어울리게 된다는 점에서 특히 도움이 된다.

술과 달리기… 그 의외의 관계

술은 달리기 문화에서 존재감을 뿜어낸다. 결승선에 설치되어 있는 맥주텐트와 와이너리에서 후원하는 행사부터 비어마일(Beer Miles,

맥주 한 병당 트랙 한 바퀴씩, 총 4회를 반복하는 달리기 행사〉 대회며 몸이 달아오르도록 열심히 달린 끝에 들이키는 시원한 페일에일 맥주 한 잔까지. 콜로라도 롱몬트에 가면 '슈즈앤브루Shoes and Brews'라는 가게에 들를 수도 있다. 이곳은 육상용품 판매점이면서 달리기 모임이 끝난 후 단체로 몰려가 20종의 수제생맥주를 마실 수 있는 곳이기도 하다. 슈즈앤브루는 러너 중 다수가 딱히 부작용 없이 즐겁게 맥주와 달리기를 조합한다는 것을 보여주는 전형적인 예라 할 수 있다.

그러나 우울증과 불안장애를 가진 사람들에게는 꼭 그런 것만은 아니다. 미국국립보건원 보고서에 따르면 우울증과 불안장애는 물질남용〈substance abuse, 약물이나 알코올 등 특정물질의 반복적 사용과 관련한 장애〉과 유의미한 상관관계를 보인다. 보고서는 물질사용장애substance-use disorder를 지닌 사람들의 약 20퍼센트는 우울증이나 불안장애를 앓고 있으며, 우울증이나 불안장애를 앓는 사람들의 약 20퍼센트는 물질사용장애를 겪고 있었다. 이 보고서는 의학전문가들에게 물질사용장애가 있는 사람들을 치료할 때 정신건강 문제도 함께 고려해야 하며, 그 반대의 경우도 마찬가지라고 권하고 있다.

프랭크 브룩스 박사가 말했다.

"물질문제가 있는 사람들이 우울증이나 불안장애 때문에 자가치료를 하는 경우가 너무 많아요. 기분을 바꾸려고 노력하는 거예요. 이 사람들이 시간이 갈수록 맨 정신을 유지하기 힘든 이유는 의지가 없다거나 뭘 해야 할지 몰라서가 아니에요. 불안에 휩싸인다던지 우울증으로 빠지면서 다시 자기가 알아서 치료하려는 거죠."

중독치료 프로그램은 가끔 회복기의 사람들에게 달리기나 다른 운동을 하라고 권한다.《운동화를 신은 뇌》에서 조 레이티 박사는 이렇게 썼다.

"치료법으로서의 운동은 뇌부터 시작해 꼭대기부터 효과를 발휘한다. 중독자들에게 새로운 자극을 받아들이게 하면서 대안적이고 건강한 시나리오들을 배우고 인정하도록 만드는 것이다."

술을 달리기로 대체하는 것은 매우 효과적인 방법으로, 그렇게 치료를 받은 사람들은 알코올이 아니라 달리기에 중독되었다고 농담을 할 정도다.

헤더 존슨은 스스로 달리기에 중독됐다고 말하지는 않지만 물질남용을 극복하기 위해 달리기를 활용한 사람 가운데 하나다.

"1998년에 달리기를 시작했어. 그전까지는 살아낼 수 있을 만큼 불안을 다스리고 공황발작을 억누르려고 술에 의지했어. 알코올중독에서 회복하는 첫 해에는 억눌린 아드레날린이 내 안에 가득 차 있었어. 다시 술을 마시고 싶다는 생각에 시도 때도 없이 머리가 핑 돌았고, 그래서 뭔가 다른 일을 해야만 했지. 매일 걷기 시작했어. 더 이상 빠르고 멀리 걸을 수 없게 되어서 그냥 뛰기 시작했어."

헤더는 그 후 20년 간 금주를 하고 있다. 그러면서 마라톤을 뛰고 세 아이의 엄마가 됐으며 마케팅 업무를 맡고 있다. 평생 자신을 괴롭혀왔던 불안을 다스리기 위해 이전엔 알코올에 기댔다면 이제 그녀는 달리기를 한다. 러너가 된다는 것은 그녀에게 위안이 될 뿐 아니라 불안을 관리하는 건강한 습관을 만들어줬다.

"달리기를 할 때는 '이겨내야만 하는' 상황에 계속 놓이게 돼. 이상하게 들리겠지만 달리기는 어쩌면 그 무엇보다도 불안감을 자극하는 환경에 날 밀어 넣어. 끝까지 밀고 나가면서 미지의 것을 받아들이는 끊임없는 연습. 난 달리기가 인생의 다른 영역에도 직감적으로 적용되는 새로운 신경회로를 만들어줬을 거라 확신해."

달리기는 또한 라이언 래스번이 알코올중독 문제를 극복할 수 있게 도와줬다. 시카고에 사는 그는 학교에 다니던 시절 자신이 전형적인 술꾼이었다고 말했다.

"주중에는 아무것도 안 했어요. 과제를 하고 다 끝나고 나면 술 마셨어요."

그는 취직한 후에도 이러한 패턴을 유지했다.

"하지만 평일 밤에 상태가 천천히 나빠지기 시작했어요. 여기서 한두 잔 마시고 저기서 한두 잔 마시고, 그러다가 매일 4~5잔씩 마시면서 주말에도 흥청망청 퍼 마시는 지경까지 갔어요."

〈5지점〉에서 보았듯 래스번은 고등학교와 대학교 시절 가끔 항우울제를 복용했고 따라서 우울증이 문제라는 것을 자신도 알고 있었다. 그러나 그는 이러한 문제와 폭음이라는 현실을 외면했다.

"이런 식의 마음가짐이었어요. '이게 나야. 그래서 내가 쿨한 거야.'"

여자친구한테 차이고 나서야 그는 라이프스타일을 크게 바꿨다. 여기에는 고등학교와 대학교 시절에 했던 달리기를 다시 시작하는 것도 포함됐다. 달리기는 긍정적인 것들 - 건강하게 먹기, 인간관계 개선, 더 나은 자아상, 몸무게 감소 등 - 의 연속이었고 현재 그는 5년 이상 과음하지 않고 지내고 있다.

"술이랑 완전히 다른 관계를 맺게 됐어요. 이제 저녁에 와인 한 잔만 곁들이거나 술집에 가서도 한두 잔만 마셔요. 이런 식의 조절이 부담스럽지는 않아요. 그냥 자연스럽게 일어난 일이거든요."

하지만 모든 달리기와 술의 문제가 이렇게 간단한 것은 아니다.

힘들게 훈련했으니 이제 마셔야지

20년도 전에 버지니아대학과 딘메디컬스쿨에서 진행한 어느 연구는 러너들이 달리기를 하지 않는 경우 술을 더 많이 마신다는 것을 밝혀냈다. 평균적으로 달리기를 하는 남성들은 달리기를 하지 않는 남성들보다 일주일에 술을 3~4배가량 더 많이 마셨다. 플로리다대학 연구팀은 이 주제와 관련한 연구들을 분석했고, 전 연령대에서 술을 마시는 사람들은 술을 마시지 않는 사람들보다 더 활동적이며 술과 시간 소비적 운동은 서로 상승작용을 일으킨다는 사실을 발견했다("이런 발견은 조사자들이 세운 가설과 정반대되는 것이었다." 연구자들은 이렇게 고백했다).

펜실베이니아주립대학 연구팀은 개인의 활동수준과 알코올 섭취간에 양의 상관관계가 존재함을 발견했다. 즉, 이 연구에서 추적된 사람들은 운동한 날이면 더 많은 양의 술을 마셨다.

프랭크 브룩스에 따르면 인구의 약 10퍼센트는 치료가 필요할 정도로 물질남용문제를 겪게 될 것이다. 이러한 통계와 앞서 언급한 연구를 종합해 살펴봤을 때 달리기와 술의 교차점은 래스번과 헤더의 경험과는 달라질 수 있다.

스티브 카탈리아는 다른 가능성에 대해 이렇게 말했다.

"전날 밤 술을 엄청나게 마시고는 '난 아직 자제력이 있어. 아침에 일어나서 30킬로미터를 달렸으니까.'라고 말하던 시절이 있었어요."

이는 알코올중독자가 한 번도 회사를 빼먹은 일이 없으니 문제가 없다고 말하는 자기기만을 러너 버전으로 바꿔놓은 것뿐이다. 임상 심리학자 로라 프레덴덜은 사회 전반적으로 각 분야에서 상위에 있는 사람들이 물질남용문제를 겪고 있다는 점에 주목했다. 창의적인 작업, 요식업, 세일즈 등과 같은 일부 분야에서는 근본적으로 술은 그 문화의 일부였다. 달리기를 포함해 다른 분야에서는 그 상관관계가 좀 더 복잡했다.

열심히 달리기를 하는 사람이 물질남용문제를 가졌다는 사실에 놀랐냐는 내 물음에 브룩스는 짤막하게 대답했다.

"그럼요."

그러나 당신이 달리기의 역사에 대해 잘 알고 있다면, 달리기 문화에서는 과음을 하는 것이 용인될 뿐 아니라 때로는 축하까지 한다는 사실을 잘 알 것이다. 앞에서 이미 나는 맥주텐트, 행사지원, 비어 마일(기본적으로 흥청망청 술을 마시면서 달리기를 하는 운동) 등을 예로 들었다. 엘리트스포츠의 경우, 프랭크 쇼터Frank Shorter는 1972년 올림픽 마라톤 경기 전날 2리터의 독일맥주를 마신 것으로 유명하다. 전 미국 신기록 보유자 스티브 프리폰테인Steve Prefontaine은 1975년 교통사고로 사망했을 때 술에 취한 상태였다고 알려져 있다. 그러한 기풍은 1972년 올림픽 메달리스트이자 1983년 뉴욕시 마라톤 대회 우승자인 로드 딕슨Rod Dixon이 "내가 원하는 건 맥주를 마시고 동물처럼 훈련하는 거예요."라고 말한 것에 가장 잘 깃들어 있다.

딕슨이나 그 당시 여러 선수들이 알코올 문제를 가지고 있었다는 이야기를 하려는 것이 아니다(前 마라톤 세계기록보유자 스티브 존슨은 15년 이상 전에 술을 끊었고 그가 술 때문에 겪었던 문제들을 모두 상세히 기술한 책을 쓰고 있긴 하다). 혹은 적당히 술을 마시거나 그저 운동이 끝나고 상쾌한 기분으로 한 모금 넘기고 싶어 맥주를 찾는 다수의 러너들을 무시하자는 것도 아니다.

분명한 것은, 1970년대 처음 달리기 붐이 일어난 이래 알코올의 존재감은 러너들 사이에서 점차 확고해지고 있다는 것이다. 카탈리아는 1980년대에 고등학교와 대학교를 다니면서 달리기를 했고 10킬로미터 달리기에서는 28분 32초, 마라톤에서는 2시간 18초라는 개인최고기록을 달성했다. 그는 "그래야 잘나가는 것처럼 보였어요. 술을 엄청나게 마시면서 트랙에서는 거침없이 달리는 게 쿨한 거였어요." 라고 말했다.

어느 영국의 연구는 힘겨운 훈련과 술은 터무니없이 공존한다는 의견을 제시하고 있다. 사람들은 자아고갈로 이어지는 어떤 일을 하거나 자제력의 원천이 일시적으로 바닥났을 때 더 많은 술을 마신다는 것이 밝혀졌다. 자아고갈은 괴로운 정신적·육체적 과업을 경험한 후 일어날 수 있다. 달리기로 보자면 "트랙훈련을 버티느라 오늘치 정신을 다 써버렸어. 이젠 밀러 좀 마실 차례야."라고 표현할 수 있겠다. 일주일에 160킬로미터를 달리고 며칠마다 강도 높은 훈련을 곁들일 때면 이런 식으로 느껴지기 십상이다.

1만 9,000명 이상의 쌍둥이와 가족들을 대상으로 한 네덜란드의 어느 대규모 연구를 한 번 살펴보자. 연구결과 가운데 하나는 규칙적으로 운동을 하는 사람들이 새로운 경험에 흥미를 느끼고 지루함을 못 견디는 등 '감각추구sensation seeking' 정도를 측정하는 실험에서 높은 점수를 기록했다는 것이다. 그리고 이는 알코올 섭취문제로 이어졌다. 근본적으로 우리 러너들은 비활동적인 사람들이 우리에 대해 생각하듯 엄숙한 청교도가 아닌 것이다.

한편, 또 다른 심리학적 측면이 러너들의 과음행위에 근본적으로 작용하고 있으며, 왜 이러한 행동이 하위권뿐 아니라 상위권에서도 자주 발견되는지를 설명해준다. 진지한 달리기에 끌리는 사람들은 알코올 문제로 이어질 수 있는 개인적 특성을 가졌으며 이 사람들은 달리기에서 보상을 얻는 경향이 있다. 즉, 다다익선이라는 접근법, 뭔가를 하려면 완전히 헌신해야 한다는 마음가짐 그리고 적당한 것에 만족하지 않고 한계를 시험해보는 경향들. 중도를 지키려는 사람들은 경기에서 이길 수 없다.

"우리는 그러한 집착을 한계를 극복하려는 열정이라고 부르고 싶지는 않습니다." 프레덴덜이 말했다.

그리고 여기에는 우울증과 불안문제가 있다. 술꾼의 인생이나 러너의 인생을 흑백논리로 보는 관점은 많은 이들의 상황을 제대로 반영하지 못한다. 하나의 중독을 다른 중독으로 대체한다는 농담은 '예스, 앤드(Yes/And, 벌어진 상황에 '예스Yes' 하며 그대로 받아들인 후 '그리고And'라면서 새로운 것을 덧붙이는 문제해결법)'적 접근 가능성을 묵살해버린다. 예스, 어떤 사람들은 달리기에서 어떤 느낌을 받고 싶어 한다. 그리고 이들은 알코올의 힘을 빌려 그 기분을 계속 유지하고 더 강화하고 싶은 것이다.

우울증이나 불안장애를 가진 사람들의 20퍼센트가 물질남용문제를 가지고 있으며 그 반대의 경우도 성립한다는 통계치를 기억하는가? 브룩스에 따르면 그가 물질남용문제에 도움을 주기 위해 만났던 사람들 가운데에서 거의 모두가 근본적으로 우울증이나 불안장애를 겪고 있었다.

그런 사람들이 정신건강적인 증상에서 벗어나기 위해 달리기에 의지하는 동시에 알코올로 자가치료를 한다고 믿기가 어렵다고?

"뇌가 어디서 빠져 나오려는 것인가의 관점에서 둘은 아주 비슷합니다." 프레덴덜이 말했다.

몇 년 간 계속된 내 경험이기도 하다.

나는 과거에 술 마시는 러너였다

나는 9학년이던 1979년에 달리기를 시작했다. 처음 술을 마시기 시작하고 몇 달 후였다. 나는 당시 그 두 가지 경험에 대한 뚜렷한 기억을 아직 가지고 있다. 첫 번째로, 친구 봅과 함께 쉴리츠몰트리쿼Schlitz Malt Liquor 1리터를 나눠 마셨다. 그리고 경외에 차서 그 익숙지 않은 쾌락이 온몸으로 흘러넘치는 그 기분을 만끽했다. 두 번째로, 나는 처음으로 16킬로미터 달리기를 마친 후 현관 앞에 앉아 있었다. 그리고 기진맥진하면서도 의기양양한 그 기분이 새롭고도 반갑게 느껴졌다.

〈4지점〉에서 나는 저명한 심리학자 윌리엄 제임스의 '긍정기능'에 대해 언급했다. 그 용어는 다음 문장에서 처음으로 등장한 것이었다.

"인류에 대한 알코올의 지배력은 의심의 여지 없이 인간본성의 초자연적인 능력들을 자극하는 그 힘에서 나온다. 그 능력들은 보통 술에 취해 있지 않는 동안에는 차가운 현실과 딱딱한 비판에 억눌려 있기 마련이다."

그는 이렇게 썼다.

"맨 정신으로는 폄하하고 차별하고 '노'라고 말한다. 술에 취하면 덧붙이고 결속시키며 '예스'라고 말한다. 실제로 술은 인간 안의 '예스'라고 말하는 긍정기능을 최대화하는 자극제다."

오랫동안 제임스의 그 말은 나와 알코올 간의 관계를 나타냈다. 사람들은 내가 열정적이고 사교적인 술꾼이라고 생각했다. 나는 보통 술을 마시지 않았고, 또 혼자 마시지 않았으며, 술을 싸가지고 다니거나 계획해서 마시지 않았다. 대부분의 사람들처럼 내키지 않으면 마시지 않았다. 그러나 술을 마실 때면, 와, 정말로 난 술을 즐겼다. 술기운이 퍼져 있을 때면 내 자신에 대해 더 사랑하게 되는 부분들이 있었다. 나는 더 친절하고 덜 빈정대는 대신 좀 더 관대하고 다른 사람들의 약점을 더 쉽게 용서했다. 그 알딸딸한 상태는 내가 거의 날마다 달리기를 하면서 느끼는 기분과 비슷했다. 고조된 감각이 느껴지고 매일 매일의 현실로부터 짧고 즐거운 휴식을 취하는 것과 같았다.

그 당시 술을 좋아하는 진지한 러너가 된다는 것은 거의 문제가 되지 않았다. 가끔 나는 희한한 인생의 목표이긴 하지만 "좋은 알코올 중독자"가 되고 싶다고 말하기도 했다. 학교나 일, 달리기를 빼먹은 적이 없었기 때문이었다. 대학교 2학년 때 나는 전날 밤의 여파로 제정신이 아니면서도 하프마라톤에서 개인최고기록을 세우며 처음으로 공동우승을 했다. 1년에 몇 번씩 나는 토할 때까지 마셨고 다음날 엄청나게 잘 달리곤 했다. 나는 가볍고 깔끔한 기분으로 16~24킬로미터 정도를 미끄러지듯 달렸고 이렇게 생각했다. "왜 이렇게 의욕이 안 나지?"

맥주를 마시고 오후 늦게 트랙훈련에 나가면, 가끔은 빈속에 마셔서 더 빨리 취기가 올라와도 전날 저녁에 제대로 식사를 하고 일찍 잠자리에 들었다가 다음날 훈련을 나온 것과 그다지 큰 차이가 느껴지지 않았다. 나는 대개 지칠 줄 몰랐고 몇 년 간 일주일에 110~160킬로미터 정도를 뛰었기 때문에 정말로 체력이 좋았다. 술은 내 회복이나 발전에 눈에 띄는 영향을 미치지 않았다. 나는 20대 후반 계속 개인최고기록을 갱신했고 가끔은 16킬로미터를 51분 1초에 주파하거나 고등학교 시절 3킬로미터를 뛰던 속도보다 더 빠르게 뛰면서 스스로를 놀라게 했다. 내 달리기 동지들 역시 술에 대해 나와 비슷한 경험을 했고 아무런 부정적인 결과도 겪지 않았다.

그러나 윌리엄 제임스는 이렇게 결론 내렸다. "즉각 그 매력을 알아보게 되는 어떤 대상은 은은한 향기와 희미한 빛으로 우리를 전체적으로 타락시키는 독약이건만, 그 사실을 우리 대다수가 초기의 아주 짧은 기간이 지나고 나면 눈치챌 수 없다는 것이 인생의 더 깊은 미스터리이자 비극이다."

30대의 어느 시점에서 나는 기분 좋을 때 술을 마시는 게 아니라 기분이 좋아지려고 술을 마시는 상태에 이르렀다. 거의 매일, 늦은 오후면 스폿 1019Spot 1019가 부른 '이 세상이 날 돌아버리게 하네This World Owes Me a Buzz'라는 옛날 노래가 머릿속에 떠올랐다. 그 당시 나는 기분부전장애로 진단받고 보통은 항우울제를 복용했다. 이성적으로 나는 중추신경억제제를 정기적으로 복용하는 것이 정신건강을 위해 할 수 있는 최악의 일이라는 것을 알고 있었다. 그러나 긍정기능의 지배를 받으며 실패에 대한 걱정 없이 행동할 수 있던 그 시절의 매력은 벗어나기에 너무나 유혹적이었다.

술을 더 자주 마시게 됐다는 의미였다. 그리고 같은 효과를 얻기 위해서는 더 많은 술을 마셔야 한다는 의미였다. 다른 사람들이 술 마시는 내 모습을 눈여겨본다는 사실을 깨닫게 되자, 나는 더 빠른 효과를 얻기 위해 더 자주 독주毒酒를 마셨고, 혼자 마시는 일이 잦아졌다.

카탈리아처럼 나는 내가 자제력을 잃지 않고 술을 마신다고 생각했다. 한 번도 달리기나 일을 빼먹은 적이 없었기 때문이다.

나는 스스로 거짓말을 하고 있음을 알았다. 온라인에서 알코올중독 자가진단 테스트-"술을 줄여야겠다고 느낀 적이 있나요?" "사람들이 당신의 술 마시는 습관을 비판해서 짜증이 난 적 있나요?"-를 한다면 통과할 수도 있었다(그 문제들을 어떻게 보느냐에 따라 실패할 수도 있었고). 나는 그 질문들에 언제나 "맞아요, 그런데…"라는 대답을 내놨다. 예를 들어, 사람들은 나를 짜증 나게 만드는 경우가 많았다. 그게 왜 내가 술 때문에 문제가 있다는 뜻이 되는 거지? 하지만 모든 것을 내려놓고 솔직해지자면, 나는 무엇이 진실인지 알고 있었다.

상황이 악화됨에 따라 나는 몰래 술을 마시기 시작했다. 다락방이나 서랍장에 50미리짜리 미니보드카 병을 쉽게 숨기고 쉽게 들이켰다. 아내가 눈치채자 집 바깥에 술을 숨겼다. 가끔은 달리다가 마지막에 잠시 쉬는 장소에 숨기기도 했다. 내 자신이 역겨웠다. 술에 대해 생각하느라 쓰는 시간과 정신적인 에너지가 너무나 커서뿐 아니라 아내에게 꼬박꼬박 거짓말을 하고 실망시켜야 한다는 사실이 끔찍했다. 분명 오랫동안 모든 상황이 잘못된 방향으로 흐르고 있었다. 2008년 추수감사절 전날, 나는 브룩스에게 첫 진료를 받았다. 몇 달간 달리기를 할 때와는 비교도 안 되는 힘겨운 시간을 보내고서야 2009년 여름, 술을 끊을 수 있었다. 여러 가지 점에서 러너가 된다는 것은 내게 술과 함께 가는 것이었다. 그러나 그 후 내가 러너라는 사실은 금주를 하는 데에 중요한 역할을 했다.

브룩스는 어떤 일이 있어도 술을 끊으려면 인지행동치료를 활용해 보라고 권했다. 예를 들어 '이 세상이 날 돌아버리게 하네.'라는 생각이 갑자기 떠오를 때면 나는 그 생각을 따져봤다. '그 생각 뒤에 숨겨진 생각은 무엇일까? 그리고 그 숨겨진 생각은 타당한가?'

어떤 날은 스스로에게 말했다.

"자기연민에 빠지지 마. 넌 건강해. (네가 만날 수 있는) 최고의 여자와 결혼했어. 지금 가난하지도 않고 앞으로도 그럴 거야. 사무실에서 일할 필요도 없잖아. 냉장고에는 아이스크림까지 있고."

다른 날에는 이렇게 결심했다.

"그래, 넌 지난 몇 시간보다 더 기분 좋은 시간을 보낼 자격이 있어. 하지만 그러기 위해 술이 필요할까? 그렇지 않다는 증거가 수두룩하잖아. 마시고 나서 기분이 좋아지더라도 기껏해야 20분 정도일 거야. 오늘 술을 마시는 건 가성비가 맞지 않아."

〈7지점〉에서 내가 주장했던 핵심 포인트는 러너들이 자연스럽게 인지행동치료를 늘 활용한다는 것이었다. 너무 빠르게 혹은 너무 멀리 뛰는 것 같다고 느껴질 때마다, 스케줄과 날씨가 고난을 선사할 때마다 포기한다면 이 운동을 오래 지속하지 못할 것이다. 모든 생각을 즉각적으로 합당하다고 받아들이지 않았던 몇십 년 간의 경험을 발휘해 쉽게 금주를 할 수 있었다. 그런 경험 없이는 쉽지 않았을 것이다.

달리기 덕에 술을 끊을 수 있었던 두 번째 포인트는 달리기가 조장하는 '모 아니면 도'라는 정신력이었다. 처음에 나는 인간관계를 위한 가벼운 술자리로 돌아가려 했다. 이는 영원한 내면의 질문으로 이어졌다.

'맥주를 두 잔 마셔도 되나?'

'4일 전에 맥주를 마셨는데 또 와인 한 잔 마시는 건 너무 금방 아닌가?'

'내일 다른 파티에 가게 되면 어쩌지?'

'나는 왜 이 술을 마셔야 하지?'

이 질문들을 하나하나 훑는 일은 술에서 얻을 수 있는 즐거움보다 더 골치 아팠다. 따라서 술 없이 인생을 살기로 목표를 바꿨고 그 목표를 달성하기 위해 필요한 마음가짐과 즉각 친근해졌다. 몇십 년 전 나는 아프거나 다치지 않는 한, 매일 달리는 편이 쉬움을 깨달았다. 오직 언제 달릴까와 어디서 달릴까만 고민했지 달릴 것인지 자체는 고민하지 않으니까. 이러한 마음의 습관은 술에도 적용됐고, 오늘 술을 마실 것인지를 고민하느라 에너지를 낭비하지 않기로 했다.

달리기는 내가 장기적인 목표를 향해 노력하는 동안 매일의 어려움을 어떻게 극복해나갈지 알려준다. 달리기는 좌절과 헛발질이 계속 이어지더라도 결국 노력이 보상받을 것이라는 믿음을 필요로 한다. 메릴랜드대학의 뇌과학자인 J. 카슨 스미스 박사는 규칙적인 달리기가 더 튼튼한 뇌를 만들 뿐 아니라 심리적으로 회복탄력성을 키워준다고 했다.

"당신은 다양한 상황을 헤쳐왔어요. 스스로를 끝까지 밀어붙여야 했고 또 갖가지 역경, 부상과 그 회복과정처럼 당신을 좌절시키는 모든 문제를 해결해왔죠. 당신은 그 모든 걸 견딜 수 있었고 성공했어요. 아니, 적어도 계속 노력했죠. 그 시간들이 바라건대 우리가 힘겨운 상황에서 기댈 수 있는 인생의 교훈이 되어줄 겁니다."

나는 처음으로 술을 끊으면서 오랫동안 내가 우울했던 정도보다 더 우울해졌다. 브룩스는 내 뇌의 보상체계가 몇 년의 세월에 이별을 고하고 어떻게 작동해야 하는지 새로 배울 필요가 있다고 했다. 나는 내가 경험하고 있는 이 혹독함이 곧 지나갈 것이며 그 어렵던 훈련과정을 악착같이 견뎠던 것처럼 또 다른 끝에서 더 강하게 일어설 수 있음을 알았다. 그러면서 달리기 마일리지를 계속 올렸고 매일 기분이 더 좋아지기 위해 친구들과 더 자주 달렸다. 야밤에 한 입 먹는 커다란 초콜릿 쿠키도 도움이 됐다.

몇 달 후 술의 유혹을 피하는 것이 훨씬 쉬워졌다. 술에 대한 생각을 그냥 그만뒀기 때문이다.

일단 금주를 하자 달리기가 극적으로 향상됐다고 쓰고 싶긴 하다. 예전처럼 탈진해서 일어나는 횟수는 적어졌지만 그 외에 큰 변화는 찾지 못했다.

그러나 인생은 어마어마하게 달라졌다. 주로 나는 해방된 기분을 느낀다. 많은 시간과 정신력을 잡아먹던 생각과 행동은 이제 더 이상 나와 함께하지 않는다. 한편, 20년 전에 나와 함께 달리고 술을 마시던 대부분의 사람은 여전히 그 두 가지에 열중하고 있다. 카탈리아(

어쩌다 보니 우울증이나 불안장애를 가지지 않은)를 제외한 나머지 사람들은 관련 주제를 두고 마음을 열고 나와 이야기하는 일이 점차 줄었다. 그러나 아침에 16킬로미터를 뛰고 저녁에 맥주 여섯 병을 마시는 러너는 대단한 존재이긴 하다.

벌써 당신은 몇 페이지 전부터 쓸데없이 길기만 한 내 이야기에 질리기 시작했을 것이다. 나는 몇 가지 이유 때문에 이리도 자세히 설명하고 싶었다.

우선 술과 관련한 문제들을 솔직히 털어놓는 데 대한 주홍글씨들을 없애고 싶었다. 둘째, 운동이냐 약이냐 하는 이분법적 지시에 반기를 들고 싶었다. 마지막으로, 달리기는 우울증이나 불안장애를 관리하기 위한 강력한 도구이긴 하지만 만병통치약은 아니다. 달리기가 정신건강을 위해 무엇을 할 수 있고 무엇을 할 수 없는지에 관한 개념이 마지막 장의 주제다.

달리기가
할 수 있는 일과
없는 일

"인간관계가 여전히 꼬여 있고, 몸무게가 아직도 늘거나 줄고 있고,
잘 못 자거나 분노조절이 안 되고 학교나 직장에서
제대로 성과를 내지 못하고 있다면 달리기로 충분치 않다는 의미예요."

지구를 보호하고 싶은 우리는 가게에서 받아 온 비닐봉지를 재활용하곤 한다. 그러기 위해서는 비닐봉지를 물에 잘 헹군 다음 이를 잘 말리려고 수도꼭지 위쪽에 매달아 놓는 과정이 필요하다.

2011년 2월 어느 밤, 나는 비닐봉지를 물로 헹구다 멈칫했다. 그러고는 싱크대 가장자리를 짚고 머리를 수그리고선 한숨을 쉬었다.

"더 이상 이렇게는 못 살겠다."

나는 축 늘어진 몸으로 부엌에서 빠져나와 안방 침대에 누웠다.

나중에 보니, 다음날 나는 치료사와 상담약속이 잡혀 있었다. 음주문제를 극복한 지 2년이 지났지만 프랭크 브룩스와 정기적으로 만나면서 우울증의 근본문제를 살폈다. 나는 비닐봉지 사건을 그에게 들려주기 시작했고 그 이야기를 길게 할수록 더 우스꽝스러운 느낌이 들었다. 나는 잠깐 이야기를 멈추고는 말했다.

"그러니까 문제는 비닐봉지가 아니에요. 문제는…"

브룩스는 내 말을 끊더니 "스콧, 당연히 비닐봉지에 대한 이야기가 아니겠죠."라고 말했다.

고작 이 비닐봉지 하나 재활용해봤자 환경적으로 무의미하다는 그 격한 감정은 내가 9학년 때 24시간 동안 살 수 있는 하루살이의 생애에 대한 글을 읽고 느꼈던 그 깊은 슬픔과 유사했다. 하루살이 사건은 나를 혼란스럽게 만들었다.

그러나 비닐봉지 사건은 영감을 주었다. 그동안 충분히 우울증을 경험해온 나는 이제 이런 상황은 내가 어디선가 균형을 잃었다는 경고임을 안다. 당시 나는 책을 쓰면서 정규직으로 일했고, 메인 주의 겨울을 견디려 애썼으며 흔해빠진 중년의 위기를 겪고 있었다. 브룩스와 상담을 하고 친구들과 달리기하는 것만으로는 충분치 않았다. "비닐봉지에 대한 이야기가 당연히 아니다."라는 말은 다시 항우울제를 복용하느냐 하는 의논으로 이어졌다.

우리는 이 책을 통해 달리기가 우울증이나 불안장애를 지닌 사람들에게 주는 근본효과에 대해 살펴봤다. 내 인생은 1979년 내가 그 사실을 발견하지 못했더라면 헤아릴 수 없을 정도로 끔찍해졌을 것이다. 그러나 때로는 달리기로는 충분치 못하다. 배우자가 당신의 행복을 책임져 줄 수 없다는 점을 명심해야 하듯이, 달리기는 뒷받침 역할로 가치 있는 것이지, 행복을 맡길 수 있는 것은 아니다. 이 마지막 장에서 우리는 긴 안목으로 보았을 때 어떻게 달리기를 유지할 것인지 그리고 정신건강을 위해 달리기 이외의 것이 필요한 시기를 알아내는 방법을 살펴볼 것이다.

달리기로도 우울감이 가시지 않을 때

많은 사람들이 기본적으로는 달리기를 통해 우울증이나 불안장애를 적절히 관리할 수 있다. 〈5지점〉에서 우리는 다양한 이유로 항우울제가 자신에게 맞지 않는다고 판단한 러너들을 만났다. 어떤 이들은 상담사 만나기를 포기하기도 한다. 일반적인 치료법에 시간이나 돈, 정신적 에너지를 쏟을 필요 없이 증상을 적절하게 통제할 수 있다고 느끼기 때문이다.

세실리아 비드웰은 불안장애를 정식으로 진단받은 적은 없다. 자신의 증상을 조사해본 후 그녀는 이를 산부인과 주치의와 의논했다. 의사는 그녀가 묘사한 내용이 불안장애처럼 들린다는 것에 동의했다. 비드웰은 전문의를 소개시켜주겠다는 주치의의 제안을 거절했다. 간단한 시술을 받기 전, 그녀는 마취의사에게 때로는 자기 심장이 휘몰아치듯 뛰는 것 같다고 말했다.

"그분은 내 심장을 살펴보더니 이러더군요. '완벽해요. 제가 만나는 환자가 다 당신처럼 건강하면 좋겠네요. 하지만 제 생각에 환자분은 불안증이 있는 것 같군요.'"

비드웰은 그 후 정신과의사로 일하는 친구와 자신의 증세에 대해 의논했다.

"나는 '달리기를 하지 않으면 통제가 안 돼. 그런데 밖에 나가서 매일 한 시간이나 한 시간 반씩 달리고 충분히 자고 나면 모든 걸 계속 조절할 수 있어.'라고 말했어요."

비드웰은 계속 다른 치료법을 거부하고 있다.

"저라는 사람은 좀 다른가 봐요."

그녀는 평상시 자신의 정신 상태에 대해 이야기했다.

"노력을 희석시키고 싶지 않아요. 달릴 수 있고 잘 수만 있다면 자신을 잘 다스릴 수 있어요."

리치 하프스 역시 달리기를 주된 치료법으로 삼고 있다. 그는 우울증을 치료하기 위해 가끔 항우울제를 복용하거나 상담사를 찾아간다. 그는 10대 시절부터 지금까지 30년 이상 우울증을 앓아왔다. 그는 약물에서 오는 부작용이 싫었다. 또래 경쟁력에 방해가 될 수 있는 체중 증가 같은 부작용들 말이다. 그는 좀 더 노골적으로 이렇게 설명했다.

"정상상태가 되려고 약을 먹는 게 싫어요. 제가 정상적이지 못할 경우를 대비해 안전망을 가지고 싶을 뿐이에요."

군대에 있는 동안 하프스는 한 치료사와 장기적인 관계를 만드는 것이 어려웠다. 이사를 자주 해야 했기 때문이다.

"새로운 장소로 발령받으면 다 새로 시작해야 했어요. 새 의사에게 상황을 설명하고 또 백지상태에서 모든 과정을 거쳐야 했죠. 좌절감을 느낄 정도였어요. 우울한 상태에 있을 때면 더요. 그래서 아예 관두기로 했어요."

그의 아내 제니퍼는 남편이 지리적으로 정착하게 된 지금도 가끔 의욕이 꺾이는 일이 생긴다고 말했다.

"상담치료에 좋은 면도 있지만 정반대인 면도 있어요. 애초에 환자를 우울하게 만들었던 그 문제를 환자에게 정면으로 던지거든요."

추가적인 치료를 고려해야 한다고 해서 달리기가 실패한 것도, 러너가 실패한 것도 아니다.

"제게는 저만의 성향이 있어요. 저는 달리기를 좋아해요. 하지만 달리기가 모든 걸 해결해준다고 생각지는 않아요."

임상심리학자 로라 프레덴덜이 말했다.

요소들을 하나씩 차례대로 잘 쌓아올린 균형 잡힌 훈련 프로그램처럼, 어떤 연구들은 운동이 약물 그리고(혹은) 전문적인 상담과 결합될 때 더 나은 성과가 도출된다는 것을 발견했다. 흔히 이러한 연구들은 전통적인 치료를 받았지만 여전히 우울증이나 불안장애의 영향을 확실히 받고 있는 사람들을 대상으로 한다. 그 후 피실험자의 일부는 규칙적으로 운동을 하게 되고, 6주가량의 짧은 기간이 지난 다음 증상과 기능이 개선되는 모습을 보여준다. 그 반대로 생각해보는 것 역시 합리적이다. 이미 진행되고 있는 달리기 요법에 또 다른 치료법을 더했을 때도 그만큼 강한 효과를 보여줄 수 있다.

달리기를 진료에 포함시키고 있는 치료사인 세피데 사레미는 말한다.

"저는 약을 최소용량으로 처방하는 게 최고라고 생각해요. 달리기가 효과가 있으면, 그냥 달리세요. 하지만 때로는 달리기로 충분치 않을 수 있어요. 전 산후우울증을 겪으면서 정말로 우울하고 달릴 수도 없을 때 수많은 치료법을 거쳤어요. 저는 이제 다시 달리지만 치료도 받아요. 저는 사람들이 필요로 하는 것을 제공합니다. 그 치료법이 어떤 형태이든 상관없다고 생각해요."

달리기로 충분치 않은 때가 언제인지 결정하는 것은 보통 판단하는 사람의 몫이다. 임상심리학자이자 러너인 브라이언 배시는 그 판단을 위해 중요한 부분 중 하나는 '당신이 일상생활에서 얼마나 잘 기능하는지' 여부라고 했다.

"해야 할 일을 할 수 있나요? 바라는 깊이에 맞춰 인생을 경험하고 있나요? 재미와 기쁨이 느껴지나요? 진정으로 사회적으로 연결되어 있다고 느끼나요? 인생이 의미 있는 것 같다고 생각해요? 당신은 이 사회에 기여하는 일원이며 그게 기분 좋아요?"

프레덴덜 역시 삶의 질이 가장 좋은 판단 기준이라고 말했다.

"인간관계가 여전히 꼬여 있고, 몸무게가 아직도 늘거나 줄고 있고, 잘 못 자거나 분노조절이 안 되고 학교나 직장에서 제대로 성과를 내지 못하고 있다면 달리기로 충분치 않다는 의미예요. 인생에서 무슨 일이 벌어지고 있는지 자기 자신 내지는 타인과 대화를 나누는 것은 매우 중요해요. 객관적인 관찰자가 가장 도움이 돼요. 당신에게 '너 아직도 기분이 안 좋아? 운동으로는 안 되겠어?'라고 물어볼 수 있는 사람이요."

배시는 언제 달리기를 보완해야 하는지 판단 내리는 일이 어려울 수 있음을 알고 있다.

"누군가가 오랫동안 우울증이나 불안장애를 앓아왔다면, 자신이 제대로 살 수 있도록 이에 대처하고 관리하는 방법들을 만들어놨을 거예요."

그러나 평생 동안 고통을 겪어왔다면 세상을 헤쳐 나갈 다른 방식을 모르고 있을 수도 있다. 하나의 방법은 당신의 역할을 바꾸는 것이다. 내가 비닐봉지를 헹구는 것에 대해 실존적인 위기를 겪을 당시, 이는 뭔가가 바뀌었다는 반박할 수 없는 증거가 됐다. 지난 몇 년간 내게 효과가 있었던 것들, 그러니까 달리기, 정기적인 치료, 금주 등으로는 충분치가 않았던 것이다. 배시가 말했다.

"사람들이 스트레스와 상실, 또 대처하기 어려운 인생사들에 노출된 삶을 산다고 하면 그런 삶이 적어도 몇 주 이상 지속되고 있다면, 장애라고 진단 받을 증상들로 이어질 수 있어요. 직장에서 문제가 있고 어머니가 막 돌아가셨고 다리를 다쳐서 지금 달리기를 쉬고 있다면, 저는 잠도 잘 못자고 짜증을 쉽게 잘 내고 그럴 거예요. 이런저런 것들이 존재하는 환경에서 당신이 이런 증상을 보인다면, 추가적인 도움을 고려해보는 편이 좋아요."

달리기에 의존하거나 집착하지 않기

평소보다 더 심한 증상을 야기할 수 있는 사건이 있다면 바로 부상 때문에 급소를 찔리는 것, 즉 달리기를 하지 못하게 되는 것이다. 이는 최악을 가정하지 않는 것이 불가능할 정도로 어려운 사건이 될 수도 있다. 물론 당신은 전에도 다쳐본 적 있고 결국 이를 극복했지만 정말로 이번만큼은 다르다고 치자. 당신이 혼자 꿈꿔왔던 달리기 경력에 종지부를 찍을 사건이기 때문이다. 당신을 한층 더 불안하게 만드는 것은, 평소 심리적 안녕의 주요원천이었던 존재가 이제는 걱정과 고민의 주요원천이 되어버렸다는 사실이다.

모든 러너들은 부상을 입을 때면 이런 기분을 느낀다. 특히나 부상이 심해서 한동안 휴식을 취해야 하는 때는 더욱 그렇다. 2017년 '운동중단'에 관한 한 연구분석은 사람들이 갑자기 운동을 멈춰야 했을 때 정신건강에 무슨 일이 일어나는지를 살폈다. 그래, 당신이 제대로 읽은 것이 맞다. 이 연구들은 규칙적으로 운동하는 사람을 모집했고 그 가운데 반에게는 어디에서도 1~6주 간 자발적으로 아무런 운동도 하지 말 것을 요청했다. (여기서 고민 하나. 6주 간 운동을 하지 못하는 대가로 얼마를 받아야 할까?)

연구자들은 갑자기 비활동적이 되어버린 피실험자들이 "피로, 긴장, 혼란, 낮은 자존감, 불면, 과민 반응을 비롯해" 우울증상을 지속적으로 보인다는 것을 발견했다. 또한 일반적인 불안증도 높아졌다. 연구자들은 또한 운동을 할 수 없는 기간이 길어질수록 규칙적으로 운동하는 사람들에게서 이러한 증상들이 더 많이 생긴다는 것을 발견했다. 또한 그 유의미한 변화가 나타나는 기준은 2주였다.

이 사람들은 자발적으로 운동을 중지한 것임을 기억하자. 당신이 부상을 입었고 달리기를 그만두는 것이 스스로의 선택이 아니었을 경우 당신의 반응은 더 심각해질 수 있다. 게다가 그 금단증상은 달리기가 당신의 행복에 얼마나 중요한지에 따라 더 심해질 수 있다. 브라질에서는 달리기에 완전히 빠져 있는 러너들과 좀 더 느긋한 러너들을 대상으로 연구를 실시했는데, 첫 번째 그룹은 2주간 운동을 못했을 경우 두 번째 그룹과 비교해 우울감과 분노, 피로를 더 느끼는 것으로 나타났다.

부상으로 인한 우울감이 용납 가능한 수준인지 아니면 정신건강을 위해 달리기에 과도하게 의존하고 있음을 나타내는 수준인지 어떻게 구분할 수 있을까? 전자의 예로는 프레덴딜이 묘사해준, 넓적다리 인대 부상을 입고 기나긴 투병생활을 하는 것이 있겠다.

"저는 우울해본 적이 없어요. 하지만 일이 점점 더 어려워지면서 3달 간 달리기를 하지 못했을 때 눈치챘어요. 일을 사랑했지만 집중하기도 어렵고 약간 번아웃burnout 된 기분이었어요."

우울증을 다스리기 위해 달리기를 활용하는 크리스틴의 직설적인 말과는 대조된다.

"난 심하다 싶을 정도로 달리기에 의존해. 부상 때문에 달릴 수 없다면 절망에 빠지게 될 거고, 그건 절대 건강한 게 아니지."

삶에 방해가 될 정도로 그 감정이 너무 강렬하다면, 당신은 정신건강을 유지하기 위해 달리기에 지나치게 의지하고 있는지도 모른다고 브룩스는 말한다.

"이상적으로는 감정이 모든 상황과 영역에서 비슷해야 해요. 달리기도 마찬가지고요. 뭔가를 그만두게 됐을 때 우울증에 빠져든다거나 더 불안해져서는 안 돼요. 약간은 건강을 해쳤다거나 '정말 그리워.'라고 느낄 수는 있지만 제대로 움직일 수 없을 정도로 기분에 영향을 미쳐서는 안 돼요."

어쩌면 당신은 달리기에 너무 많이 의존하고 있다는 증거를 가지고 있을 수도 있다. 프레덴덜에 따르면 우울하거나 불안해질까 봐 무서워서 부상을 당하고도 계속 훈련하는 것은 정신건강을 관리하기 위해 지나치게 달리기에 의지한다는 의미다.

"뭔가 문제가 있으니 한 번 살펴봐야 한다는 사인일 수 있어요."

아멜리아 개펀은 이 상황에 대해 정확히 설명했다.

"정신건강 때문에 달리기를 하는 사람이 부상을 당하자마자 처음 생각하게 되는 게 '아, 안 돼. 이 상황을 이제 어떻게 보상하지?'예요. 이건 단지 달리기를 못 하게 됐고 나한테 도움이 되는 일을 못 하게 되었구나 하는 정도가 아니에요. 아마 '이제 나는 훈련을 못 해. 목표에서 멀어지고 있어.' 같은 생각도 떠오를 거예요. 이런 새로운 것들이 우울증과 불안장애에 더해질 거고 상황은 훨씬 나빠지는 거죠. 저는 그 상황을 관리할 방법을 몰라요. 최악인 부분은, 제가 달리기를 해서는 안 되는 상황에서도 그런 생각이 제 등을 떠민다는 거예요.

그러면 부상을 무릅쓰고 달리든지 초기의 경고들을 무시하고는 스스로에게 난 할 수 있다고 말하는 거죠. 제가 똑똑한 사람이거나 이런 정신적인 문제가 없는 사람이라면 그냥 이틀 정도 쉬고 상황이 더 악화돼도 그다지 어렵지 않을 텐데 말이에요."

엘리트 울트라마라토너 롭 크라 역시 우울증을 관리하기 위해 달리기에 의존하다 보니 때로는 자신이 부상을 당해도 훈련을 계속 고집한다는 것을 알고 있었다.

"저는 41살이고 오랫동안 달리기를 해왔어요. 그리고 언제나 스스로가 까다롭다거나 뭔가 신경 써야 할 일들이 벌어지고 있다고 느껴요. 거의 매일 전체적으로 기분이 좋아야 하는 게 저한테는 중요해요. 좋은 기분을 유지할 수만 있다면 조금은 위험을 무릅쓸 용의도 있어요. 다른 사람이라면 쉴 만한 상황에서 계속 달려야 한다 하더라도요."

크라는 최근 몇 년 동안 적절하게 균형을 이루는 법을 배웠다고 말했다.

"이제는 언제 더 밀어붙여야 하고 언제 쉬어야 할지 조금은 알게 됐어요. 행복은 오롯이 달리기에만 달려 있을 수 없어요. 훈련과 경기를 하면서 부상을 당하고 트랙에서 넘어지는 위험을 최소화하기 위해서는 이 사실을 깨닫는 게 정말 중요했어요."

기분을 다스리려면 달리기를 해야 하기 때문에 부상을 당하고도 계속 달린다면 지나치게 달리다가 달리기에 문제가 생기는, 당연한 결과로 이어진다.

알리 놀란은 2014년과 2016년 사이에 그러한 시기를 거쳐야 했다.

"달리기에 집착했어. 달리기를 충분히, 열심히, 오래 하지 않으면 기분이 너무 처지고 불안해지고 통제가 안 된다고 느꼈으니까. 2016년 봄에는 하루에 두 번씩 달리기를 했지. 달리기 빼고는 아무것에도 집중할 수 없었거든. 탈진한 느낌이 들기 시작했어. 내 대응기제가 제대로 작동하지 않는다는 것을 깨달았어. 달리기 자체가 강박과 불안의 근원이 되었어."

멕시코에서 휴가를 보내면서 그녀는 마침내 무너져버렸다. 약을 먹기 시작했고 달리기와의 관계를 다시 생각하게 됐다.

"요즘은 일일 마일리지와 훈련계획에 좀 느슨해졌어. 휴식이 필요하다거나 집중을 해야 할 때는 자전거를 타."

긴 관점에서, 과하지 않게 달릴 것

달리기에 지나치게 의존하고 있다면, 달리기가 선을 넘어 과해질 필요는 없다. 그 반대의 사례도 있다. 달리기를 너무 잘하다 보니 나머지 삶을 일부러 무시하게 되는 수도 있다.

내가 가장 빠르게 달렸던 시기는 20대 후반이다. 나는 언제나 의욕이 넘쳐흘러 개인최고기록을 세웠고 이를 등수보다 중요시했다. 그 당시 내 상태는 누가 그날 경기에 참가했는지, 아니 그보다는 누가 경기에 참가하지 않았는지에 따라 경주를 마칠 때 등수가 결정될 정도였다. 나는 때로는 우승을 했고 가끔은 12등을 했으며 3등을 할 때도 있었다. '이겨야 한다고 정해 놓은' 몇몇 선수들이 있었지만, 내가 선천적으로 경쟁을 좋아한다든가 그들보다 우월하다고 느껴서가 아니었다. 이들은 보통 나보다 늦게 결승선에 들어오는 선수들이었고, 이들의 실력이 눈에 띄게 발전한게 아니라면 내가 지더라도 그건 내가 그날 능력을 최대한 발휘하지 않았다는 의미였다. 나와 동일한 목표를 가졌기 때문에 누군가를 물리치고 싶은 본능적 욕구는 본질적으로 내 성격은 아니었다.

그러나 과거의 나보다 빨리 달리는 일, 그 목표가 더 매력적이었다. 일단 10킬로미터 달리기에서 31분 40초로 개인최고기록을 세우게 되자, 이 종목에서 31분대를 깨겠다는 목표를 세웠다. 고등학교 시절 내가 세웠던 가장 높은 시간적 목표는 1.6킬로미터를 5분 안에 뛰는 것이었다. 10킬로미터를 31분 내로 달리겠다는 것은 1.6킬로미터를 뛰던 속도를 유지해야 한다는 뜻이었다. 나는 고등학교 이후 10년 간 내 능력이 얼마나 발전했는지를 생각하는 만큼 그러한 숫자의 비교가 즐거웠다.

이 목표를 달성하기 위해서는 달리기 마일리지를 높여야 했다. 몇 달 간 나는 일주일에 160킬로미터씩 뛰고 주중에 두 번은 강도 높은 훈련을 하며 주말에는 장거리달리기를 했다. 그러면서도 그전까지 몇 년 간 평균적으로 일주일에 110~130킬로미터 정도를 뛰던 때와 동일한 수준의 훈련을 유지했다.

1991년 가을, 나는 10킬로미터 로드레이스를 30분 57초 안에 뛸 수 있었고 나만의 황홀경에 빠졌다. 주먹을 불끈 쥐고 여기저기 휘두르는 세리머니를 한 것은 아니었지만, 개인적으로 의미 있는 목표를 달성했다는 조용한 내면의 만족은 웃음으로 활짝 피어났다.

31분의 벽을 깨기 위한 노력을 하면서 나는 지칠 줄 모르고 달렸다. 보통 나는 1.6킬로미터를 6분 30초로 달리는 속도로 슬슬 미끄러지듯 달리곤 했다. 달리는 시간은 언제나 특별했다. 그러나 이제 하루에 한두 번 달리기를 하는 시간은 일상의 하이라이트가 됐다. 나는 일종의 우월감을 느끼게 됐고 인생의 그 어떤 것보다도 만족스러웠다.

그때쯤 조심했어야 했다. 이상적으로는 내가 달리기로부터 얻는 권능감은 인생의 다른 영역에도 도움이 되어야 했다. 그러나 가끔 모든 일이 그러하듯, 달리기가 아닌 일과 인간관계 아니면 일상생활조차 무의미하거나 침체된 것처럼 보였다. 당시의 나는 달리기에서 일어난 일은 그 어디서든 일어날 수 있기에 희망을 가지고 꾸준히 노력해야 한다고 스스로에게 말하지 못했다.

대신 모든 것을 무시했다. 늘 그러했듯 일상에서 더 만족스러운 삶을 향해 기죽은 갈망을 느낄 때면 나는 "이봐, 넌 31분의 벽을 깼잖아. 상황이 나빠져봤자 얼마나 나빠지겠어?"라고 말했다. 그 결과 나는 달리지 않는 시간에 비참한 기분에 빠져 있었고 애써 잠을 청하는 때에도 그랬다. 그리고 내 인생의 다른 부분에서 발전이 보이지 않았기에 더더욱 달리기에 초점을 맞출 수밖에 없었다. 내가 원하는 대로 만들어갈 수 있다고 느끼는 단 하나의 세상이었으니까.

퇴근하면 어디서 얼마나 달릴까 생각했다. 주말이면 다른 사람들과 달리기를 하러 멀리 나갈 수 있음에 행복해했다. 그러면 정오까지는 집에 돌아오지 못할 것이고, 그러면 오후 달리기를 할 때까지 때워야 할 시간이 적어졌으니까.

1993년 봄, 우리 지역의 유명한 20킬로미터 달리기대회에서 우승을 거두면서 내 꿈의 훈련은 그 화려한 막을 내리기 시작했다. 나는 이 긍정적인 모멘텀을 유지해보기로 하고 당시로서는 인생에서 가장 먼 거리인 약 200킬로미터를 한 주 안에 달려보자고 마음먹었다. 6일 후 나는 173킬로미터를 뛰었다. 그날 3월 중순에 눈보라가 워싱턴 D.C. 지역을 강타하는 기상이변이 일어났다. 나는 미끄러지고 넘어지는 우스꽝스러운 모습으로 아침에 18킬로미터를 뛰었고, 그 주의 마일리지를 200킬로미터로 마감하기 위해 저녁에는 더 웃긴 모습으로 9.5킬로미터를 뛰었다. 이러한 성과를 축하하는 대신 나는 다음 주에는 이 기록을 능가해보기로 결심했다.

다음날, 미끄러운 길 위를 두 번에 걸쳐 총 32킬로미터를 달린 후 아킬레스건이 욱신거리기 시작했다. 그날 이후 나는 달릴 때마다 절뚝거리고 심각한 고통을 느껴야 했다. 48시간이 채 지나기도 전에 나는 능력의 절정에서 제대로 움직이지도 못하는 상태로 추락했다. 단 1킬로미터도 뛰지 못하는 날들이 계속됐고 나는 깊은 우울증에 빠져버렸다. 오래 사귀었던 여자친구한테 차이는 사건까지 겹쳤다. 나는 침대에 멍하니 누워 그동안 쌓였던 눈이 녹아 지하에 있는 아파트로 흘러들어오는 모습을 지켜보면서, '어떻게 이럴 수가 있어? 내 몸에도 신경을 썼으면 좋았을걸.'이라고 생각했던 기억이 난다.

달리기와 올바른 관계 맺기

현재의 나는 이러한 실망에 다르게 대처할 수 있다고 믿고 싶다. 실제로 2013년에 수술을 받기 다섯 달 전후로 달리기를 하지 못했지만 괜찮은 수준에서 삶을 유지할 수 있었다. 25년 전보다 내가 달리기에 신경을 덜 써서가 아니다. 달라진 것이 있다면, 나는 예전보다 더 달리기를 소중하게 여긴다. 우울증을 앓는 러너로서 오랜 시간을 보냈다는 것은 내가 하루 1시간씩 달리지 않은 경우보다 결혼생활, 우정, 일과 신체건강, 당연히 정신건강도 훨씬 더 좋아짐을 분명히 알게 됐다는 의미다.

또한 나는 오랫동안 우울증을 가진 러너로 지내면서 달리기를 집착하지 않고 사랑할 수 있게 됐다. 내가 다스려온 신경전달물질의 역할과 함께 최고의 내 모습을 만들어내는 일은 달리기도, 아내도, 일이나 소설, 음악이나 그 어떤 것도 아닌 바로 내 자신에게 달려 있다.

좋은 인간관계와 마찬가지로 달리기와의 관계도 세심히 보살펴야 한다. 내가 마지막으로 이를 실패한 것은 약 10년 전이다. 1년 이상 나는 발의 고통을 이겨낼 방법을 찾으려고 했다. 나는 너무 많은 일을 떠안고 있었고 스트레스를 풀 방법이 필요했으며 달리기만이 이를 해결할 수 있다고 생각했기 때문이다. 지금은 전혀 이해가 되지 않는 이유들로 나는 12년 만에 처음으로 마라톤에 출전하기로 했다.

2012년 필라델피아 마라톤은 또 다른 실패의 후반전이 되어버렸다. 좀비 같은 모습으로 마지막 몇 킬로미터를 달리다가 발의 부상은 더욱 심해지고 말았다. 그러나 내가 낭비했던 체력을 마라톤에서 활용하고 싶었고 가능한 한 빨리 보통 때와 같은 훈련으로 돌아가려고 노력했다. 곧 나는 절뚝거리며 달리기 시작했다. 매일 발의 상태는 나를 더 우울하게 만들었고, 따라서 매일 일시적으로 그 우울감에서 벗어나기 위해 달리러 나갔다. 1월이 되자 상황은 너무나 악화되었고 달리기를 그만둬야 한다는 사실이 명확해졌다.

2013년 4월 종아리인대 수술을 받은 후, 정형외과 의사는 내게 일주일에 40킬로미터 이상 뛰지 못하게 될 것이라고 말했다. 고통스러운 예측이었다. 1979년 이후 평균적으로 그 2배 이상의 거리를 매주 뛰어왔음을 생각하면 더욱 그랬다. 나는 수술실에서나 회복실에서 의사의 말이 틀렸다는 것을 증명하겠다고 맹세하지는 않았다. 하지만 그 수치가 딱히 데이터로 강력하게 뒷받침되지는 않을 것이라고 확신했다. 나는 나머지 23시간을 제대로 보내기 위해 하루에 1시간을 달리던 상태로 돌아갈 수 있길 바랐다.

그후 달리기에 있어 내가 최우선으로 삼은 목표는 '부상 때문에 쉬지 말자!'가 됐다. 이는 말 그대로 내 몸을 무시한다거나 집착한다는 의미가 아니다. 나는 고통이나 긴장 때문에 정상적인 발걸음에 신경이 쓰일 때면 달리지 않는다. 결국은 그러한 달리기가 부상을 더 길게 끌고 갈 가능성이 높다. 특히나 지금까지 살면서 달린 주행거리계가 17만 7,000킬로미터를 돌파한 지금은 더욱 그렇다.

그 대신 '부상 때문에 쉬지 말자!'라는 말은 '달리기로부터 계속 도움을 얻은 만큼, 달리기에 도움을 주기 위해 노력하자!'라는 암호가 된다. 그렇게 나는 일상에 자기관리를 포함시켰다. 스트레칭과 근력 운동, 요가, 달리기 자세 연습, 한 번에 지나치게 오래 앉아 있지 않기, 잘 먹기, 적절한 몸무게 유지하기, 너무 지치지 않기 등 모든 것이 정신건강을 관리하기 위해 필요한 달리기 양을 유지할 수 있는 몸을 만들어준다. (다이어트와 잠처럼 일부 이러한 관심영역은 나름의 우울과 싸울 수 있는 효과를 낸다.)

'부상 때문에 쉬지 말자!'는 또한 마일리지나 훈련강도를 갑자기 끌어올리는 불필요한 위험을 무릅쓰지 말자는 의미이기도 하다. 그러나 이 역시 거리나 속도, 달리는 지면, 신발 그리고 혼자 달리느냐 단체로 달리느냐 하는 다양성을 수반함으로써 신체적·육체적으로 진부함에 빠지지 않아야 한다.

이러한 체계는 나와 잘 맞는다. 2014년 이후 내가 부상 때문에 쉰 날은 손에 꼽힐 정도다. 그동안 나는 평균적으로 일주일에 96킬로미터 가까이 뛰었고 첫 울트라마라톤을 마쳤다. 더 중요한 것은 평생 함께하는 우울증을 관리하기 위해 달리기로부터 매일 그리고 누진적으로 타의 추종을 불허하는 도움을 얻고 있다는 점이다. 그러면서 현재의 달리기 수준은 앞으로도 몇 년 동안 유지될 수 있다고 느낀다. 나는 3월 1일을 달리기 기념일로 삼고 있다. 내가 그동안 함께 달렸던 많은 사람들, 우리가 함께 달렸던 길, 우리가 나눴던 대화와 경험들을 떠올리며 즐겁게 그날을 맞이한다. 그리고 함께 발견하게 될 더 많은 나날을 기대한다.

당신과 달리기가 만족스럽고도 치유적인 관계를 맺을 수 있도록,

이 책의 아이디어들이 도움을 줄 수 있길 바란다. 더 힘겨운 날들이 찾아왔을 때 이 책에서 읽은 구절 덕에 당신이 문 밖을 나서고, 그렇게 더 나은 날을 만들어나갈 수 있기를.

기분이 좋아지는 비결을 원한다고? 첫 걸음을 내딛어보자.

FINISH

정신건강을 위해
달릴 때의 꿀팁

아예 달리지 않는 것보다 어떻게든 달리는 게 낫다. 달리기는 단기적으로는 기분을 낫게 해주고 장기적으로는 우울증과 불안장애에 도움이 되기 때문이다. 그러나 분명 더 효과가 좋은 달리기가 있는 법. 다음은 달리기가 끝난 후 가장 큰 효과를 얻기 위한 짤막한 안내다. 이 내용은 대부분 〈4지점〉에서 더 자세히 다루고 있다.

얼마나 멀리 달릴까

대부분의 연구는 달리기 시작한 후 30분이 지나면 분명한 기분개선 효과가 발생한다고 본다. 기분개선 효과는 더 길게 달릴수록 더 오래 지속되는 경향이 있다. 그러나 20분의 달리기는 아예 달리지 않을 때보다 90분의 달리기에 가까운 효과가 있다. 지속시간이나 거리에 대해 '모 아니면 도'라는 생각은 피하자. 이를 테면 '진짜' 달리기는 적어도 8킬로미터 이상 뛰어야 하고 그게 아니라면 뛸 가치가 없다고 생각해서는 안 된다.

어떤 날이든 가장 중요한 걸음은 바로 첫 걸음, 당신이 문 밖으로 내딛는 바로 그 걸음이다. 정신적으로 괴로운 날이면 가장 내키는 대로 더 짧게 뛰거나 길게 뛰면서 유연한 경로로 달리기를 시작하자.

얼마나 빨리 달릴까

뇌에서 나오는 행복물질은 중간 강도로 운동을 했을 때 가장 많이 증가한다고 연구들은 밝히고 있다. 달리기의 관점으로 보자면, 이는 대화가 가능한 속도로 평소처럼 달리는 것이다.

그러나 더 중요한 것은 뇌 화학물질의 농도보다 기분이다. 힘든 운동을 하려고 스스로를 밀어붙이는 것은 목표를 설정하고 달성해야 한다는 의무감을 준다. 그와는 반대로, 정신적으로 특별히 힘든 날에는 원하는 만큼 느리게 달리자. 다시 한 번 강조하지만 어떤 달리기든 가장 중요한 것은 달리기를 시작하는 것이다.

어디서 달릴까

사람들은 보통 북적이는 인공적인 환경보다는 자연 속에서 달릴 때 기분이 더 좋아진다고 보고한다(좀 더 차분해지고 스트레스와 불안, 우울감이 훨씬 감소한다). 물론 보통 스케줄과 지형 때문에 천국 속에서 달리는 일이 쉽지 않다. 가능한 한 교통량이 적고 시각적으로 흥미로운 길을 택하도록 하자. 시간이 허락한다면 기대 이상의 효과를 위해 아름다운 환경에서 달려보자.

언제 달릴까

가장 많이 달릴 수 있을 때 달리도록 계획을 짜자. 우울증과 불안 장애를 겪는 많은 러너들은 특히나 아침 달리기를 높이 친다. 아침 달리기에서 얻은 긍정적인 분위기와 성공의 경험은 나머지 하루에 영향을 미치기 때문이다.

누구와 달릴까

혼자 달릴 것인지, 다른 사람들과 달릴 것인지에 대한 선택권이 주어진다면 그날에 적합하다고 느껴지는 쪽을 선택하자. 혼자서 달리는 것은 당신이 달리기를 통해 명쾌하게 해결하고 싶은 이슈가 있을 때 가장 효과가 좋다. 정신없이 바쁜 하루가 시작하기 전이나 끝난 후에 혼자 달리는 것은 마음을 진정시키는 것에 도움이 되기도 한다.

내면의 독백에서 벗어나고 싶을 때, 믿음직한 친구들과 이야기를 나눔으로써 도움을 얻고 싶을 때는 다른 사람들과 함께 달려라. 그리고 행동활성화가 필요한 상황이라면 다른 사람들과 함께 달리는 스케줄을 짜서 현관문 밖으로 나설 기회를 늘리자.

무슨 목적으로 달릴까

앞서 이야기한 모든 변수를 정기적으로 조합할 때 달리기는 더욱 흥미로워질 것이다. 그 덕에 좀 더 꾸준히 달리기를 할 가능성이 높아지고, 이는 정신건강에 있어 더 큰 효과를 만들어낼 것이다. 다양한 거리와 강도로 달리기를 하고 매주 이를 설정할 때, 하루하루가 고만고만하다는 흔한 생각의 덫에서 벗어날 수 있을 것이다.

감사의 말

대부분 초면이었던 여러 분이 정신건강을 관리하기 위한 달리기에 관해 마음을 열고 다양한 이야기를 들려주셨다. 이분들의 솔직함 덕분에 내 경험을 더욱 많이 나눌 용기를 얻었다.

이 책에서 다양한 주제를 두고 여러 전문가들이 내 이상하고 두서없는 질문들에 성심성의껏 답해주셨다. 패디 에케카키스와 로라 프레덴덜은 특히나 관대하게 시간과 지식을 나눠주셨다. 이 책에는 적어도 한 페이지마다 하나 이상의 오류가 숨어 있을 것 같다. 이 책의 어떠한 실수도 내 잘못이지, 전문가들의 실수는 아니다.

편집자인 니콜라스 시젝은 90분이나 계속됐던 첫 회의부터 작업 내내 정말로 큰 기쁨을 주었다. 그와 전화 통화를 하고 난 후 나는 익스페리먼트출판사의 편집인인 매튜 로어와 닉을 출판사 사무실에서 만났다. 그리고 드디어 몇 년이고 생각해왔던 책에 맞는 집을 찾았음을 알았다. 피트 매길은 닉과 엑스페리먼트출판사를 소개해줬다. 그의 훌륭한 저서 두 권도 이 둘의 작품이다.

앨리슨 웨이드는 사진을 제공했다. 당장 문을 열고 나가 달리고 싶게 하는 사진이 보고 싶다면 앨리슨의 인스타그램@comeback_runner을 팔로우 하길.

앨리슨 골드스타인은 소수만이 이해할 법한 질문을 내가 어떻게 던져주든 간에 관련 연구를 찾아오는 훌륭한 작업을 완수해주었다. 또다시 함께 일할 기회가 오기를 바란다.

두 러닝파트너, 크리스틴 배리와 줄리아 커틀랜드는 함께 달리는 와중에 이 책에 나온 주제들에 대해 내가 계속 떠드는 소리에 참을성 있게 귀 기울여주었다. 슬로우다이브와 게오르크 필리프 텔레만은 글을 쓰다가 잠시 쉴 때마다 내 머릿속을 정리해주는 완벽한 음악을 선사했다.

이 책에 들어간 보고서 일부는 이전에 〈러너스월드〉에 실렸던 것이다. 새러 로지 버틀러는 그 작업을 감쪽같이 해주었다. 이러한 자료의 대부분은 상당히 변경됐지만 몇몇 부분에서는 내가 썼던 원래 문장이 이야기를 전달하기에 최고의 방식으로 남겨져 있다.

마지막으로 나는 이 책을 쓰면서 어떤 주제에 몰두한다고 해서 늘 기분이 최고인 것은 아님을 깨달았다. 아내 스테이시는 내가 책을 쓰는 동안 그 어느 때보다 인내심을 가지고 나를 지지해줬다. 스테이시에게 나를 행복하게 만들어줄 책임은 없다. 그러나 그녀와 달리기는 나의 행복을 만들어주는 가장 큰 두 가지다.

나는
달리기로
마음의
병을
고쳤다

초판 1쇄 발행 2019년 4월 12일

지음 스콧 더글러스
옮김 김문주

펴낸이 오세룡
편집 전태영 유나리 박성화 손미숙
취재·기획 최은영 곽은영
디자인 강진영 (gang120@naver.com)
　　　　　고혜정 김효선 장혜정
홍보·마케팅 이주하

펴낸곳 수류책방
　　　　　서울시 종로구 새문안로3길 23 경희궁의 아침 4단지 805호
　　　　　전자우편 suryubooks@hanmail.net
　　　　　출판등록 제2014-000052호

ISBN 979-11-952794-5-6 (03840)

이 책은 저작권 법에 따라 보호받는 저작물이므로 무단전재와 복제를 금합니다.
이 책 내용의 전부 또는 일부를 이용하려면 반드시 저작권자와 수류책방의 서면 동의를 받아야 합니다.
이 도서의 국립중앙도서관 출판예정도서목록(CIP)은 서지정보유통지원시스템 홈페이지(http://seoji.nl.go.kr)와
국가자료공동목록시스템(http://www.nl.go.kr/kolisnet)에서 이용하실 수 있습니다. (CIP제어번호 : CIP2019008953)

정가 15,500원

수류책방은 담앤북스의 인문교양 브랜드입니다.